大鱼

有爱的青春陪伴者

# 一想到你呀，就心生欢喜

童纳尔 著

黑龙江美术出版社
Heilongjiang Fine Arts Publishing House
http://www.hljmscbs.com

**图书在版编目（CIP）数据**

一想到你呀，就心生欢喜 / 童纳尔著. -- 哈尔滨：黑龙江美术出版社, 2018.5

ISBN 978-7-5593-2698-0

Ⅰ. ①一… Ⅱ. ①童… Ⅲ. ①长篇小说－中国－当代 Ⅳ. ①I247.5

**中国版本图书馆CIP数据核字(2018)第081355号**

---

**一想到你呀，就心生欢喜**

Yi xiangdao ni ya,jiu xinsheng huanxi

---

出 品 人/ 金海滨
著　　/ 童纳尔
责任编辑/ 李　旭　张泽群
特约编辑/ 李文诗
整体设计/ 孙欣瑞
出版发行/ 黑龙江美术出版社
地　　址/ 哈尔滨市道里区安定街225号
邮政编码/ 150016
发行电话/（0451）84270524
网　　址/ www.hljmscbs.com
经　　销/ 全国新华书店
制　　版/ 黑龙江美术出版社
印　　刷/ 长沙鸿发印务实业有限公司（长沙黄花工业园三号 邮编410137）
开　　本/ 880mm×1230mm　1/32
印　　张/ 8.5
版　　次/ 2018年 5 月第 1 版
印　　次/ 2018年 5 月第 1 次印刷
书　　号/ ISBN 978-7-5593-2698-0
定　　价/ 32.80元

---

## 第一章 / 陌生房客

11月的嘉裕市被焦黄色的银杏包围，接连几场雨水过后，气温骤降。

清晨，华庭小区某单元901门前多出个大号收纳箱，箱面上用黑色的记号笔显著地标明——快递放置在内，谢谢。

中午就有快递送过来，快递小哥上楼，轻车熟路地按提示将快递放好。接二连三地，又有几家快递送来。

收纳箱里的快递堆成小山状。

一门之隔的卧室，女孩儿睡得正酣，手肘处蜷着一只橘猫在扯她的睡衣。她翻了个身，娃娃脸从枕头里露出："瓜子，别闹。"

她眼睛紧闭，意识未清，眉头却先拧起来，胳膊漫无目的地挥了下，被巴掌拍中的橘猫"喵呜"一声滚到地毯上。

半小时后，女孩儿从被窝里钻出来，宽松款睡衣衬得她越发娇小，骨瓷般的皮肤在阳光下剔透白皙。她坐在床沿，脚掌探到鞋子穿好，揉着眼睛朝盥洗室去。

脖颈上滑下来一个东西，硌在脚底，是那块玉老鼠，戴在脖子上有几年没摘过，红绳不知何时断掉了，她简单地在断处打个结，重新戴好。玉石凉凉的，贴着她胸口最热的肌肤。

彼时，地下车库，一辆越野车刚熄火。黑色的车身因为长途跋涉，蒙了一层粉尘，在周围一排干净的私家车里，显得尤为瞩目。

车主开了后备厢，拎出个半人高的登山包，随意轻松地往肩上一挂，另一只手扣上后备厢，径自往电梯间走。绷直的包带说明背包的重量，但男人的脚步丝毫没受影响。

越野车的副驾上，放着一本驾照，姓名栏处是“赵东升”。

电梯一路向上，在九层停住。赵东升边掏钥匙边往外走，那只堆满快递的收纳箱很快吸引了他的注意。开门时，他低头扫了眼，外层的几个单上，收件人的姓名各不相同：

李大壮。

何富贵。

陈胜利。

赵东升回过神，扭开门。登山包卸下，顺手将收纳箱拖了进来。再抬头，正冲着的盥洗室门处，多出个身材娇小的女生。十五六岁的样子，娃娃脸，穿着一件花边睡裙。

四目相对，两人都愣了。女孩儿刚洗过澡，出来找吹风机，卷曲的头发湿漉漉地贴在头皮上，水滴吧嗒吧嗒地落到地板。

她赤脚踩在地面上，拖鞋不知什么时候被当作武器攥在手里。她说话磕磕绊绊，脸上惊慌失色：“你！你是谁？”

赵东升侧头，快速扫一眼周围。除了几个大件家具还算眼熟外，房间里凌乱地散布着各种小女生的物件。他很快冷静下来，朝玄关走了两步：“陈原城呢？”

西陲瞪圆了眼睛，不知所措。

六月份大学毕业后，西陲成了这房子的租户。陈原城是她的房东，是个戴着金边眼镜的白净男人。西陲一时短路的脑袋在迟钝地思考，他是怎么进来的，他要干吗，他……还没想出个所以然，只听男人又道：“你是他的妹妹吧。”

肯定句?

是了，肯定句。

西陲仰着脸，慌色未收。男人很高，至少比她高出两个头，略带疑问的眼底，是饱经世事的沧桑。趁他侧头看周围的空当，西陲认真地打量起他，留着到耳下的长发，侧脸时，微鬈的弧度柔和了他过分锋利的五官。

眉骨突出，眼睑凹陷，皮肤偏深。

是那种风吹日晒下，野蛮生长的男人。

对比之下，西陲显得格外弱小。她质问的语气暗暗弱下去：“你……是不是走错门了？”

“嗯？”男人扭头，瞳仁偏向她站的方向，挑眉，“没走错啊，这是我家。”

塑料拖鞋被西陲紧紧攥在胸前，她试图捋清楚来龙去脉。

而眼前这个人……西陲看一眼他略微粗糙的装扮，一脸警惕。

“这位先生，这里是我家，麻烦您出去，否则我要报警了。”西陲想到上个月隔壁栋的住户被闯空门，恰巧被归来的户主撞见，恐吓威胁都不作数，小偷掳走了上万元的东西，户主也被推下楼体摔成骨折。西陲心慌不已，捏着手机寻找安全感。

她不敢拨，毕竟他就站在眼前。

她又不能不做些什么，眼前这个男人的落魄形象，不得不让人惶恐。

男人抬步朝她走过来。

西陲下意识地后退两步，手不停地抖："你别乱来啊！电话这就接通了！"

男人腿长，几步就站到她的跟前，胳膊朝她伸过来。他手掌粗糙，肉茧明显。他胳膊伸过来夺手机，西陲反应敏捷地早一步弓起身子从他胳膊下钻到背后，长得矮小的好处在此刻尽显。赵东升只觉手间一凉，再低头，手里赫然是一只粉色的塑料拖鞋。

西陲前一秒还在为自己的机警沾沾自喜，后一秒只觉衣领一紧，被人从背后扯住，拎回去。

半个小时后，陈原城姗姗来迟，作为中间人介绍：

"他叫赵东升。"

"她叫西陲。"

沙发上各坐一端的两人脑袋一歪，对视了下，迅速别开。

"这房子是我和东升合资买的，这几年他不在嘉裕市，不知道我把房子租给你的事情。西陲呢，是房子的租客。"

西陲插话强调："有正经租房合同的租客。"

陈原城冲她抱歉地笑了下，双手合十，冲左右两人作揖："今天这事，是我的错。"

话已说清楚，西陲没理由计较，但摸了下自己被扯领子勒到的皮肤，眼睛瞥了旁边一下，蛮不情愿。

陈原城顺着她的视线看向赵东升，挤眉弄眼地提醒他道歉。但赵东升半合着眼皮，也不知是没理解还是懒得搭理。

陈原城心里暗自叹气，赵东升这人，近几年越发臭脸。

租房合同签约时，西陲爽快地付了一整年的租金，如果因为陈原城违约，要退还剩余租金，还要赔偿损失费。他哪里料到赵东升会一声不响地突然回来，闹出这样的乌龙。不过转念想到赵东升的性子，回来也待不了几天，他心里的一块大石头也算是落地了。

陈原城继续做和事佬："俗话说不打不相识嘛，你们俩也别面面相觑了。赖我！赖我没提前说清楚。"

西陲盘腿坐在沙发垫上，埋着脑袋顺瓜子脖子底下的毛。

陈原城冲赵东升斜眼，眉头挑两下，眼神近乎哀求。赵东升哪里买他的账，抱着胳膊，只问："我的房间也租出去了？"

"当然没有！"

那就好，他现在只想补觉，其他的都不想管。长时间的驾驶让他倍感疲惫，屈着胳膊扶在后颈，左右歪两下，起身。临转身前，他忽而想到什么顿住脚，身子半侧着，冲旁边小姑娘那儿抬了下下巴，问陈原城："她不是你妹妹？"

"不是啊。"陈原城一脸无奈地拖着长音，试图给赵东升解释一下如果妹妹能长这么可爱，他简直烧高香了。

得到答案，赵东升觑一眼这个弓起背都没他那个棕黄色的登山包体积大的女孩儿，视线悠悠地转向陈原城质问："那你为什么将房子租给未成年？"

西陲问："什么未成年？

陈原城一滞，他看看涨红着脸瞬间要跳脚的西陲，又看看泰然自若地往卧房去的赵东升。未等他解释，一道女声抢先响起：“这位大叔——”

赵东升在沙发后止步，西陲爬两下站在软绵绵的沙发垫上。啧，怎么还是比他矮几厘米。她内心腹诽，表面上却不动声色道：“我今年22岁，22岁！”

西陲不屈不挠地科普：“在国内，不论男女，18岁以后便是成年人了，所以，我、不是、未成年！”

哼！长得高了不起啊！

抑扬顿挫地说完，西陲捞起瓜子从沙发上下去，趿拉着拖鞋从赵东升身边过去，回房间。

西陲正为自己雄赳赳气昂昂的样子在气势上彻底碾压他而心里痛快，临跨进门前，耳尖地听到身后传来一声低笑，来自赵东升的嗤笑。西陲疑问地顿了下脚，短暂的停顿后，愤愤地，摔上门板。

客厅里，陈原城做最后的挣扎：“东升，你怎么突然回来了，这次回来住多久？要不搬去我那边住吧？”

“我后天回云南，这两晚睡这儿就行。”赵东升左右歪两下脖子，只想睡觉。

“不太方便吧。”陈原城望一下西陲紧闭的房门，要解释些什么，后知后觉地意识到自己抓错了重点，猛地瞪圆眼睛，“你知道秦歌要结婚的事情了？”

赵东升显然不知道：“什么时候？”

陈原城松了口气：“明天的酒席。”

他顿了下，打量着赵东升的反应，补充道：“在兴韵酒店，四楼。

你要去吗？”

“再说吧。”

“那——”

陈原城话音刚起，赵东升背过身挥两下手，往卧室走。

隔壁房间，西陲趴在地毯上，蛮不乐意地玩手机。

阴沉的脸庞上突然有了精神，眼睛亮亮的，她整个人跳起来——

中……中……中奖了？

去成都看大熊猫？报销往返机票！

她微博粉丝近六万，活跃粉不少，看到这消息正齐刷刷地过来蹭运气。也有不少粉丝各种花式表白她的玩偶可爱漂亮，询问新货什么时候上架。

刷了一会儿微博，西陲咧着嘴角，因为刚刚的事情而阴郁的心情瞬间明朗起来。

三年前高考失利后，她去了一所普通的二本院校学习服装设计，课程之余，经营了一家淘宝店铺，卖潮流女装。店铺起步困难，利润还不如贴出去的广告费多，等大三的时候，淘宝店才步入正轨，为留住买家，西陲加强了商品的包装和赠品。正因为这无心插柳的赠品，她手工做出的玩偶被一家玩具公司看中，特邀她去做设计师。

梦想着成为服装设计师的她，阴错阳差地，成了玩偶设计师。

如今的她，有了自己的玩偶工作室，以及一批忠实而又可爱的玩偶粉。

西陲眯着眼睛，挑拣了几条评论回复，重新打量起那条中奖微博来。她都忘记自己什么时候转过这条抽奖微博了，可能是上个月接的那几条推广，也可能是没睡醒看手机时点错了，又或者是自己真的忘记了。不管怎样，西陲被这个大饼砸得眩晕。

这个博主叫“太阳东升”，是个旅行背包客。西陲翻遍他所有微博，在各个国家的风景照中，只找到了几张背影照。

照片是两年前发的，他站在线条利落的土坡上，穿一件白色风衣，远处有山，氤氲萦绕着白色雾气长久不散。整张照片他“占地”不足拇指大小，但取景干净简单，让他的存在异常显眼。

身型挺拔，模样不清。

细看起来，颇有一种遗世而独立的孤倨。

她退出去，点开私信框，发送：“嗨，你好。是我中的奖。”

末了，补上个星星眼的表情包。

彼时，隔壁卧房。窗户朝南，和煦的正午阳光照得一室明媚。一柜一桌一床，无多余摆设。赵东升脱鞋躺下，胳膊压在额头上，没一会儿工夫就睡着了。

阳光在他颀长的身躯上拉出黑影，掉落在暗处的手机嗡嗡振了两下，是一条微博私信。

男人睡觉轻，摸起手机看了眼，回：“你好，私信我支付宝和真实姓名，往返机票的金额 24 小时内转到。”

消息回完，等了几秒钟，那边按要求回复了个人信息。赵东升按机票的正常价格转账过去，附字：“旅途愉快。”

事情解决，他将手机放下，翻个身又睡着了。

随着支付宝“叮咚”一声的转账提醒，西陲激动地从床上跳下来，晃着手机好一会儿才确信这不是梦。

截图，发微博，证明自己是真的中奖了，没有被骗。

疲惫的赵东升再度醒来，是被接连不断的门铃声吵醒的。他胡乱揉着头发往外走，睡眠严重不足的他，眼底两块乌青，蹙着眉头，满脸不耐烦。

他从卧房出去，见西陲趴在猫眼处使劲往外瞧，任由门铃不停而不做反应。

“喂，看什么呢？”赵东升走到她旁边，凑过去看。

他个头高，猫眼的高度正适合小女生的身高，这让他不得不垮着肩膀矮身下去，和视线相齐。

突然冒出一道声音，西陲吓了一跳，身子猛地往后弹，哆哆嗦嗦地望向赵东升：“你干吗突然说话，吓死个人啊。”

赵东升站直身子单手抄兜，另一只手摸到门把去开门：“就是吓你个傻子。门铃响了那么半天不开门看什么呢。”

西陲水汪汪的眼睛满怀芥蒂地盯着他，看似委屈又有些不服气。赵东升开门的动作顿了下，兜里那只手拿出来，覆过去。

西陲恶狠狠地盯着他，正思索该如何处理这个和自己同屋檐下住着的男人时，眼前一暗，头顶一沉。只见赵东升手掌覆在她的头顶，像是哄小孩子似的，胡乱揉了两下，正经脸，纳闷腔：“你怎么长得这么矮。”

西陲想拿起拖鞋给他两耳光。

长得矮省布料，不行啊。

赵东升将她扯到一边，开了门：“有事？”

外面几乎要放弃的快递小哥满血复活：“钱万才先生是在这家吗？”

赵东升脱口而出：“不是。”

西陲的声音同时响起：“是！”

赵东升怪异的眼光从西陲头顶滑过，笑了下：“你叫钱万才？”

西陲没理他，径自上前向小哥出示了手机上的购买信息，拿快递。

赵东升对她的仇视不以为意，手掌揉两下微落枕的脖颈，留西陲在门口，折身往屋内走。路过那个偌大的、西陲还没来得及收拾的收纳箱，他又退两步回来，饶有兴致地去翻一个个的快递，不知道在看什么。

西陲站在他不远处正在拆刚送到的快递，眼神有意无意地朝他这瞥过来，满眼探究。赵东升大大方方地回视过去，目光落到西陲手上那本塑封书籍上，嘲笑道：“您名字还真多。”

因为一句小矮子，将两人的关系彻底拉远，西陲拖着长腔，敷衍地解释：“我自己一个人在家，写个男人的名字，有安全感。”

赵东升不置可否地“啧”出声，提醒：“可要是快递小哥发现，这屋里频繁出现多个男人，也不太好吧。”

“要你管！”

西陲站在垃圾桶边，大力地将新书的塑料膜扯下来扔掉，背身往阳台那走。

这本书是太阳东升最新的游记，中午刷完微博后，随手买了一本来看。想到凭空得了去成都的往返机票，这个奖说大不大，说小也不小，但是其中多少有种幸运的象征，西陲心情不由自主地因此变得畅快些。

她走到窗边，膝盖一弯坐到旁边的榻榻米上，借着阳光花束，拍了几张照片，左右瞧着不满意，书扔在窗台上回了房间。再出来时，瓜子被强制性地勒着脖子按在怀里。

榻榻米旁边，赵东升正捧着那本书，坐在她刚刚坐过的位置，一本正经地在研究书背面的标注。

西陲过去，冷不丁地讽他：“看得懂吗你！”说着从他手里将书夺回来，让瓜子做道具，给书封拍了几张照片。再经修图软件稍一调色，拼凑九宫格。

西陲自娱自乐，背靠在墙壁旁近十五分钟，时而欢喜，时而蹙眉。赵东升发觉自己也够无聊的，抱着胳膊站在旁边，一眨不眨地盯着她瞧，直到被对方发现。

书皮被合住，西陲仰头看向赵东升：“你有事？”

赵东升下巴点一下那本书，好心好意地提醒：“这类游记类书籍，写得既空洞又没营养的，看多了，这安稳过日子的心啊，容易飘。”

原本西陲是这样认为的，可经他这样一说，故意作对似的，一脸“我乐意要你管”的模样：“是吗，我觉着挺有趣的，照片拍得好看，文字踏实不浮躁。”

说话时，她捏着书脊晃了下，一脸正经。

赵东升被夸得眯起眼，笑着问她：“有这么好看？”

“当然！”西陲得意。

她发送出新编辑的微博，拍两下手站起来，优哉游哉地哼着小曲往屋里走，自然是没听到身侧男人口袋里的手机，略微低弱的提示音。

赵东升掏出手机看，是被人“艾特”了。这艾特他的不是别人，正是刚从他身前像风一样嗖地过去的小矮子。

微博的内容，大致是说自己如何如何幸运能够中奖，希望自己的好运气能够带给大家，所以准备了几本书，送给大家，分享自己中奖的幸运，关注转发即可……

赵东升无奈地摇摇手，随手点了转发，附字："旅途愉快。"

"哦，对了——"西陲走出几步后，停下，转身看他，"你是这个家的半个主人，而我是另外半个家的租户，你没理由赶我走，我也没立场让你出去，所以——"

停顿的空当，西陲吧嗒吧嗒点着手机回复："谢谢。"

"所以希望你住在这里的俩晚上，我们能好好相处。我的生活习惯，你可能看不惯，但请你不要打扰我。谢谢。"

赵东升环视了一眼周围，沙发上的衣服、书籍、零食……各式各样的物品堆叠凌乱，地毯上随处可见猫毛混杂着卷曲的细发。西陲跟着他的视线，分辨出他眼底的介怀和不屑，摊摊手，做出妥协："公共区域我会尽快收拾好，不给你造成困扰。"

"随便。"赵东升耸了下肩膀，在方才西陲坐过的位置坐下，胳膊一伸，谄媚的瓜子立马主动地蹭过脖子去。

瓜子，你个吃里爬外的家伙！

临近傍晚，西陲揉着饿扁的肚子从房间里出来。

"瓜子！"

房间里空荡、安静，不见人。

每到饭点，瓜子总准时地出现在西陲的脚边，拖拽着她的袜子，要饭吃。可今儿个，那只大肥猫的身影呢？怎么不见了？

西陲翻遍了整间公寓，就连赵东升的房间也敲了门，他也不在。

所以，是他把她的猫拐跑了？

西陲撇着嘴，自言自语地责备瓜子的忘恩负义，哼哧哼哧地埋头打扫着公寓里的垃圾。

六点钟，赵东升踏着暮色回到公寓。刚跨脚进来，焕然明亮的居室让他有两秒钟的不适应，直到看见那个眼熟的小矮子端着俩盘子从厨房出来，这才相信，这里确实和他离开前是同一个地方。

瓜子见到主人，“喵”了一声，从赵东升怀里跳下去。橘色的身影刚到脚边，西陲就不客气地一晃脚腕，将它甩出半米远。

瓜子委屈巴巴，小心翼翼地蹭回到她的脚附近，不敢靠近。

摘掉围裙，西陲扫一眼赵东升手里的外卖盒，略带遗憾：“原来你吃过饭了。”

“没吃呢。”

西陲顺手夹了瓜子最爱的小鱼干放在小盘里，邀请赵东升：“那一起吃点，我做得有点多。”

“也行。”赵东升毫不客气地拉开凳子坐下，将手里的塑料袋推给西陲，“这个给你。”

她解开看：“地瓜干、牛肉干、无花果、桂圆。”一类一小包，兜了一大袋。西陲将袋口系好，随手往旁边放，“你怎么喜欢吃一些女孩子吃的东西。”

赵东升没解释，自己盛了米饭拿筷子，看着桌上色香味俱全的三菜一汤，挑眉：“这些都是你做的？”

“废话，难不成是瓜子做的嘛。”

“味道还不错！”赵东成称赞。

“那是。”西陲一脸得意地看一眼认真吃饭的赵东升，随口问，“你在外地工作？”

赵东升没细说，略带敷衍：“算是吧。”

“不常回来？”他要是时不时回来住两天，西陲估计得换地方租房子了，和一个大男人同一个屋檐下生活，太不方便了。西陲在脑袋里认真地思量比较，哪里的房子比较合适她。

好在赵东升及时解释：“这次有急事，后天就走。”

“哦哦。”西陲欢喜地晃两下头，脱口而出，“回来参加前女友婚礼？”

赵东升眼皮一掀，瞪她。

西陲意识到失礼：“我不是故意偷听的，是你们俩在客厅里说话声音太大了。”

西陲欲盖弥彰地解释：“这房子的隔音效果不太好。”

“不是。”

“嗯？”

“我回来前不知道她结婚。”

“哦。那要是知道呢？还回来吗？”

西陲有种想拍死自己的冲动，怎么这嘴巴就没个把门的，秃噜一下就都出来了。

赵东升又夹了两口菜，说：“回来。”

明天的日子，无论如何，他都要回来。

西陲耷拉着脑袋，强制让自己闭嘴，那样子，好似是个犯了错生怕被老师责备的学生似的。赵东升露了笑，敛声问她：“你呢，怎么自己在外租房子住？”

“工作啊。”西陲叹口气，一副为生活所迫的老成态，“不想在家里听爸妈唠叨，所以就搬出来了。”

有爸妈唠叨，多好啊。赵东升看她：“你是做什么工作的？”

西陲指指他背后矮柜的方向，赵东升看过去，花瓶和玩偶，一时没理解，只听西陲解释：“我是玩偶设计师，平时工作都在家里，时间安排比较随意。”

“哦，挺符合你的。”

西陲咧嘴笑了下，反问他：“小孩子气质？”

赵东升低声笑了下，没回答。

“你呢，在外地做什么工作？”

“你猜猜。”

西陲已经放下筷子，交叉着手支在下巴处，端详着他的样子，出声：“不像正儿八经的公司职员啊，自由工作者？”

“嗯，再具体点呢？”

“开店的？”

赵东升“嗯”了下，不想再为难这个小姑娘了：“在外地开了个客栈。”

“那挺自由的。”西陲说话的工夫，斜眼就看到瓜子凑在盘边嗅了嗅，傲慢地挪开了。她立马拉下脸来，佯装生气地踢踢盘子旁边的地板，示意它认真吃饭。

赵东升见状，多嘴解释：“我在外面喂了它两个鱼罐头，这会儿应该不饿。”

“哦。”

现在赶人走还来得及吗？

西陲大二时便从学校宿舍搬出来住，过久的独居生活让她拥有一手不错的厨艺，简单的几个家常小菜，很有味道。她一个人吃不了多少，但时常会拍一些做菜的视频或者照片放到微博上和粉丝分享，所以习惯多做。

今天刚巧多了个赵东升，虽然脸上对赵东升没有好脸色，但本就耳根子软的西陲在见到赵东升抱着猫从外面进来的那瞬间，自动将他划到自己人行列。

她这个人，虽然斤斤计较了些，但耳根子软。

赵东升吃东西快，每样菜吃了些，便放下碗坐在那儿说话："这只猫为什么叫'瓜子'？"

"好听啊！"西陲慢悠悠地嚼两口菜，她吃东西本来就少，今天没有工作窝了一天，没有脑力运动身体运动也少，吃得自然比平日更少。

她看一眼桌子上剩下的饭菜，也放下筷子："你多吃点，不用客气的。"

"你吃饱了？"赵东升任由猫跳到自己大腿上，捏了桌面上掉的米粒喂它吃。

西陲想要说瓜子不吃米的，可张张嘴话还没出口，眼瞅着瓜子舌头一伸将男人指尖的米粒卷嘴里。她妒意渐浓，说话的语调沉下去："吃饱了。"

赵东升继续逗猫，回她："就吃这么点？"

西陲沉着一张脸，不用细想，就猜到他下句话会说"难怪长不高呢"，求生欲顽强的西陲在他开口前直接忙不迭地打断："你也吃得不多啊。”

声音里满满的不乐意，赵东升神经再大条也能听懂。

西陲又开口：“你还吃吗，不吃我都倒垃圾桶里了。”

西陲一本正经打量他，脑袋里却在计较今晚上无论如何都不让瓜子上床睡觉。

赵东升被她这眼神盯得心虚，说话磕绊了下，没了主意：“你想让我吃？”

“随便，想吃就吃。”

西陲拂拂袖子，起身，临出门前瞥了眼窝在赵东升腿上抻着爪子够桌布边的蠢猫一眼。

喜新厌旧的家伙，猫粮都白喂你了。

等西陲打完一局游戏回到餐厅时，桌旁已没了人，碗筷规矩地摞在一起。再撇头，只见赵东升站在厨房门口，背对着她，袖口捋过小臂，双手掐腰。

瓜子乖巧地坐在他的脚边，一高一低两道背影，莫名凄凉。

“咳！”

赵东升稍侧了下头。

西陲问：“看风景呢？”

赵东升被她的幽默吓到，蓦地一愣，紧跟着手指往后戳，嘴角抽两下：“漏水了。”

西陲疾步过去，伸手就将赵东升往旁边一推。

打量了下厨房里的情况，水流正正源源不断地从洗脸盆下往外涌。西陲二话不说蹚着水过去，检查了下水管的情况，去客厅的柜子里取了工具，蹲在那儿修理。

她长得小只，蹲在那儿蜷成一团，动作麻利，几下就将水管修好，水流止住。

赵东升取了拖把，拄在门口看她，见西陲起身洗手，他笑着称赞："还挺全能。"

水流哗啦啦。

赵东升抱着拖把，嘴角勾了下："这种时候，女孩子应该躲在男人身后，知道吗？"

水声戛然停止，西陲转身，朝他走两步，一把捞过拖把去，埋头拖地。

赵东升慢半拍地思索，前一秒还幽默地开玩笑，这一秒怎么就阴了脸，这表情丰富的，简直比这个月份的雨水还要说来就来。

西陲拖好了地，从赵东升身旁经过时，顿了顿："虽然是女生，但有些力所能及的事情，能自己上手就自己上手，总不能站旁边陪你个大男人一起看风景吧。"

又生气了？

这姑娘的脾气真是阴晴不定的。

赵东升坐在沙发里，听着门铃一直在响，愣是不动弹去开门。直到西陲不耐烦地从卧房里出来，见他在客厅，兴师问罪："门铃响没听到吗？"

"哦，听到了。"他继续逗猫。

西陲被这回答惊住了："那你为什么不开门？"

"你下午不是也没开吗？"

他这话说得理直气壮，西陲愣了两秒钟，懒得和他计较，趿拉着拖鞋往门口走。

猫眼里瞧瞧，确认了来人，西陲拉开门。陈原城见着西陲，如释重负似的长舒了口气，默默地擦掉了额角流下来的汗。还没等西陲发问，他先开口：“赵东升在吗，我找他。”

“在。”西陲侧过身子，让他进来。

陈原城看到客厅里的赵东升，不自主地便开口：“东升，我到家才想起来。”话说到一半，回头望了眼西陲抱歉地笑了下。

西陲知道他们有悄悄话要说，很识趣地踱步往卧房走，经过沙发时，不忘将那只懒惰不着家的猫捞起来带走。

房门掩住，陈原城这才出声：“明天要用的东西准备得怎么样了？”

“准备好了。”赵东升随手按两下遥控器调台，斜眼就瞥见陈原城一脸愁容的郑重模样。嗖地，遥控器扔过去，赵东升唤他回神，“又不是头一年，你这一副忧心忡忡的样子，是怎么个意思？”

“我就是觉着，秦歌这事做得特不地道。”

赵东升腿一叠，没接话。

陈原城长叹一口气，煞有介事地解释：“她明明知道明天是叔叔阿姨的忌日，怎么还把婚礼定在这一天。忘了？不可能吧，毕竟你们俩之前感情那么好过。”

在听到“忌日”那俩字的时候，赵东升只觉着太阳穴突突地直跳。

“怎么不可能忘了？”赵东升反驳他，“有些事，不去想，就能忘。别说是她，我都忘得差不多了。”

陈原城盯着赵东升看似随意淡漠的模样，着实不相信，那青梅竹马的感情，说放下就放下了。如果放下了，怎么还长年在外面飘着不着家?

呃……家，想到这里，陈原城立马严肃起来。自打三年前叔叔阿姨车祸离世之后，好像这里也没有他的家了。世界各地，在哪里生活，又有什么不一样呢?

这样想着，陈原城也就不担心他了。

卧房里丁零当啷地传来东西摔在地上的声音，绵延不断。陈原城将遥控器放在茶几边沿，换了个轻松的话题：“这个姑娘其实蛮有意思的，之前送了我不少的玩具公仔，我随手一搜一个上千块，简直比手办还要贵。”

陈原城嘴角噙着笑意，悠悠地转过脑袋，问他：“你在这儿还住得习惯吗？不习惯的话，先去我那儿，小莫今天回学校住了。”

“挺好的，不用麻烦了。”

丁零当啷的，卧房里又传来一阵响。

客厅里的两人应声转头，只见西陲粗红着脖子站在门内，单手拎着瓜子，毫不留情地往外一丢，继而门板一甩，重新掩住。

瓜子在地上翻了个身子，“喵呜”一声，朝赵东升的方向过来，委屈巴巴地在他脚边蹭他。

陈原城苦笑：“敢情你刚住进来半天，就把她的大宝贝给抢走了啊。”

“大宝贝？”赵东升抱起猫，有些疑惑。

陈原城无奈地歪下脑袋，肩膀往沙发上靠：“她刚搬进来那会儿，我见这只橘猫挺可爱的，想逗逗它，谁知我手指刚够着它的毛，就被小姑娘制止了，说什么这只猫傲娇得很，不让陌生人随便动。谁知她刚提醒完，我只觉手背一热，再看时，横着三道伤口。啧啧啧，就这小畜生，害我为打疫苗跑了一个月的医院。”

回忆起当时的场景，陈原城深感受挫，下巴抬了下，示意他：“我看这猫倒是挺喜欢你的，你第一次抱它的时候，没被挠吧？看你这样子，应该是没被挠。”

赵东升好心情地抿起嘴角，没有否认。

他好像明白，晚饭时那姑娘阴晴不定的态度是什么原因了。原来是怪他抢了自己大宝贝的宠爱啊。

伸着手指逗两下猫，赵东升心里觉着莫名有趣。

陈原城目睹着赵东升嘴角的笑意，不明所以。他想到被人千叮咛万嘱咐的嘱托，忙不迭地清了下嗓子：“东升，你明天晚上有空吗，小莫知道你回来，吵着要一起吃个饭。”

“行，你们安排。”

“那就去李叔那儿吃！”

赵东升好奇：“李叔那摊子还在？”最近大小城市都在创建文明城市，路边的烧烤摊、商品小贩纷纷被驱逐。

陈原城捏着手机发消息，不忘解释一番：“挪了。在国贸里租了个店面，租金高得多，生意却是好得很。哎，对了！”陈原城猛地一抬头，正儿八经地问他，“我和小莫在一起了，准备过几天求婚，要不你在这儿多住几天，晚点走？”

“行啊！”赵东升眼亮起来，很是欣赏地看向陈原城，拍他肩膀，“需要我帮什么忙吗，尽管说。”

“不用，我能搞定，就是想着让你做个见证，我们一起长大，也算是一种意义。”

“出息了你！”

两人年纪相仿，25岁。可模样打扮带来的视觉效果生生地让陈原城看起来像大学生，赵东升看起来过分老成。

陈原城试探：“不过，到时秦歌也在场，你不介意吧。”

“没事。”赵东升直说，“我和她好聚好散，没有到老死不相往来的地步。”

“那就好那就好。”陈原城松了一口气，“别到时候你们俩的低气压，把我精心准备的求婚仪式给破坏了。”

“你要这样期待，我也可以努力下。”

“滚！别瞎搞！”

陈原城离开，赵东升回房。临睡前不自主地想到，西陲修完水管后，剑拔弩张地从他身边过去的模样。

她生着一张娃娃脸，皮肤白净，眉眼柔和，即便是刻意冷着一张脸，也丝毫不具任何攻击性，反倒是多了些可爱在其中。

说起来，赵东升并没有袖手旁观的意思。吃了晚饭，他正准备进厨房洗碗，就瞧着地板上溢了满地的水。他站在那儿，熟悉的环境让他误以为这是自己久住的公寓，正思索工具在哪里放着时，突然她就进来了。

再之后，小姑娘铁了心地误会下去，赵东升这冤屈是洗不清了。

赵东升掂掂胳膊弯里的橘猫，不自觉地站在西陲卧房门口，屈着手指，敲门。

## 第二章 / 不告而别

太阳高照，西陲睡到自然醒，分外舒坦。一手摸到枕头下的手机，另一只手习惯性地伸到床脚地毯上捞瓜子。

又沉了。

西陲给橘猫的脖子顺毛的时候，昨晚的某段记忆从脑袋深处蹦了出来。

她给陈原城开了门后回到房间，为了防止自己的好奇心被客厅里时不时传来的交谈声吸引，她特意在打游戏时将背景声音开得特大，以至于赵东升抱着瓜子完璧归赵时，她丝毫没有察觉。

等游戏玩累了，西陲刷会儿微博就睡过去了。

半夜，昏昏沉沉地从睡梦中醒来，意识还没明了，就哑着嗓子喊瓜子，好一会儿的工夫都没见瓜子黏她。西陲不禁想起来，猫被人抢走了。

没了猫做伴，西陲心里不踏实，瞬间慌得很。

大二时开始在学校附近租房子，就是一个人住，日子倒是安静，却时感孤独。后来养了瓜子，也算是间接地体验到了一屋两“人”三餐四季的感受，时间久了，竟也就不害怕了。加上她平日除了少数时间跑跑工厂盯一下进度外，其他时间大都宅在房间里画设计稿、看书、打游戏、刷微博。生活重复单调，社交圈子简单，和猫相处的时间久了，感情更加深厚。

孤独感很久没有了，可如今少了瓜子，再度涌上来。

带着昏沉的意识，西陲摇晃着身子去敲隔壁的门。

“咚咚咚……”

赵东升拉开门，低头看门口睡眼惺忪的西陲，微怔：“有事？”

“我自己一个人睡不着。”她抻着身子往房间里望，双目澄净地仰头盯他，“瓜子呢？”

赵东升往电脑椅上示意，不忘侧开身子让路：“进来吧。”

“瓜子——”西陲从电脑椅上抱起猫，想念的情绪格外浓烈。

赵东升将门敞着，自己坐到床尾，好整以暇地盯着她看：“你很喜欢猫？”

“嗯。猫好养活。”

赵东升胳膊撑在床面上，上半身稍往后倾，刺亮的灯盏下是他浓墨般的眸子。

夜深露重，四周静悄悄的，并不相熟的两人同在一个屋檐下，气氛有些微妙。赵东升直勾勾地盯着她瞧，带着些笑意，噙着丝狡黠，但他流露出来的过分磊落坦然让西陲心怦怦地震了两下。

眉峰如炬，双目深邃。锋利的五官因他糙实的肤色和青色胡楂平添了些沧桑与浑厚，阅历和胆识让他周身的熟稔毫无违和感。身上穿着是再普通不过的长衣长裤，袖口上挽，露出精瘦的小臂。

西陲半低着脑袋，盯着他厚实而宽大的手背。这是双吃过苦的手，并不洁净修长，毫无美感可言。

他到底是做什么的？

西陲目光抬起，滑过他起伏的胸膛，和他四目对视。

“呵！”赵东升哼了声，倏地勾了嘴角，似乎是想到了什么好玩的事情。西陲站在电脑桌旁，盯着他似有若无地拍了下床沿，不知是要感慨什么。

两人见面时间不超 24 小时，谈不上相熟，这个时间点安静地独处让她并不能找到合适的话题进行下去。她将瓜子抱稳，冲他笑了下：“那我先走了，你早点——”

“睡”字还没来得及说出口，眼前一黑，原本房间里轻微的电脑运作的噪音戛然而止，彻底安静。

“12 点了吗？”西陲摸到手机，按亮屏幕，确认时间，“忘记告诉你了，最近这一周有工人在维修线路，晚上 12 点断电，第二天 5 点恢复。你要是觉着不方便，我那有充电台灯，我去给你拿。”

猫眼在黑夜里分外明亮，泛着漂亮的晶绿色。赵东升目送着西陲抱着瓜子，疾速往门口移，蓦地想到什么，起身，先一步过去。

房间一片漆黑，西陲判断不清楚障碍，丝毫不提防卧房门口立着的那个硕大的旅行袋。注意到这点的赵东升先一步过去，伸手抓住她肩膀。

西陲吓了一跳，哆嗦着问：“怎么了？”

“看路。”赵东升捏着她的肩膀，将她扯到旁边，抬脚踢了下挡在门口的旅行袋，示意。

“谢、谢谢。”西陲惊魂甫定，怀里的瓜子被她抱得太紧，正不停挣扎。

他扶稳她的肩膀，确认她站定后，快速松开，只听他提醒：“不用管我，我不怕黑。”声音就在头顶，近在咫尺。浑厚的嗓音在漆黑静谧的黑夜里格外悦耳，“自己拿手机开个灯。”

西陲机械地照做。

循着灯光照亮的路，西陲头也没敢回。直到拐进了房间，门重重地被掩住，她背贴在墙板上，心跳得飞快。

自己一定是太久没见到男人了。

这个赵东升，并不是她的菜。

西陲拍拍脸颊，让自己清醒些。

西陲站在试衣镜前换衣服的时候，不自觉地捏两下自己的肩膀。昨晚他扶自己肩膀时手上力度偏重，像他的长相，粗鲁直率。

脑袋昏昏沉沉的，还欲再回忆些更具体的细节，直到手机振动嗡嗡地响起，她才清醒。

是工厂的电话。她快速地穿上外套，对着镜子晃晃身子确认没有差错后，拎着包往外走。

电话接通。

“喂，孙工，我现在已经出门了，十分钟就能到。”

西陲在门口换鞋子，抬眼看到视线可及范围内的饭桌上有个塑料袋，装着清粥肉包，而四下扫视的目光没见到赵东升的身影。她不由得怔了下，电话那头的说话内容自动被屏蔽。

拉锁挂到手指的刺痛让西陲回神，她忙不迭地确认：“孙工你刚才说什么？那个图纸上的尺寸没有问题，我自己画的，我心里有数。

行行行，你先等我会儿，我马上到，到了我们再商量。”

西陲挂了电话，绕到赵东升房门口敲门。

没人开。

西陲换了一只手：“你在吗，我今天要出门，你出去的时候记得锁门。”

没人应。

是出去了?

所以，这早餐……

西陲吞了口唾沫，等到再反应过来的时候，已经站在餐桌边。

她自我安慰出声：“谁让你昨天把我做的饭都吃干净了的，害我今早晨连剩饭都没得吃。所以我拿你早餐吃，不过分吧，等中午回来，我帮你带一份还给你就是了！”

等这简单的仪式结束后，西陲拎起袋子出门了。

公寓的防盗门“哐”的一声，门锁扣住。余音未停，紧跟着卫生间传来一阵马桶抽水的声音。

赵东升出来，望着静悄悄的房间以及空荡荡的餐桌，想起她那振振有词的狡辩，不由得笑起来。

原来这房间的隔音效果，真的不太好。

一上午就应该结束的工作，兜兜转转的，竟然忙了一整天。

当林程明的那辆粉色的小电驴在她跟前缓缓停下时，西陲顾不得震惊，双腿先软了要歪倒。林程明眼疾手快地抓住她，目光落在她细高的鞋跟上，禁不住拧了眉头：“你明知道要出门还穿这么高的鞋子，是有多恨你这双腿啊。”

“难得出门嘛！鞋子买了半个月了，一直放在家里堆灰。我要是再不趁着出门多穿两次，就要换季了。”她本来出门机会就不多，衣服鞋子包包倒是买了一大堆，如果不抓紧趁着出门的机会穿几次，当真成了买来珍藏的了。

“是是是！宅女难得出门，一出门自然要打扮得漂漂亮亮的！”

林程明对她的说辞懒得计较，正咋舌时，眼睛突然亮了下，瞬间笑逐颜开地像是发现新大陆似的伸手撩她鬓角的头发：“啧啧啧，你这妆化得让人都看不出你化了妆，简直比我工作室那个新招的前台姑娘化得还要好看，我改天把你的微信给她，你好好教教她。”

“行啊！我教你员工，你得给我学费！”西陲坐到后座上，伸手揽着他的腰，指挥，“我要饿死了，你请我吃东西。”

“明明是你刚赚了钱，怎么反倒是我请！”

“双十一刚过去，我买了很多东西。”

林程明诧异：“都花完了？”

西陲并未觉不妥：“差不多。东西便宜嘛，买得多就是省得多。”

林程明不理会她这自圆其说的理论，电车驱动，往市中心去。

国贸露天停车库，林程明那辆粉色的某牌小电驴在一排四轮豪车中显得甚是可怜。西陲憋着笑，忍不住调侃他：“你倒是随意了，好歹维护一下自己男人的面子，开个稍微好点的车出来。”

“还有你这衣服，还能再随意一点吗？”

西陲看不顺眼地直挑他的毛病，明明是个阔绰豪气的富家公子，怎么这出门在外，都没她这个贫穷少女来得体面。难道越是富的人就越随意，反倒是穷人喜欢捯饬自己？西陲正百思不得其解时，林程明停好车子，两人往入口走。

他这才解释："昨天路上出了点小故障，送去维修了。我穿这身，骑这车，还不赖你？我正在家看我妈搓麻将呢，你一个电话拨过来就直呼救命，为了你人身安全我哪有时间去打个领带喷个发胶。就这小电驴，还是今天去我家打扫卫生那阿姨的呢。"

"谢谢您！大恩大德！永世难忘！"

林程明一脸憋屈："那这顿饭你请？"

"请请请。"西陲拖长声音，"谁让我拿人家手短，吃人家嘴软呢。"

"你嘴软啊，我看看。"林程明一脸得意地跳到西陲跟前，将脸正对着她。西陲被吓得往后一倒退，高跟鞋一歪，要不是被林程明及时拉住，估计就崴到了。

林程明盯着她的鞋子，很是有意见："精致的猪猪女孩儿，您稳一点。"

"累了，稳不了了。"西陲蔫着脑袋，胳膊往林程明手臂上一钩，"你撑着我走。"

"走吧。"林程明恨铁不成钢地叹了口气。

露天停车库，一辆黑色的越野疾速制动。主驾车门打开，赵东升下来，举着手机在讲电话："我已经到了，到门口了。"

一道清脆的女声从听筒和空气分别传来："东升哥！"

赵东升闻声望过去，姚冶莫正站在风口处，直挥胳膊。赵东升举着手机冲她示意下，目光看向姚冶莫的身旁时，开后车门的动作一顿，一个细瘦的女孩子扭转过脑袋在东张西望，她的长相和身型有些眼熟。

刚走完台阶，林程明发觉旁边人顿住脚，自觉地跟着她一起往后看：“怎么了？”

“没事，听到个熟人的名字。”西陲回头，抿嘴笑了下，“估计是我听错了，走吧。”

林程明“哦”了声，视线往霓虹璀璨处扫了扫，走进大厅。

姚冶莫疾步走到赵东升跟前，眉眼弯弯地笑：“东升哥，你怎么才来，是不是这么久不回来，都快不认识嘉裕市的路了。”

“给你买礼物去了，所以来晚了。”赵东升从后座捧出个方方正正的大盒子，塞她怀里。

盒子很大，她很费力地抱着，直撇嘴：“还是你对我好，陈原城这个傻货，追我那会儿一天一束花送着，可等追到手了，别说花了，就连花瓣，我也没见着。”

赵东升笑了一下，帮她拿着礼盒：“礼物先放在车里，走的时候再拿。”

“不行，我得拿进去，气气陈原城。”

赵东升没意见：“随你。”

烧烤店里人满为患，西陲和林程明站在店里等了会儿，没见着有人要走。

西陲商量：“要不换家店吃吧，我不挑，随便吃点就行。”

“不行！”林程明态度十分坚决，“我新发现的，这家店很好吃。再等一会儿，那边那桌快吃完了。”

“好吧。”

西陲拿出手机，站在柜台旁边刷微博。

她新设计的玩偶预售量可观，在粉丝群中好评如潮。因为专注地看手机，西陲压根没意识到林程明走开了，直到一道疑问的声音在她耳边响起：“是你啊！”

西陲抬头，笑着打招呼：“陈先生。”

陈原城一脸热情：“你也在这里吃饭吗，是没位置了吧。我们桌子在那边，你要不介意的话，过来和我们拼一下吧。”他想着赵东升和这小姑娘低头不见抬头见地同一个屋檐下相处，着实有些不方便，也算是难为人家小姑娘了，索性大家一起拼个桌，算是个顺水人情。

“不用了，我还有一个朋友。我再等一会儿吧。”西陲左右望望，不见林程明的身影，她抱歉地笑笑，“我朋友可能是去厕所了。”

“你们两个人吗？”陈原城见西陲点了下脑袋，琢磨了下，拿定主意，“这家店生意爆棚，现在这个时间，客人大都刚开始吃东西，估计等空桌得耗上些时间。拼个桌也不麻烦，都是你认识的人。”

陈原城喋喋不休地说了一通，西陲绕不出话来拒绝，加上奔波了一天，早就饿得前胸贴后背了：“好吧，那麻烦你们了。”

“小事！”

两人往餐桌方向去，四人桌，赵东升和姚冶莫对坐在两侧。陈原城和两人解释了情况。西陲不好意思地说：“打扰你们了。”

“不打扰不打扰。”姚冶莫热情地起身，拉着西陲坐下，“上次你送我的那两个玩偶，我没想到那么贵。我心里一直怪不好意思的，一直想着回送你个礼物呢。”

西陲忙不迭地摆手：“不值钱的，我家里有很多的，你要喜欢，再去挑几个都可以。”

姚冶莫性格直率不扭捏，攀着她的胳膊，面对面地说着话：“那是你自己设计的吗，真的好厉害。”

“还好还好。术业有专攻。”西陲默默地擦了把汗，有些不适应姚冶莫这过分的热情。

而姚冶莫丝毫不察，扯着她的袖子，打听着衣服从哪里买的。

赵东升和陈原城坐在对面，无奈地对望一眼，有些不理解女生们的交流，但出于礼貌，又不去打断，索性就大眼瞪小眼，盯着两人一唱一和。

直到林程明跨进店门，西陲才仿佛见到救星似的，从姚冶莫过分亲昵的不适感中挣脱出来。

西陲正要喊人，只见林程明捏起手机打电话。

西陲的手机响起来。

“喂，程明。”

电话刚接通，东张西望的男人就在热气腾腾的餐桌之间搜寻到了西陲的身影：“我看到你了。”

林程明过来，快速地扫视一圈桌旁的客人，最后看向西陲：“怎么个情况，不打一声招呼就乱跑，脚不疼了？”

说着话的工夫，他人已经半蹲下，极其自然地去抓西陲放在桌底的脚踝。西陲下意识地反抗，低头时才注意到林程明手里多了个商品袋，里面装着个浅绿色的鞋盒。

“我给你买了双平底的，你先换上。”他从鞋盒里拿出双乳白色的平底鞋，招呼不打地去脱西陲的高跟鞋。

姚冶莫震惊地捂住嘴巴，她认出了那双鞋子。某奢侈品牌的当季新款，一只鞋子的钱，够在这里吃一个月的火锅。

桌对面的另两个人，陈原城一脸诧异，赵东升还算平静，目光灼然地盯向这边，风轻云淡。

西陲及时出声制止："我自己换。"

这里是餐厅，周围一桌桌的都是吃饭的客人，总不能让她在这里换鞋子吧，也太没有礼貌了。

她快速地将鞋子收回去，热着脸和旁人打招呼："我去下厕所。"

等她从厕所回来，四人桌的过道里加了把椅子，林程明坐在那儿，俨然已经和桌上人打得火热，见西陲走来，他稍歪了下脑袋，只随意的一声"你回来了"，转头继续和陈原城聊着股票啊基金之类的话题。西陲听不懂，索性也没听。

姚冶莫给她递过来两个串，声音极小地在她耳边咬耳朵："你男朋友对你真好。"

"嗯？"

只见姚冶莫挑着眉冲林程明的方向示意。

是她误会了。

西陲和林程明在大学认识，第一学期期末考试，两人邻桌，西陲刚做完的卷子被他抽走抄了 85 的高分。等第二学期期末，林程明追到了她其中一个室友。再等到大二，西陲因宿舍关系不愉快搬出了宿舍，拎着行李箱往校外走的时候，迎面撞见室友和林程明过来，室友尖着嗓子对她好一阵冷嘲热讽。

西陲不以为意地径自从她身边经过，谁知没走几步路，林程明将女友撇在原地追上她，不止帮她拎行李，还帮她收拾出租屋，殷勤得像只勤劳的小蜜蜂。

反倒是害得西陲落了个撬室友墙脚的坏名声。

而花花公子林程明，在帮西陲拎完行李的第二周，就被人撞见和传播系的系花站在小广场喷泉旁接吻。

于是乎，西陲又被打上火速被甩的标签。

她懒得解释，也解释不清楚。那阵子，她忙着淘宝店，忙着不停地赚钱，压根就没意识到自己和这个嘴贱又乱来的大少爷成了朋友。

从国贸出来，大少爷在姚冶莫一脸震惊的表情中骑出了那辆粉色的小电驴，车子往西陲身边一歪，黑着一张脸，示意她：“上来。”

电驴驶远，西陲才敢问：“我私自决定和他们拼桌，惹到你了？”

“没有。”前面人斩钉截铁地否定，但语气里分明是满满的怨气。

西陲继续问：“那是我没让你给我穿鞋，你受挫了？”

林程明猛地加快车速，西陲身子往后倾。受惊的她双手环紧他的腰，在确认自己安全后，愤愤地拧了他一下：“要死啊！你赶着去投胎啊！”

车子继续前行，走的路线分明不是去西陲公寓的路。

西陲忙拍他肩膀，喊他：“走错了走错了，我家应该往右拐。”

“我知道。”林程明不改方向，“今晚你住我那儿。”

“为什么？”

林程明闷了一晚上的气，本想着西陲能看出个所以然，主动低个头认个错之类的，但这妮子神经大条，压根就没看出自己在生气。林程明越想越气，胸腔里一片混沌，不想和她计较，但要等她主动意识到问题所在，估计地球都毁灭了。

车子猛地一刹，林程明单腿撑地，歪头示意西陲：“你下去。”

“你要什么疯？”

西陲下车，绕到他的斜前方，瞪他。

她脱了高跟鞋，矮林程明一大截，致使一站一坐的两个人，目光平齐。

林程明肩膀一垮，双手离开车把环在胸前：“你是个女孩子，就算性格再大大咧咧，再天不怕地不怕，也是个柔弱的女孩子。”

“？”

“那个男人住在你家里，你怎么不和我说？”

这件事啊。

“我……”

“行行行，你也别解释。我问过了，他明天就走，你今天晚上先住我那里。明天你回去找个锁匠把公寓的锁换了。”林程明又气又恼却不知道怎么发泄，只得喋喋不休地说话，“你自己一个住，要有点安全意识知道吗？那个男人，傲慢又自大，和他一个屋檐下，你晚上能睡着觉？”

彼时，华庭小区前的主干道上，越野车里的男人打了个喷嚏。

打着方向盘刚从主干道转过弯去，小区黑色的牌匾旁边，站着个被夜风吹得瑟瑟发抖的女人。高挑而明丽，扬着张脸四处望，见到赵东升车子时，慢了半拍，在确认过驾驶座里的人后，胳膊抬起来挥了两下。

赵东升靠边停了车，女人已经自作主张地拉开副驾的门坐进来：“东升，你可算回来了，我要冻死了。”

他看一眼她露在外面的两条腿，正值秋末，几场雨水过后让气温骤降，长裤里面不塞条秋裤，都显示不出对秋天的尊重来。而她……赵东升掀起眼皮看到她一脸无所畏惧的模样，不动声色：“有事？”

“听小莫说，你回嘉裕市了，所以就来看看。”

空调温度被调高后，女人将外套脱掉，随手扔在了后座。

赵东升作对似的偏要去降下半截车窗，拿着烟盒掐了一根烟。他手肘撑在门框上，虚拢着手掌按火机。火苗冒起时，他注意到女人身上穿的是件红色的贴身小礼服，金丝线绣制着喜庆的凤图腾。

“恭喜啊。”

“嗯？”

赵东升冲她衣服抬抬下巴。

斑驳的夜色下，女人脸色暗了些。

长久的沉默过后，那放在坐垫上的双手紧紧攥了下，像是鼓起很大勇气似的，女人猛地仰起头：“东升……”

赵东升的视线从车窗外挪回来。

女人薄唇微启：“你还爱我吗？”生怕答案是否定的，女人迫不及待地降低要求，“我们两个人还有可能吗？”

赵东升背过身去，胸腔猛烈地起伏，咳嗽半天才平顺。他发笑地勾了嘴角，将烟头捻灭到烟灰缸里，才看她：“秦歌。”

被点名的女人认真听。

赵东升提醒她：“你已经结婚了。”

秦歌满怀期待的明亮眼神，在确认这个事实之后，瞬间熄灭了。她凑过身子来，声音低缓：“你身边很多女人吧，多我一个，不多。”

赵东升别开脸，在空气中嗅出了酒气。秦歌的脸庞仍近在咫尺，赵东升阴沉着一张脸，低声吼她：“下车。”

“东升，你……”

“下车。”赵东升声音又沉了一些。

“你上车啊！”林程明缓慢地骑着小电驴，跟在沿路往回徒步的西陲身后，一脸恨铁不成钢的模样，“大小姐，你回去住那公寓，我不放心啊。”

“我认床，去你那儿睡不着。”

林程明不客气地拆穿她：“你唬谁呢，之前你没租到房子暂住在我家那几天，在沙发上睡得不是挺香的嘛！”

“你还好意思说。要不是你和你的女朋友在楼上，我能回不了房间吗？”

“我的锅我的锅。”

林程明委屈巴巴地嘀咕：“那之后，我就没带女生回家过。”

“你说什么？”

“我说！”小电驴往西陲身前一横，截了西陲的去路，“你上次说的那个限量版的玩偶，我买到了！”

“真的？”

“嗯，真的。”

西陲眯着眼，不由分说地往后座坐，满心欢喜地拍拍林程明的肩膀，催促：“走吧。”

林程明耷拉着一张俊脸，直发牢骚：“这是什么仇什么怨啊。”

西陲佯装没听到，大方地表示：“回头你再追妹子的时候，我会帮你的！”

“用不着！”林程明不屑一顾。

西陲被激起了斗志：“哎，你瞧不上我的能力？”

“不是。”林程明振振有词，“是这世上就没有我追不上的妹子。”

“嘁！不自恋会死啊。”

“像我这种恋爱不断的人从不自恋，反倒是那种常年单身空窗期的女人，才经常自恋吧。”

“停车！我要下车！我要回家！”

她不要面子的吗？什么限量版的玩偶，她不看了！

林程明哪能遂了她的心意啊，掌控着车子加速前进。

隔天一早，西陲回到自己公寓。赵东升已经离开，桌子上留着张字条：我走了。

极随意的三个字，连落款都没有。

林程明的声音从电话里源源不断地传出来：“那男的走了吗？走的话你拿消毒水把家里都收拾一遍，该扔的扔，该洗的洗。你要是懒得不愿意动弹，我帮你叫一个阿姨去收拾。喂，西陲！你到了没有啊，说句话啊！”

西陲将字条叠起来，随手放在茶几的收纳盒里，不耐烦地说：“听到了听到了。”

林程明还要说什么，西陲抢先一步打断他：“有电话打进来了，我先挂了。等我收拾完，游戏里见！”

西陲扔下手机，开始给房间做简单的打扫。

公寓焕然一新后，她满意地看着自己的成果，一手抱起瓜子一手拿过那本游记，在沙发上，一待就是半天。

她的生活很简单，吃饭睡觉看书看剧撸猫画设计图。反复循环。宅女的生活并不觉得无聊，反倒是多出一分安静和闲适。

只是这种生活在维持了半个月之后，西陲终于崩溃了。

在某个偏安一隅的午后，设计图稿迟迟寻找不到灵感，西陲的脑袋里莫名其妙地流露出一种落寞和无措。

视线一扫，看到手绘板上空空如也的屏幕，一阵挫败。

她不能再这样下去了，再闷下去，估计下个月也画不出设计图来。一不做二不休地拿起手机戳戳戳，没几分钟的时间，西陲订好机票收拾行李，风风火火地去了机场。

两个小时后，成都，雨花客栈。

前台的接待第六遍听西陲解释自己的身份后，仍旧是一头雾水地表示自己没有接到这个通知。接待姑娘很有素质地没有将心中的鄙夷表现出来，但并不善交际的西陲已经开始极不自在。

因为那条中奖微博，西陲凭空得了从嘉裕市来四川成都的往返机票钱。

但关于博主附加承诺她说，如果在成都住宿的话，可以找任何一家雨花客栈，报他的名字，能免费入住。她真是信了他的邪，竟然按图索骥地找到了雨花客栈，并且按照约定报上了他的名字。谁知道，前台接待双手一摊，别说免费入住了，没把她当神经病撵走就算好的。

西陲自嘲地低头翻钱包，感慨天下哪有免费的午餐。自掏腰包，交钱住宿。

## 第三章 / 我是背包客

说是出来旅行散心的，但一周下来，西陲除了晚上住在客栈，白天几乎只在客栈附近闲逛，甚至连这条街都没有出去过。

街道很有古韵，街两侧三三两两地坐着摆着画板写生的学生。有时候西陲抱着膝盖坐在他们旁边，边看他们画画边聊天，一待就是一整天。一来二去的，西陲和其中几个混得熟络起来。

几个学生都觉着她可爱又幽默，毫不吝啬地教她一些简单的东西。西陲学得有模有样的，画出来的东西勉强能见人。她吃过早饭，背着画板颜料和他们邻着开始涂涂抹抹。半路出师的她，落笔画出来的作品一水的印象派。

其中有个男生，教得最上心。同行的几个同学不难发觉他的意图，索性顺水推舟地找各式各样的借口，将这一小块区域，留给了他们两个人单独相处。

“看你对画画很有热情，是有这方面的爱好吗？”秦辰生面容白净，眼神温柔，说话细声细气。

他穿着件暗黄色的格子衬衫，配长裤、帆布鞋。

普通得不能再普通的打扮，但那捏着画笔的手指干净修长，流畅的轮廓弧线简直比他纸上的画作还要令人赏心悦目。

西陲盯着他随着笔杆灵活跃动的手背，脑袋嗡地突然闪过一个画面。

那个男人的手，坚硬厚实。

他是回祁城了吗？

他的客栈生意怎么样？

他……

“西西，西西，你在想什么呢？”漂亮的手掌在她眼前晃晃，唤她回神，“我在和你说话呢。”

西陲抱歉地笑笑，就着方才落笔的位置又添了两笔，不紧不慢地回答：“我是个玩偶设计师，平时也会自己画些东西。不过我平时工作很闷的，不像你们，可以流连在山水古城自由写生。”

“玩偶设计师？这个职业听上去很棒啊！”秦辰生面露诧异，“不过说真的，和你认识这些天了，真看不出来你已经工作了，还以为你就和我们一般大，是在校的学生呢。”

“唉——”西陲长叹口气。

秦辰生不解：“怎么了，好端端的，叹什么气啊？”

“你不是第一个说我年纪小的人，也不会是最后一个。我天生一张娃娃脸啊，真的是害多少人对我有误解啊！”西陲仰天哀号。

秦辰生笑着替她辩解：“显小多好啊，那个词怎么说来着——啊对，少女感。等同龄人都三四十岁了，你因为一张娃娃脸显得像二十出头的，那多自豪啊，应该庆幸才是，毕竟不是所有人都有这样的机会。”

西陲一脸无奈地冲他拱拱手："我谢谢你啊！我本来个子矮骨架小，一张娃娃脸给我带来的，真的是除了误会还是误会。"

秦辰生煞有介事地上下打量着她，一本正经："我就觉着你这样娇小可爱挺好的，而且男生应该都蛮喜欢这一款女孩子的吧。就比如我，我就挺喜欢的。"

西陲再迟钝，也能顺着秦辰生的神情理解过来他话里的意思。她不知道怎么接这话，索性端着颜料盘，问了个水粉方面的问题，将话题生硬地扯开了。

秦辰生也有眼力见儿，没再追问。

眨眼日落西山，街道的地面上像是被铺了层金粉似的，黄灿灿，暖洋洋。

秦辰生提出一起吃晚饭，西陲借口说要画设计稿推掉了。

秦辰生关心地问："你明天还过来吗，我帮你占位置。"

西陲淡笑："我来成都都一周了，一直在这条街上闲逛，明天打算去逛一些景点。"

"这样啊。"秦辰生略显遗憾。

西陲收拾好画具，从书包上摘下一个玩偶挂饰，递给他："谢谢你这些天教我画画，这个小公仔是我自己设计的，送给你。"

"谢谢。"

"你不要嫌弃它被我弄得有些旧了。"

"没关系，我很喜欢。"

西陲笑："那我走了，再见。"

秦辰生目送她："再见。"

雨花客栈，西陲前脚刚上楼，店里进来了个男人，他背着半人高的旅行袋，风尘仆仆，拽着背包带的那双手糙实而丑陋。

“东哥，你来了！”赵东升来过几次，前台姑娘已经混了个眼熟。

赵东升冲她笑了笑，不紧不慢地扫了圈四周，看向那姑娘：“老幺呢？”

听他问自己，前台姑娘立马眉眼弯起来，回答：“老板早晨就出去了。”

“说今天还回来吗？”

“回来吧。”姑娘不确定地回答着，偷偷摸摸地拿眼睛直瞄向赵东升，手机摆在桌子下面，开照相机，偷拍。

他剪了新发型，两边剃掉，中央的头发后梳成背头，锐利的五官被彻底露出来，干练而帅气。他单肩背着包，叠着腿站在柜台前，低头在翻客栈的印象手册。前台姑娘红着张脸，悄悄地调整着角度，试图多拍几张。

赵东升佯装未觉，手指在柜面上叩响：“给我开间房。”

“上次那间？”姑娘脱口而出。

楼上有客人在交谈的声音，赵东升觉着耳熟，歪过脑袋朝楼梯那儿望了眼。听见问题，赵东升扭了脑袋，饶有兴致地盯着她，嘴角弯了弯：“挺称职的，我都忘记自己上次过来时住的哪一间了。”

前台姑娘不好意思：“老板特意交代过，重要客人的信息要牢记清楚……”

“这样啊。”赵东升浅笑出声。

姑娘麻利地做完登记，拿出对应的房卡。赵东升接过，倒是没着急走，手仍撑在柜面上，问她：“你叫什么名字来？”

姑娘手抖了下，手机差点掉在地上。她磕磕绊绊地开口：“杨、杨纯。”

“杨纯。”赵东升念了遍她的名字，“纯洁的纯？”

“嗯。”

“很好听。”

杨纯是个二十出头的姑娘，被夸了一句，胸腔里莫名地涌着股力气。她羞赧地低头，看到手机上打开的微博页面，脑袋一热，突然想起来：“那个，东哥。”

“嗯？”刚走到楼梯口的赵东升顿了脚，不急不慢地转身。

姑娘呼了口气：“前几天有个女人来住店，说是你交代的，让她过来住几天。”

赵东升没听完，脱嘴而出：“骗子吧，以后别理这种人。”

“嗯，我没给办理。”

赵东升走到楼梯那儿，猛地想起来什么，停下脚步，重新问杨纯：“那女人长什么样？”

杨纯心咯噔一响，心想不会真的是他交代过来的朋友吧。她仔细回忆了下，小心翼翼地出声：“娃娃脸，卷头发，个子不高，叫——”她翻翻登记册，抬头，“西陲。”

她抬头，又问：“是你朋友吗？”

“嗯。”是赵东升疏忽了，他只告诉了西陲可以来这边住，但忘记和客栈这边打招呼。这不，小姑娘过来，闹出乌龙了，让人以为是他言而无信。

杨纯见赵东升站在那儿沉默，便猜了个八九不离十，忙不迭地抽了几张纸币出来，给赵东升：“她缴了半个月的房费，现在还住这儿呢。既然是你的朋友，这钱你还给她吧。”

“没事，你把钱收好。”赵东升没接，垂着眼皮大概看了眼钱数，问，“她住几楼？”

“2楼，”杨纯补充，“207。”

赵东升“嗯”了声，转身往楼上走。

等他回房间放下东西，来到207门口时，手里多出了几张纸币。

房间里，西陲正趴在床上在本子上写写画画，盘算着明天去哪里玩。

“咚咚咚！”

门外传来敲门声。

西陲警惕地坐直了身子，没敢吭声。

“咚咚咚！”

门外声音继续，是一个浑厚的男人的声音：“客栈负责人员。”

西陲趿拉着拖鞋，走到门口没敢动：“有事？”

“给你送钱。”

西陲小声嘀咕：“缺心眼啊。”

赵东升靠在门外，分明是听到了西陲那声嘀咕，饶有兴致地，手指又往门板上似有若无地敲了两下，很轻。他嘴角带着笑，耐心地解释：“你微博中奖了，可以免费住这儿。你开开门，我把钱给你。”

门内沉寂，半晌才听她出声：“现在不太方便，我明天出门时，去前台办理吧。谢谢你了，害你白跑一趟。”

“也行。”赵东升站直身子，抖两下肩膀。小姑娘这高度的警惕性，他不是第一次见，之前在那公寓便注意到，她扒在门口偷瞄，连送快递的小哥来都不敢开门。赵东升真想不明白，这么胆小，怎么敢一个人住。

西陲耳朵紧紧地贴在门板上，偷听着外面的动静。

没声音?

是走了吗?

她好像没有听到离开的声音。

不会那男人还在门外吧。

西陲揪着心，在那儿胡思乱想。

赵东升捏着一沓子纸币，随意地在手心里拍两下，转身。脑袋里突然冒出来，那天晚上，小姑娘挂着一双黑眼圈站在他的门口，问他要猫。

她这次是一个人出来的吗?

瓜子不在，会不会因为害怕睡不着觉?

赵东升并不知道，自己还能体贴到这个地步，他顿住脚，鬼使神差地朝屋内出声："我是赵东升。"

西陲愣了下，这声音，这名字……

赵东升正要宽慰她不要害怕之类的，但这话堵在嗓子里，愣是不知道怎么说出口。

直到门从里面拉开，小姑娘露出个脑袋来，一脸惊喜："咦？你怎么在这里啊？"

"给你钱。"赵东升将纸币递给她。

西陲没接，诧异地问她："你是这里的老板？"

"不是，老板是我朋友。"

"这样啊。"西陲还是没接。

赵东升胳膊抬了下："拿着啊，还得我给你揣口袋里？"

"我在这儿住半个月，房费也不是一笔小钱，我不能让你欠人情。"西陲将他胳膊往回推了推，示意，"你还回去吧。"

"啧——"赵东升拧了眉，胳膊一伸，径自将钱塞到西陲外衣口袋里，"我欠他人情，你欠我人情，而我之前又承诺过你，你来成都可以在这里免费住宿。当时没说清楚住多久是我的纰漏，你最终在这儿免费住半个月也好一个月也罢，是钻了我这个承诺的空子，我认栽不计较，你在这儿纠结个什么劲？"

西陲被这一连串人情不人情的话绕得头晕，不过最后那句她还是明白了。西陲将一沓纸币拿出来，强调："你傻但我不能不仁义。"

理是这个理，但是西陲这句话一出口，两个人都愣了。

赵东升自嘲地笑了下，双手往口袋一抄，愣是不接那个钱。

西陲没再坚持，低头数了下："多了。"

"嗯？"

"多退了五百。当时入住的时候，打了九折。"

赵东升揉揉鼻梁，开始胡诌："前台的小姐姐说，给你赔不是，多的钱请你吃面。"

"其实不用的。"西陲在为那姑娘解释，"是我自己没有表述清楚。我应该拿那聊天记录给她看——"她声音一顿，蓦地反应过来，抬头看他，"哎？我才反应过来，你就是那个旅行博主？"

赵东升一脸笑意地扬头："我以为你看我的书的时候，就知道我是谁了。"

"没、没有。书上又没有你的照片。"西陲终于察觉到，两人一里一外地堵在门口聊天着实有些奇怪，她往旁边侧侧身子，让出路，

“进来坐坐吧。”

赵东升在凳子上坐下，眼睛看向被西陲的衣服和生活用品铺得满满当当的大床，皱了下眉头。不管这姑娘住在哪里，都能活成同一个风格，也是够厉害的。

房间里只有一把椅子，赵东升坐了，西陲只得坐在床沿上。她察觉赵东升在瞧床上的东西，她不好意思地把东西往中央推了推，笑着解释：“我正在看攻略，计划明天去哪里玩呢。你对成都熟吗，有什么值得去的地方，可以推荐一下。”

赵东升有些诧异：“现在才做攻略？”

她不置可否：“临时决定出来的。”

赵东升惊讶：“来成都有工作？”

西陲摇头：“纯旅游。”

“来了几天了？”

西陲说：“有一周了。”

“都去哪里了？”

西陲老实回答：“就在这附近逛了逛，没走远。”

赵东升又问：“一个人？”

“嗯。”西陲觉着赵东升心里面一定像是在看怪物似的看她。

她这个人心血来潮雷厉风行惯了，别人难以理解也是正常的。

两人之间一阵沉默，赵东升盯着她，瞎猜：“失恋了？”

“嗯？”西陲一脸蒙，抬头见赵东升探究的模样，过了一会儿才反应过来他说的是林程明，“他不是我男朋友，是一个和我关系很好的异性朋友。”

赵东升没追问。

她主动解释起来："我画设计稿没有灵感，所以出来散散心，顺便找灵感。"

西陲抬起头，眼睛亮晶晶的。她这才注意到赵东升剪了头发，刚开门时，就觉着他哪里不一样了，但直到这会儿才意识到是发型的改变。发型换了，胡子也剃了，像个正常模样的男人，却又比大部分的男人都要帅气。

他今天的打扮也规矩，深灰色的休闲西装，配上深色的长裤。他思考时习惯性地去摸自己的下巴，西陲不经意地又注意到他那双粗糙而遍布伤痕的手。

西陲手胡乱在床上一抓，摸到了用来做攻略的小本子："还是有点不敢相信，你就是那个背包客。"

赵东升坐直身子，抖了下肩膀："不像吗？"

"知道这消息前，没觉着像。你说了之后，就觉着挺像的。"西陲弯唇笑了下，点评，"不过你现在这发型，看着更精神。"

"是吗，有不少人这么说。"

楼道里不时有细细碎碎的脚步声，但丝毫不影响室内的人聊天。西陲想到自己来成都的最大一部分原因，问他："我看你微博，你去过很多地方。你今年多大了？"

"你猜猜。"

"29 岁？"这是她的最大限度了。再大，估计她爸妈知道后，能气死。

赵东升笑着摇头，示意她："我 25 岁。"

西陲笑了下，摸着笔记本粗糙的纸张质感，不知道哪儿来的勇气，开口：“你经常旅行，要是有时间的话，带我逛逛？”

赵东升似乎是没料到西陲会如此直接，但思索下，自己也没有拒绝她的理由，也就答应了：“行啊。不过请我做导游，你得管饭。”

“成交！”

赵东升离开后，西陲站在门内，心情好像格外舒畅。

有了导游，攻略也派不上用场。西陲简单地洗漱了下，定上闹钟，熄灯睡觉。

次日八点钟，西陲准时出门，顺着楼梯下去时，遥遥的就听见赵东升的说话声，以及姑娘被逗得开怀大笑的声音。

有这么好笑吗?

西陲狐疑地竖尖了耳朵，要去听那笑话，下楼梯的步子不禁慢了下来。

谁知中途杀出个程咬金，打断了他们两人的谈话。男人在揶揄赵东升：“你就知道逗小姑娘，要是瞧着杨纯不错，就带她去你那儿当前台，正巧这丫头鬼主意最多，工作时总开小差。”

小姑娘嘴快，理直气壮地堵回去：“我哪里开小差了，不就是没客人的时候我在玩手机，你说又没客人来，我总不能对着门前的空气立正站好露八颗牙齿微笑吧。”

男人继续教训：“哎！就是了。我一个月给你开几千块钱，又不是让你在这儿玩手机的。”

“老板你虐待下属啊！”

两人你来我往时，西陲已经走到楼梯下。

前台姑娘故意和老板较着劲，见她下来，忙不迭地露笑打招呼：

“要出去啊！”

西陲被这突如其来的亲昵吓住，怔了下接话：“要出去逛逛。”

“那祝你旅途愉快，玩得开心！”说完客套词，姑娘冲刚刚教训他的老板挤眉弄眼，不停嘚瑟。

这里除西陲外，一共有三人，刚和她说话的前台姑娘，这一周进进出出，两人也混了个眼熟；姑娘对面，站在柜台外面的年轻男人，刚才听称呼是店里的老板，初听是浑厚沉重的嗓音，可这长相，高挑干净，像是运动专业的体育生；而赵东升交叉着腿坐在靠墙的沙发上，手里捏着个手机，不知道在看什么，目光专注，并没有被周围的说话声影响。

西陲礼貌地冲老板和前台姑娘点下头算是打过招呼，这才抬了步子朝赵东升那边过去。

她的影子盖到赵东升手机上时，他才抬了头，冲她笑了下：“下来了。”

“嗯。你等很久了吧。”

“没有，我也刚下来。”赵东升站起身，收好手机，顺手去拎她肩膀上的双肩包，掂了掂，“装的什么东西，这么沉。”

“乱七八糟，路上可能需要。”

“比如？”

“雨伞、充电宝，还有……”

她还要说，赵东升忙制止她。虽然不知道里面具体是什么，但想着左右不过是那几件东西。

他松了手：“回屋放下，只拿着手机就行。”

“哦。”西陲背着也觉着沉，犹豫了会儿，索性就听他的，“那你等我会儿，我去放下。”

西陲麻利地往楼上走，刚迈完最后一级台阶，就听楼下传来说话声，是客栈老板在取笑赵东升：“啧啧啧，明明是七点钟就在这里坐着，和纯子聊了一早晨，怎么到和她说话时，就成了刚下来，没等多久。”老幺学着他说话，好奇，“那谁啊，妹妹？”

“女朋友。”赵东升翻了个白眼，哼他。

老幺倒也是配合，讥笑着讽他：“哟！厉害啊，你这人也有定下来的时候？”

赵东升没辩解，几句话下来，赵东升不难瞧出老幺是如何如何偏袒着杨纯，生怕他真拐走了自己店里的姑娘，再瞧见杨纯一脸娇羞地朝他递过来的几个眼神，不难判断这其中的沟沟道道，索性一不做二不休，说了句玩笑话。

只不过，赵东升没有料到，西陲站在二楼的拐角处，将两人的对话听了个清楚。直到店里有客人来，话题换成了住宿问题，她才背着包，快步地回了房间。

再下来时，赵东升没在，西陲东张西望地找他，老幺热情地冲门口那儿抬抬下巴：“在那儿呢。”

“谢谢。”西陲因那句“女朋友”被瞧得心虚，忙致谢往外走。

赵东升站在门框旁边，长 T 的袖子被挽上手肘，他双手掐腰，黑色的皮夹克摇摇欲坠地甩在肩膀上。

“我们今天去哪里？”西陲站他旁边，一高一矮两人并排站那儿看街景。

“你想去哪儿？”他正举起胳膊挠头皮，太阳照射过来，影子刚好遮住了西陲的大半张脸。她的眼底没了刺目的日光，他露出的任何表情都看得格外清楚。她只是随口一问，不曾想赵东升竟然拧着眉头，像是在思考什么大事情似的，犯了难。

西陲善解人意，不挑：“我都行！”

赵东升“哎”了声，半低下脑袋，取笑她：“小姑娘这么百搭啊。不怕我是坏人，把你卖了？”

“你是坏人吗？”

小姑娘眼睛黑黢黢的，分明没有日光投过去，却亮晶晶的像是什么晶体在璀璨发光。赵东升盯着她眼底映出的小小的自己，痞笑着弯了嘴角：“是吧。但是你现在想反悔已经迟了。走，叔叔带你吃早饭去。”

“你才比我大三岁，”

赵东升呛她：“现在知道我只比你大三岁了？第一次见面时，你一口一个叔叔喊得我都觉着自己成熟稳重。”

“那时候不熟嘛，所以误会了。”西陲迈着小短腿跟在赵东升身边走，着实伤自尊，每走一段路，就被落下一大截，她不得不小跑两步到赵东升斜前方，偏头和他说话。

“呵呵……”赵东升被她时不时的这举动逗得想发笑，路上来来往往的车子，小姑娘只顾着走路不闪不避的，赵东升生怕真出了点什么状况他得负责，所以未雨绸缪地捏着她肩膀一扯，将她老老实实固定在自己身边，交代，“慢慢走，别瞎跑。被车撞了蹭了还得赖着我赔钱，多不划算。”

“哦！”西陲不服气地嘟囔一句，“我一直走得很慢，是你走得太快了。”

赵东升忍不住发笑：“哦，那我慢点走。”

“谢谢你啊！”西陲拖着长音，直翻白眼。

就近挑了家粥店，两人进去吃早餐。

西陲吃东西慢，赵东升几分钟解决了桌子上大半的食物，再抬头，西陲正慢悠悠地搅着瓷碗里的瘦肉粥，小脑袋瓜冲着手机嘿嘿笑。

赵东升忍不住好奇：“手机里住着宝？”

“啊？”西陲愣了下，随即轻快地将手机往桌子中央推了推给赵东升看，“是粉丝。我上次不是转你的微博，白得了两张机票钱嘛，我家粉丝就直说是博主黑幕啊，说你是我男朋友之类的。”

赵东升不解：“抽奖中奖不是很寻常的事情吗？”

“话是这么说，但你瞧咱俩这微博名字。”西陲特意调出自己的主页给他看，“我是西陲，你叫太阳东升。东升西垂，西垂东升，听着还真像故意的似的，也不怪他们想太多。”

赵东升在看西陲的手机，刚巧新刷出一条评论，那话说得有些难听：不就是去趟成都嘛，搞得谁没去过似的，一条接着一条，取关了取关了。

西陲风轻云淡地继续往下滑，赵东升觑她眼：“你不生气？”

“生什么气？”西陲见他冲手机抬了抬下巴，恍然，“这有什么好生气的，每天顶着各种各样马甲吐槽我的人多了去了，我要是每条都生气的话，那岂不是要气死了。”

“口是心非。”赵东升见她圆鼓鼓的脸颊分明是一副很憋屈不敢言的模样，双手往脑袋后面一撑，背靠到墙壁上睨着眼看她，真心实意道，“小姑娘斤斤计较点不是缺点，想抱怨就别憋着。”

西陲翻了个大白眼，直接丢在赵东升脸上，后者被她鄙夷得一阵莫名其妙。她一字一顿地强调："我真没有生气，爱信不信。"

手机捞回到自己手里，四处拍了几张粥店的照片，低头发微博。

她社交圈子甚小，大多时候活动的范围仅仅在公寓，而她的公寓被她用心装饰得极其精致，除了乱了些这个缺点，每一处都能称得上是拍物品或者是自己摆拍的最佳背景。平均算下来，她一天能发十几条微博。大多的配图都是在家中拍的，做菜的、撸猫的、手工的、当下心情的，小女生内心世界什么样子，她的微博就是什么样子。

因为画设计稿的原因，她很少出门。但每次出门，又大都是为了工作室的项目不得不去工厂。更别提旅行了，主要是没人做伴，每每自己做好的计划在综合考虑到安全问题后，便频频作罢。

像这次，她说走就走地有勇气来成都，多半的力量是靠着那本游记。

她从来不知道，原来旅行可以是这样子的。

她从来没想过，走在路上的感觉是那样的洒脱和逸然。

她想去尝试，想去体验书中说的那种"浪迹天涯"的感觉。

碗里的粥被她不停搅拌得已经凉透，她漫不经心地划着手机屏幕，心里面有些厌恶这种不被人理解的感觉。她将勺子放下，手机也放在了一边，双手规规矩矩地放在腿上，抬头看向赵东升，淡声说："其实，我不是真的宅，只是缺个值得我出门的人。在现实生活里，我没什么朋友的，上次一起吃饭的那个男生是唯一的一个。"

赵东升胳膊架在椅背上，听她如此正经地解释，蓦地一愣。

只听她继续说下去："但在网上，我有很多朋友。有的是粉丝，有的是一些玩偶爱好者，也有几个因为猫结缘、因为厨艺结缘的网友，而他们都是我的朋友。"

粥店里人来人往，老板操着浓重的口音在介绍店里的食物。

靠角落的这张桌子，赵东升保持着一个落拓随性的坐姿，却无比认真地在听小姑娘说话，他不知道接什么，索性就一直听。

早餐才吃了两三口，西陲却没有饿意。她无意识地掰自己的手指头，毫无逻辑地想要解释清楚：“我每天将自己的生活分享出去，对他们来说可能是随手一赞，随手写一条评论，但是在我看来，却会感到特别幸福。”

因为开淘宝店将宿舍堆满商品被舍友嫌弃，而搬出宿舍，除了学习外，她大部分的时间都放在如何寻找和经营赚钱的途径上，交朋友的时间越来越少。以至于当西陲意识到自己身边竟然没有朋友时，才发觉自己已经习惯了这种独来独往的生活。

而她对于微博上的那些粉丝，逐渐产生了依赖。

日常琐碎，心情状态。西陲大都分享的是开心有趣正能量的事情，而那些糟心的愁苦、让人难受的事情在她编辑完微博内容之后，默默地存进了草稿箱里。因为她表现出来的乐观积极，粉丝大都是欢天喜地的评论，就好像朋友一样，发表着自己的意见，久而久之，当西陲翻到草稿箱时，似乎觉着，那些难过的事情好像也不难过去。

这种良性循环，正在潜移默化地影响着西陲。

西陲为了生计接下第一个推广广告的时候，评论区是成片的谩骂，说什么“你变了，太物质了”“你膨胀了”“不宠粉了”等等，面对这些上一秒还在说你家猫好可爱下一秒却吹毛求疵的评论，西陲完全可以不在意，但有些话，进了心，便轻易地引起波澜——难受谈不上，就是有些悲凉。

后来她是怎么变得处变不惊的呢？

好像是因为对于那些负面的评论，她的粉丝和朋友们比她更早做出了回应，像是被一股力量揉成了麻绳，对键盘侠进行了抨击。虽然没有起到什么实质性的作用，但西陲的心底却因此一暖。

他们像朋友一样维护自己，原来她从来不曾孤单过。

西陲最后仰起脑袋，征求认同："我这样说，你是不是觉着我心理有问题？"

"还好。"赵东升清了下嗓子，坐直身子。

这饭凉得彻底，是没法吃了。西陲目不转睛地盯着他，满怀期待地在等着他的下文来回应自己这喋喋不休的一大段倾诉，谁知赵东升沉默了半刻，愣是没找到合适的说辞，只开口问她："还吃吗？"

西陲一噎，下意识地摇头："饱了。"

赵东升收了桌子上的钥匙手机钱包揣口袋里，看她："那走吧。去熊猫养殖基地得一个钟头的路程，晚了就闭馆了。"

"啊！"西陲瞬间清醒，抓起手机看时间，是不早了，说话废了他们不少时间，"那快走吧。"

西陲不清楚路，下意识开了手机地图来看，还没搞清楚东西南北，就跟在赵东升后头走回了客栈。她抬头看看熟悉的店面，有些不解，一脸蒙地问他："怎么回来了？"

"开车去啊，矮子！"赵东升胳膊一伸，按了下她的头顶，顺手将她的手机抽走，扔到她外套的口袋里，"走路的时候不要看手机，路在脚下，往前走就行，不在手机上。"

赵东升抱着肩膀，饶有兴致地上下打量着她，心中腹诽。她好像不止人长得小只，穿衣风格也偏孩子气，一件粉嫩的毛绒衣，袖口处偏要有两个圆滚滚的绒球，短裙，长筒袜，棕色的圆头鞋，斜挎着一个毛茸茸的单肩包。

软妹风？少女心？

能用这两个词来形容她不为过吧，好像即便是上次在烧烤店穿的那条黑色的蓬蓬裙也是带着纱网和蝴蝶结的。小姑娘好像很喜欢这种萌萌的风格。

“去开车啊，傻大个！”西陲被他盯得不自在，一时又摸不准他是什么意思，眼皮一掀，回瞪过去。

见她不服气踮脚的样子，赵东升笑了下，挑衅似的，手落到她的头顶胡乱揉两下：“你小时候是不是也爱玩手机不吃饭，要不怎么长得这么矮。”

“走！你走！我拒绝你当导游！”

“晚了。”

车子开过来，西陲站在保险盖那儿看了半天也没看出这车是什么牌子的，不禁感慨：“这车改装得酷啊，比你那辆越野拉风多了。”

赵东升双手叉腰，视线从街边的风景收回，睨她一眼，诧异她竟然知道改装车。

西陲将身边人的鄙夷看在眼里，撇了下嘴巴，翻个白眼回应他。

她自然是没兴趣接触这个，倒是林程明，三天两头地给她灌输这方面的知识，林家车库里各式各样的车子，西陲想不略知一二都难。

“背包客挺有钱的嘛！你平时的生活是不是很随意，想去哪里就去哪里，想做什么就做什么，无拘无束，随心所欲？”西陲眯起眼，任由刺目的阳光打在她净白的皮肤上，一片透亮。

她嘴角弯起来，有两个浅浅的梨窝：“没事时祖国河山四处逛逛，偷懒了在客栈里吹吹牛皮睡到大晌午，拍的照片听到的故事，花点时间整合起来还能出成书。不用受朝九晚五的限制，也不用听老板上司吆五喝六的憋屈受气。多自在！”

赵东升抱着手臂，手指间的钥匙串被他晃得铛铛响。他不是头一次听别人对背包客的生活产生误解，近几年优质的营销策略捧红了几个代表性的背包客之后，越来越多对原本生活有着逃避和厌倦心理的人开始涌现出追逐这种“自由自在”的趋势。

毫不惭愧地说，赵东升对这类听了几个江湖故事喝了几杯江湖热酒便轻易地逃课、请假、辞职旅行的人，怀着一种极其强烈的鄙视。甚至在他们双目放光地谈论着如何如何刺激和洒脱时，赵东升内心颇有一种不屑与之为伍的疏离感。

此刻，西陲兴致勃勃的言论，和其他人本无区别，但赵东升听来，却没有生出丝毫的厌倦和不屑，即便是她脸上毫不遮掩的崇拜和迷恋的情绪，在他看来，也没有丝毫的别扭和躲避。

他是怎么了？

为什么对这种司空见惯的崇拜和迷恋产生了一种沾沾自喜的骄傲？

虚荣了？膨胀了？

“要真有你说的那么好，那不是人人都来做背包客了，谁还喜欢朝九晚五的工作。”赵东升没细想下去，冲她挥了一下胳膊，示意，“上车。”

西陲发现自己手机不见时，车子刚驶出巷子。她第一反应是赵东升为了不让她玩故意藏起来了，只见她掌心朝赵东升脸前一伸，说：“给我吧，现在不走路，我很闷的。”

“什么？”赵东升歪头，见西陲正经的模样，一头雾水地搞不清楚她在说什么。

西陲翻白眼：“手机啊，你不是给我藏起来了？”

“没有在我这儿，我放你口袋里了。”

“我口袋里？没有啊，你看。”

赵东升瞧着她有模有样地在翻口袋给他看，他还一脸不信：“骗我的吧。”

“真没有。不会是刚在路边等你时被扒了吧？”她脑海里突然闪过方才在客栈前面，街边那个鬼鬼祟祟的男人。

西陲往最好的方向猜测：“可能是掉在店门口了。”

车子掉头回去，在客栈门口刚停稳，西陲就忙不迭地解了安全带，跳下去。

赵东升跟着下去，见西陲绕着那片区域的街道逛了两圈后，可怜巴巴地蹲在马路牙子上，双手环着膝盖，手指漫不经心地拨弄着路边的小石子。

她开始回忆手机是什么时候被扒走的，从赵东升去后院开车到出来，左右不过五分钟的时间，期间有很多人路过，有一个问路的小青年，打听什么地方有卖兔头的，她说不知道，让他去问问其他人，小青年感谢完就走了。

“一定是那个问路的！”西陲苦着一张脸，霍地站起来。

赵东升斜靠在保险盖上，盯着她蹲在那儿有十分钟，正琢磨着说点什么安慰小姑娘，西陲这猛地一出声，倒吓得他一哆嗦。他冷静了下，见她一脸怒色，问：“还丢其他东西了吗？”

“没有。其他都在包里，只有手机在口袋里。”

赵东升点头，主动承担责任："你手机什么牌子的，我新买一个给你。"

西陲缓了会儿情绪，已经不那么愤愤不平了："是我自己没看好，不怨你。反正我手机有开锁密码，他们扒了去，也成了一块砖头，没什么损失。"

"没事。"赵东升把自己手机递给她，提醒，"你先拿我手机给朋友或者是家人打个电话说一声，免得他们找不到你，心急。"

西陲刚恢复一点的乐观瞬间湮灭不复，脸拉下来，声音低落："我……"

"怎么？"

西陲脑袋耷拉下去，像是只霜打的茄子："我从小对超过三位数的数字不敏感，标标设计图还好，但让我背手机号，我记不住。"

"那登一下社交软件，网上告知他们一声。"

西陲没动。

赵东升猜测："记不住密码？"

"密码都在手机备忘录里记着。"

"行吧，先回客栈，再想办法。"

两人跨进店门，老幺站在柜台后面询问的话还没出口，只见西陲蔫蔫地抬头，有气无力地和赵东升说："我先回房间了，谢谢你今天陪我。"

"嗯。"

目送着西陲上楼，老幺这才问赵东升："怎么了这是？"

"手机丢了。"

"哦。"老幺不解，"我以为什么大事呢。"

赵东升朝二楼那儿望了眼，无奈：“对于小姑娘，这事就不小。”

老幺直撇嘴，正准备大发牢骚地感慨一下现在人对挫折的承受能力，一抬眼，就瞧着赵东升身影晃出去。

老幺喊：“你又去哪儿？”

有声音遥遥传进来：“买手机！”

西陲将自己关在房间里，愤愤不平地感慨着自己的霉运。可转念想到自己来成都的机票钱和住宿费，是凭着好运得来的，这一幸运一霉运，老天爷是真的公平，不亏待她，也不偏袒她。西陲掰扯着手指，祈祷着父母不要恰好打电话过来，搁往常，手机几乎是长在她的手上，父母的一个电话进来，铃声还没响她就给接起来了。若是这次真的打不通，联系不上她，那可真的麻烦了。

一个脑袋两个大。

如果手机没丢，她现在应该是去看大熊猫了。

可爱的“滚滚”啊。

西陲丧气地支着脑袋，盯着天花板上那一块灰蒙蒙的角落，眼神迷离。

那些照片上黑白相间的熊猫，现实看来是脏兮兮的话……思绪渐渐被熊猫的形象占据，西陲在出神的状态之中突然眼睛一亮，后背猛地挺直。

她好像知道设计稿怎么画了！

手脚并用地奔向行李箱，摊开画纸，准备好彩色笔，伏在地毯上就开始涂涂画画。

## 第四章 / 心动的感觉

太阳由东到西，墙壁上的黑影由长变短又变长，最终房间里光线渐渐暗下来，取而代之的是明亮的节能灯。

地毯上画废掉的纸团七零八散，西陲也从最初的趴在地上，转移到跪在床边。

在一次次的否定一次次的希望一次次的失望一次次的灵感迸发之后，理想而满意的设计图终于大功告成。

她喜不自胜地捧着设计图纸，迫切地想要找人分享。

门被拉开，走廊对面有个男人。

咦?

西陲愣了下：“你在这儿多久了？”

赵东升没料到她出来，身子抖了下，垮着的肩膀直起：“我给你买了手机，异地卡不方便补办，先用身份证注册了张新的给你。”赵东升活动下酸了的腿，朝西陲走近，将手里的手机和一个纸袋递给她，“这是些吃的，你早上吃得不多，好歹吃点。”

半个小时前，面对老幺的连声质疑，赵东升神色平静，只说：“小姑娘一个人出门在外，出点状况可不好交代。”

老幺咋舌：“和谁交代？她又不是为你来的成都，又不是你害她丢的手机。”

这一连串的和他无关，赵东升没入耳。如果真是陌生人，他也就懒得管，可西陲这姑娘怎么说和他也有过些接触，熟络谈不上，但同一个屋檐下住了两天，又在外地遇见，她信任他，所以请他做导游。不过是个小姑娘，单纯可爱的，未来不知有多少难以克服、悲痛伤心的事情等着她，现在竟然会因为丢掉一部手机，而郁郁寡欢。

赵东升说不出来，自己是取笑她，还是羡慕她，活得如此本真。

“谢谢。”西陲接过纸袋，却没拿手机。她情绪大起大落惯了，说下雨就下雨，说天晴就天晴，之前和林程明相处久了，她什么脾气，他照单全收。可不曾想，自己这个样子，会给赵东升的生活造成困扰，他应该担忧自己因为丢手机的事情会心情不好吧。

“其实，手机被偷了不怪你，是我自己没有提防，你不用给我买。”

“你暂时先用着。里面存了我的手机号码，你一个人在成都，有什么事，可以找我。”

西陲点头，伸手接过去：“多少钱，我还给你。”

“没花钱，老幺在临街开了家手机店，没要我钱。”

西陲胡乱按着手机，和她之前的牌子型号一样的，没什么不习惯和不适应。

空气中隐隐飘来烤肉的味道，赵东升问出声：“老幺他们在烤肉，你喜欢吃的话可以一起去。”

“可以吗，我不认识他们。”

“没事，他们都很好相处。”西陲也嗅到了肉味，肚子极其不争气地咕噜噜叫了两声，有些尴尬。她敞着门，折回屋里放下东西，披了件外套，和赵东升一起下楼。

她走在前，赵东升慢悠悠地跟在后。

她头顶那缕一翘一翘的头发，赵东升看着别扭，几次想抬手给她抚平，但双手抄在口袋里，迟迟没动静。

西陲跳下最后一级台阶，突然间回头："这里的老板，不会就是你在书里面提到的那个客栈老板吧。"

赵东升"嗯"了声，跟着迈下最后一级，和她并肩往前走。

西陲好奇："那他真有那么厉害吗？"

"什么？"赵东升低头，又瞧见那缕头发。

西陲煞有介事一本正经地解释："就是你书里写，他原本是个很厉害的医生，跑来这儿开客栈，放弃了工作，丢掉了女朋友。"

画面被她描述得极其具体，赵东升回忆了好一会儿才记起这是被自己写进书里的故事。旁边的小姑娘满怀期许地亮着一双眼睛，再次好奇地问："是真的吗？"

"是真的。"赵东升随手按上了她的脑袋，那缕翘起的头发终于被顺平，在西陲一脸明媚之中，他不紧不慢地将后半句话讲完，"怎样？是假的又怎样？"

西陲略显失落，挥着胳膊去拨头顶的手："所以到底是真的还是假的啊？"

"你自己去问当事人呗！"赵东升冲她身后扬下脑袋。

西陲回头，正瞧见老幺拎着个火钳朝他们这儿过来。老幺遥遥地看着两人，忙不迭地打哈哈取笑："哟，咱们赵叔叔领着女儿来吃烤肉了啊。"

西陲被这句女儿叫得尴尬，赵东升胳膊最后揉了下她的头发，松开：“别瞎听，他瞎说的。”

“哦……”

老幺白了赵东升一眼，热情地冲西陲招了招手，示意她过去拿烤肉串。

西陲捏着烤串要递给赵东升时，才发觉他没有跟过来，不知何时被其他人喊走了。落单的西陲在烧烤架旁边，耳朵里源源不断的是老幺热忱不减的爆料：“妹子，我和你说实话，我认识赵东升这么多年，可没见他对哪个女人这么上心过。虽然不知道他是怎么着惹你生气了，但是他这一天魂不守舍的，又是去买手机又是去打听女孩子喜欢吃什么可忙了。我刚刚形容你是他的女儿，一点也没差。”

“咳咳……”西陲刚咬了口肉，就被老幺这极不恰当的用词吓到，噎得直咳嗽。

西陲替赵东升解释：“他没惹我生气，是我自己把手机弄丢了。”

“啧啧啧，甭护着。他是个什么人，我比你清楚。”老幺见着姑娘个子矮矮小小颇似营养不良，一时间架子上烤了多少肉，就都塞到她手里。没一会儿工夫，西陲手里都拿不过来了，而同行前来讨肉的赵东升两手空空，双臂环抱站在旁边大柳树那儿，正和一个抱着吉他的男人聊天。

他们似乎说得很开心，西陲望过去的时候，赵东升正捞过吉他，横在身前拨弦。

周围不过十几个人，面熟的就三个，前台姑娘、老板，还有赵东升。其中两个都不甚相熟，目光浅浅地扫过去，最终注意力都聚焦在赵东升身上。

他练了两下手，顺势坐在架子旁边的高凳上，架着长腿，吉他弦拨得轻快。

老幺嘴上还在吐槽着赵东升种种：“别看他这人，平日身边女人不少，可都是别人主动的，没见他对谁这样上心过。”

烤好了鸡翅再抬头，一旁的小姑娘不知何时不见了踪影。

大柳树下，零零散散地围成了一个圈，西陲像被下了降头似的，清醒过来时已经站到了架子的对面。

院子的中央悬了盏昏黄的低瓦数的小灯，光线萦绕在赵东升的周围，暖洋洋的，他一勾唇笑，周遭都暖了。赵东升见她过来，问：“烤串吃得下吗？”

“你想吃吗？”周遭很多人，陌生的，她不认识。眼前这个男人，熟悉的，她想要靠近。西陲眉眼弯弯，并不自知旁人看来她眼睛里盛满了星星，她很是随意地将双手往前一拱，笑，“你唱一首歌，我把这些烤串都给你。”

“好啊！”他看似不经意地拍了两下吉他面，“砰砰”的声响刚停，接连而起的几声扫弦很快将众人的视线吸引过去。

他声音清冽，伴随着清脆的音调而出：“下面这首歌，唱给我的烤串。”

周围人渐渐聚过来。

起哄声、鼓掌声响起。

西陲站在那儿，目光紧紧地锁在唱歌的人身上。

赵东升认识老幺那年，在成都街口，他坐在地铁口，看着来来往往的行人，觉着特别轻松。

22岁时，离开学校课堂的他拿到第一个月的实习薪水，满心欢喜地给父母准备了大包小包的礼物，迫切地和家人回家想要一同庆祝。却不想车子在经过十字路口时发生意外，父母当场去世，只有他幸运地活下来。

一时间，满腔斗志的青年，像是船只失去了航向，不知何去何从。

办完父母的后事，赵东升带着巨额赔偿款，离开了嘉裕市。

随便买了张车票，随便在沿途的一站下去。

出了火车站回头看，赵东升才看到庞大的建筑物顶端，通电发光的两个字——成都。

在这里认识的第一个朋友，就是老幺。

走去远方的路，要蹚遍大小的湖。

我中过夏天的暑，打过无厘头的赌。

我不知什么事孤独，也不识什么是孤独。

仗剑肆意闯荡江湖，从未想过拥有归属。

那时的老幺文质彬彬，一身西装打扮得衣冠楚楚，他没什么过多的表情，抄着口袋径自往前走。

同行的女人早已表现出不耐烦，终于，在走出地铁口时，爆发了。

两人在争执，哦，不对，准确地说，应该是女人在争执，老幺神色平静，脑袋稍稍偏到一边，不知道在瞧什么。

在女人即将要甩手离去时，老幺突然转了头，盯着她，毫无征兆地开口："我给你唱首歌吧。"

女人怔了下，只见老幺走到那吉他手身边，不知道说了什么，对方就把吉他递过来。老幺将背带在肩膀上挂好，有模有样地扫了两声，节奏渐渐完全。

赵东升就坐在他半米之内，听完了整首歌，以及，他们的对话。

老幺说：“我给你的，只能是挤地铁、吃路边摊的生活，甚至是更差，和你期望的、等待的，截然相反。我们并不合适。”

女人走后，赵东升喊住老幺，问他：“能教我弹吉他吗？”

老幺问为什么？

当时的赵东升说了什么？他好像是说：“你是我一无所有后，遇见的第一个人。”

想一直流浪。

就这样流浪。

两人认识很久之后，老幺说，正是那天赵东升的出现，给了他勇气，让他离开单调而又平庸的生活。

赵东升没有告诉老幺，他自己同样需要一种勇气，一种将自己从这种流浪漂泊生活中带回到家常百态正轨上的勇气。

他等了很久很久，所有人都以为他热爱并执着于这样肆意人生的状态，但只有他心里清楚，他想要的，是一个家。

他从不喜欢流浪，更不喜欢远方。

就是在那一天，我爱你的那些天。

我突然畏惧流浪，畏惧离开你身旁。

以前没有见过光亮，所以习惯追逐太阳。

直到遇见你的芬芳，才知道何处是归乡。

老幺教赵东升吉他时，赵东升连“哆来咪发唆拉西”这最基本的音都练了整整两天才记住，他丝毫没有音乐天赋。

而如今，自弹自唱出的歌竟然能得到众人的赞赏和掌声。

想在你身旁。

要留你身旁。

赵东升是那焦点，汇集了星空所有的亮光。

吉他弦被他拨得干脆，音混着词，情融进音。

周围人应和着节奏打出来拍子，一下一下，映衬着西陲越来越强烈的心跳。

四角的盏灯将院子照得通明透亮，唯独赵东升头顶的光源投出的轮廓最温柔暖人。

那双手，仍旧是糙实粗硬。

这个人，却开始熠熠生辉。

“唱得好听，词写得也好。你自己写的吗？”西陲按照约定将烤串递给赵东升，笑颜明媚。

“你觉着呢？”赵东升只从她手中抽了两根铁签，身子一弯，从旁边的大石块上捞起了一张纸。不知道是从哪个笔记本上撕下来的纸页，被翻得有些旧，手写的几句歌词，字体潇洒飘逸，而每个汉字上方被标注着音符，更是歪七扭八。乍一看，并看不出个所以然来。

西陲睁大眼睛正要看个仔细，赵东升胳膊往回一撤，歌词纸和吉他一同交还给了旁边的人。他就着大石块坐下，交叉着腿，又从西陲手里抽了两根铁签，边吃肉，边回答她："别人的词，我唱而已。"

一坐一站，他从她手里拿签串的动作却没有丝毫的不适。

他边吃边抬头看她，提醒着："你要是真觉着好听，等专辑制作好了，多买几张，支持一下。"

肉串上三四块肉，赵东升咬两下就吃光了。西陲见他随便嚼两下就往下咽，强迫症似的揶揄他："你慢点吃，我又不和你抢。"说着话的工夫将凉掉的几串肉串从他手里拿回来，"这几个冷掉了，吃了会闹肚子，我帮你换热的。"

赵东升正要说自己没那么娇气，只见西陲已经回到烧烤架那儿，换了几串刚烤好的回来，递给他。

"谢谢。"

赵东升接过去，没急着吃，眼睛眯瞪着西陲。

西陲被他瞧得不自在，沉声："看我干吗，吃肉啊。"

"呵呵！"赵东升笑了下，没拿肉串的那只手一抬，拨了下她别向一边的脑袋，"长得好看的女生从来不怕别人看，只有那种丑不拉几的，才被别人一瞧就避开。"

"看看看！你看吧！"西陲胳膊一捞，从赵东升手里将铁签夺回来，理直气壮，"吃我给你拿的食物，还损我的自尊，怎么能有这么便宜的事啊。"

赵东升无辜："我给你唱歌了，你允诺给我肉串吃的。"

"那又不是单唱给我听的，院子里这么多人呢，你找其他人要肉串吃去！"

赵东升开始耍无赖：“那我再单给你唱一首。”上身往旁边一倾就要去捞吉他。

西陲站在他对面，也不拦着，就这样定睛看着他将吉他垫在了腿上，有模有样地摆出姿势。他十分豪气：“想听什么，随便点！”

西陲学着他的样子，一口咬下两个肉块，塞在嘴巴里嚼了半天不讲话。

赵东升盯着她这一系列动作，笑得牙龈都露出来了。吉他往旁边一放，伸手去摸手机。西陲还没反应过来他要做什么呢，只见赵东升将镜头对准她，短暂的停留之后，手机翻转给她看：“瞧瞧，你这是多久没有吃肉了。”

照片拍得毫无角度可言，被放大数十倍的脸，占据了整个手机屏幕，她双颊鼓鼓的，眼神哀怨，像只受气的松鼠。

西陲要去夺手机，删照片，赵东升眼疾手快地将胳膊收回去。西陲不作罢，手里的铁签往旁边一扔，晃着油乎乎的手掌就要往赵东升身上擦，并恶狠狠地威胁道：“删掉，不删掉我这两手的油可全贡献给你的衣服。”

“擦吧，反正这衣服我穿了一周没换，估计比你的手还要脏。”

“咦——你脏不脏！”西陲忙不迭地往后跳脚。

赵东升遂了意，手机锁屏，放到了外套口袋里。

西陲吧唧着嘴巴，眼神悠悠地盯向赵东升上衣，趁其不备，手唰地伸进去，摸到手机。赵东升哪会让她得逞，胳膊一捞，就压在她的肩膀上，将她箍在那里不能动弹。

“你松手！”

“小屁孩儿，好的不学，学会了偷手机？”

西陲死撑：“我只是把不属于你的东西拿走。”

“哦，是吗？”赵东升细想了下，“好像除了我自己之外，我身上就没什么是属于我的。”

西陲逞强：“那除了你，我都拿走。”

赵东升取笑她：“真是辛苦你了啊。”

“不辛苦，不辛苦。”西陲嬉皮笑脸，“为人民服务！”

两人僵持着，就这么你一句我一句地说着玩笑话。

前台有人接了个电话过来院子里，扯着嗓子在喊：“西陲，西陲在这儿吗？”

“我是！”西陲猛地起身，赵东升捏在她后颈上的手未来得及松开，“哐”的一声，西陲只觉着脖子差点断掉。

赵东升同样感受到她的疼痛，立马变了脸色询问她：“没事吧？”

“没事。”西陲摆摆手，往喊她那人处走，“我是西陲。”

“这里有电话，找你的，你来接一下吧。”

“好，谢谢。”

电话是父母打过来的，老爸打电话到她手机上时，接连被挂断。

家人不放心，间接通过西陲的身份证在这家客栈办理入住的记录，辗转将电话打到这里来。

联系上父母，证明自己还算安全，西陲告诉他们，明天就回去，让他们放心，这才挂了电话。

西陲将手机还给前台姑娘：“谢谢，多少钱啊？”

“不要钱。”前台姑娘往旁边瞥了眼，西陲顺着看过去，才发现赵东升不知什么时候出现的，正倚在从后院过来前台的那扇门框上。

见西陲发现自己，赵东升站直身子：“明天回去？”

“嗯。”是她的错觉吗，为什么赵东升脸上流露出一些失落来。

赵东升神色如常：“那你早点休息，路上注意安全。”

“嗯。”

西陲躺在床上，翻来覆去地睡不着。

是肉串吃得太饱，还是晚上玩得太嗨，抑或是那歌声太撩，还是……西陲瞪着一双精神百倍的眼睛，挣扎着从床上坐起来。

在冷静了两分钟之后，她做了个可能会后悔的决定。

她站在三楼走廊，门敲了三次后，赵东升叼着根烟过来开门。他正在打电话，开门确认是西陲后，微露惊讶却没来得及询问，手指了指手机示意他先讲电话，留门不关让她自己进来。

圆桌上放着本轻便的笔记本电脑，他一边打电话一边往电脑里输入着什么。

西陲不急不慢地跟进去，在他的床上坐下。

这房间和楼下的装潢完全不一样，首先表现在色系上，她那间偏橘，这间是米色。家具上，他这间也简单很多，墙壁上的装饰也少，倒是落地窗那儿多出个阳台，便于欣赏临街熙攘的景致。

赵东升讲完电话，将文档里面最后敲定的内容存档，用邮件发送出去，这才得空抬头看西陲。西陲正抻着脑袋朝向阳台那儿，露出大片后颈光洁而白皙的皮肤。她不知道在瞧什么，久久没有回头。

赵东升看她，第一眼没瞧出毛病，他将笔记本电脑合上，背脊往后靠稳吸两口烟。等眼神再瞟到她时，似乎察觉出异常来。

“嫌烟味呛就去把窗户打开。”赵东升嘴上这样说着，却不自己把烟熄了，反倒煞有介事地捏着烟嘴，猛吐着烟气。

西陲扭过头，隔着氤氲的雾气，认真地审视着他："忙完了？"

"忙完了。"赵东升还是掐灭了手中剩下的半根烟，起身，走到窗边将窗户拉开，"明天什么时间的机票？"

"上午的。"西陲过去把房间的盏灯关掉，只留下床头微黄的光源。赵东升站在窗边，没回头。

傍晚的吉他声绕梁不绝，西陲只觉耳朵嗡嗡地响。那弹吉他者的颦笑、吟唱，像是被定格在她的脑海中似的。闪亮的，耀眼的，优异的，特殊的。她的心怦怦地跳动着，因为赵东升的存在而难以平复。

这便是心动吧。

熊猫还没来得及看，景点还未来得及逛，他这个导游，还未来得及展示自己的能力，竟然马上就要分别了。

心头涌出不舍的情绪，那样真实，那样心痛。

如果不做点什么，西陲想，自己一定是会后悔的。

上学时，身边有不少男女恋爱，有人问西陲为什么不谈恋爱，西陲坦荡地反问："为什么要谈恋爱？"

"不谈恋爱的大学是不完整的啊！"

西陲笑道："这个前提是遇见自己很喜欢的人才行。"

谈话者诧异，劝她："差不多就得了，哪有那么合适的人啊。"

西陲摇头，不以为意。

在她心里，两个彼此喜欢、互相珍重的男女在一起恋爱，才是幸福自在的。如果不是最喜欢的，何必勉强在一起，她自己一个人，也能生活得很好。

而此时，西陲以为，赵东升就是那个人，是那个让自己很喜欢很喜欢的人。

可赵东升，这短短的几天相识，你对我，是否也有同样的心意呢？

她朝他挪步走去，贴着他的后背拥抱住他。出门时有些着急，她只单穿了件粉色的睡衣，内衣并没顾得上穿。她抱住他时，他只觉着女孩子的身子特别软。

房间很静，她声音也低，落在听者耳朵里，带着致命的诱惑：“我来和你告别。”

赵东升身子僵了下，很快抬头扒开她的胳膊，转身，两人距离拉开些，他垂眼正对上女孩儿赤诚的目光，她眉清目秀，眼角堆笑。

西陲羞得脸发热，却佯装平静：“谢谢你对我这段时间的照顾。”

“现在的小姑娘，都这样有奉献精神？”赵东升噙着笑的声音在说玩笑话，手肘随意往后一撤，撑在落地拉门冰凉的扶手上，拉开些两人间的距离。他挑眉，好整以暇地打量起她，没动。

“有点冷。”西陲顾左右而言他，脑袋偏到一边看向打开的窗户。

赵东升腿一伸，将地毯上自己的外套钩到西陲的脚边，脸色沉下来：“冷就穿上。”

西陲终究是没胆量，像是个充满气的皮球，被人拍一下又拍一下，没一会儿工夫，就泄气了。她没来得及想他会拒绝，便已经站在他房间门口，敲开了他的房门。等走进来，便像是一条不归路，她的一切行为好像都由不得她自己了。

有风灌入室内，她那件粉色的睡裙下裸露着两条细白的腿，灌入的风让她禁不住打了个战栗。明明很冷，但内心的挫败和羞赧，让她来不及思考御寒。

两人都在沉默，街市上仅有的微弱的声音被无限放大。西陲几乎要放弃的时候，终于听到男人熟悉的声音：“我漂泊惯了，给不了你承诺。”

他声色清亮，有着青年男人一贯的朝气和斗志，但他刚吸过烟或刻意压嗓子的时候，发出的声音很粗沉，透出并不属于他这个年纪的沧桑和疏离感。

赵东升觉着自己一定是疯了，这个时候，还在拿捏着脾气，不去伤害她的自尊为先。这在外漂泊的三年来，何曾如此谨慎小心觉着自己行事有错过？可低头瞧见这个被自己凶得羞赧失落的姑娘，更加无措起来。

拒绝的话说得够明白了，可姑娘还在纠结：“我不要承诺。”

赵东升气得倒吸了口气，想着要不就直接把姑娘拎出去关在外面算了，可又想到这姑娘敏感逞强的那一面，瞬间就否定了自己这一想法。像她这个年纪又在温室里长大的姑娘，应该和一个阳光帅气有志向的青年男生有一段纯洁真挚的感情，相识相遇，相恋分手。何苦在他身上，浪费这时间。

他这片刻的分神，恰好给了西陲勇气。看着她手法笨拙地环到他的后背上，赵东升终于要拎人了。

“第一次？”

“不是。”西陲嘴硬地逞强。

赵东升又笑了下：“喜欢我？”

“没有。”西陲又撒谎。

赵东升把她的胳膊扯下来，又从地上捡起衣服盖在她头上，沉声说道：“出去吧，明天路上注意安全。”

顾不得身后人什么反应，赵东升只身进了浴室，随手打开花洒，自己则靠到一旁的盥洗台上，掐了一根烟，点着。

直到外面传来关门的声音，赵东升才抬手关掉开关，水声戛然而止。他出去，站在床尾，看着床边被她坐皱的被面，哼着气笑出声。

真是个小姑娘，做事莽莽撞撞的，对什么都不管不顾。

西陲刚出机场，就看到林程明的车子停在路边。见她出来，林程明按了两下喇叭，她挥了下胳膊，示意看到了。

刚坐进去，林程明就劈头盖脸地一阵唠叨："你怎么一声不吭地去了成都？叔叔阿姨给我打电话说你联系不上的时候吓了我一跳。"

"一时无聊嘛，就想着去成都看看大熊猫。"

林程明睨她一眼，问："好看吗？"

"还没来得及去。"

"你去那一周时间，就只在路边看人画画了？"林程明刷了她的微博，看到她时不时发出来的几张街边写生的照片，忍不住嘲笑她，"你这趟成都去得真值。"

西陲将外套脱下来，盖在自己身前，脑袋歪向窗户，有些疲惫："我有点困了，先睡会儿。"

"睡吧，到了地方叫你。"

"嗯。"

长期生活的城市，能够给人带来一种莫名的安全感，即便是这条街道你不曾来过，只要一听到那熟悉的口音，心里就莫名踏实。

# 第五章 / 得偿所愿

西陲很快恢复到自己的生活状态之中。在成都关于赵东升的种种，甚至包括那个深夜里的尴尬，好像是一场梦境，对于它的印象，虚无缥缈。

西陲按捺不住蠢蠢欲动的心，四处比较考察，最终将目光落在了一处两层商品房。

从成都回来后，西陲便萌生出了搬家的念头，一是因为这处公寓里有一间卧房是属于赵东升的，她在这儿，赵东升如果想回来住也不方便，再者就是，她打算开一家玩偶实体店。

当西陲把自己想开店的消息告诉林程明时，后者在短暂的诧异之后毫无顾忌地捧腹大笑起来。西陲翻了个大大的白眼，将自己手中的抱枕对准他的脑袋砸过去，声色俱厉："我是认真的好嘛。喏——你看，这是我设计的店铺装修图。"

林程明将抱枕往肚子上一压，上身倾过来去看她转过来的笔记本电脑，电脑显示的平面图上条理清楚地标注出货架等大小家具的位置。西陲任由他看了会儿，手指往空格键上一敲，平面图瞬间立体起来，近百平方米的店面被实实在在的家具摆设装饰完善。

西陲得意扬扬，抱着肩膀对林程明讲述自己的雄图大志："这只是店面的装饰，整体装修出来便是这个样子，不过等实体店出来之后，肯定比这冷冰冰的图纸看上去更令人感到温馨。"

林程明似乎是对她这几张设计图很感兴趣，把电脑拿起来放在自己腿上，一页页地仔细看起来。与一般的精品店不同，更不是千篇一律的玩具店。

"这个玩偶店有自己的品牌，也有不低的名气。虽然现在网络购物快速便捷，但实体店给人带来的触觉和视觉感受从很大程度上讲更具有吸引力。

"店铺的位置在哪儿？"

西陲对他的反应很满意："国贸后面那条步行街。"

位置还不错，那条街上大都是品牌店铺，客源质量很好，但就是租金有点超预算。林程明主动提起："我对你这个店铺还挺感兴趣的，怎么样，接受我入股吗？"

"入股啊，我得考虑考虑。"明明西陲兜这么大个圈子，又是给他看店面的设计图，又是说自己发展的想法，目的不就是想借钱？借钱容易，但入股……西陲对于自己的店铺信心百倍，但到底能够经营成什么样子、亏本还是盈利，是没有底的。她一没有开店的经验，二没有对市场的眼光。

林程明随意地敲着电脑键盘，几眼便将西陲的犹豫摸了个清楚："不用担心亏钱，让我的股份打水漂。"

西陲白了他一眼，没吱声。

电脑被扣住，放回到茶几上，林程明将长腿一叠，后背微微地挺直，颇有一种正经商人谈合作的样子。他难得露出严肃认真的神色："你要相信自己，即便是不相信自己的能力，也要相信自己设计出来的玩偶的受欢迎度。作为朋友，我可是一直都引以为傲的。"

"真的？"

"真的。"

西陲笑弯起眼睛，大腿一拍，掏出手机打开计算机算账："租金、装修、宣传……"

林程明听着她说的数字就烦，忙不迭地摆手制止："你算出总数来，说还差多少钱，都算我的就行。"

"得嘞！"西陲吧唧吧唧按着计算器算起来，"这些算你百分之三十的股份，每逢年底，店里都有你的分成。"

林程明对这些东西不甚在意，但西陲本着亲兄弟明算账的原则，条理清楚地整了份合同出来，极其负责地找律师看过后，让林程明签了字。

折腾了大半天，事情算是解决了。西陲满怀激动的同时，还不忘揶揄林程明："身边有个土豪朋友是多么的重要啊！有了你这笔投资，看来我发家致富的日子不远了！"

"啧啧啧，现在知道我的好了？"林程明撇嘴揶揄她。

西陲语调咬得四平八稳："一直知道好吗！"

"嘁！"林程明一脸不相信的样子。

两个月之后，一家叫作"喜槌"的玩偶店在步行街正式开张。

作为最大股东的林程明像是个大少爷似的，坐在柜台后面的凳子上，看着曾经那个最不会左右逢迎最不喜交际的姑娘，此刻正站在店门口，笑脸迎接着一批又一批进入店内参观的客人。

开业初期，只招了三个店员，一个收银、两个导购。她们穿着和西陲一样的黑色制服，左胸前用红色的细线刺绣着喜槌品牌的 logo。

西陲外表长得可爱又平易近人，说话声音细而温柔。虽然不难看出，西陲在游走于不同的客人之间，陈述不尽相同的介绍时，神色间闪烁着不适应和力不从心，但至少她在很努力地让自己担当与适应店长的身份。

“谢谢大家到来，今天是喜槌开业第一天，凡是在店内购买任何一件商品的顾客，都可以领取赠品一份。”西陲将客人们的视线引到店中央，那里有个方形的柜子，上头摆着大小不一的彩毛熊猫。和寻常的熊猫不同，这个玩偶除了颜色上的差异，在形状上更是创意百出，延续了喜槌品牌一贯的少女可爱风，让熊猫一改臃肿形象，设计成婀娜少女或者翩翩公子的形象。

“这玩偶每个都不一样，好有趣啊！”

西陲笑笑，从玻璃柜上举起一个盒子向大家解释：“这一套有 24 个玩偶，分 12 个‘少女’，12 个‘公子’。它们分唯美古装和潮流时装两类，每一只‘熊猫少女’都对应着一只‘熊猫公子’，它们在神态或者是动作上，都是有小小的互动的，大家有兴趣的话，可以仔细观察一下。”

有客人已经发现了：“真的哎，这两个侠客是在舞剑吧，一个挥剑进攻，一个御剑防守。”

“玩滑板的熊猫，和这个卷头发的是一对，它们穿着一样的衣服。”

“还有这个……”

高高低低的几道声音响起，西陲面带微笑，对大家的热情感到很满意。

有人突生疑问：“这个扎麻花辫的萝莉和那个穿裙子的熊猫，它们是和这个板寸头的大叔是一对，还是和这个穿白大褂的医生一对啊？”

西陲没来得及回答，有人抢先插嘴解释：“这个萝莉和大叔是一对，你没看到萝莉怀里外套上的logo和大叔背包上的图案一样嘛。”

“而你看这个裙子的花色，和这个医生的领带，样式相近的！”

“你这样说也对。”那人还在纠结，“可我觉着这个穿裙子的和这个有胡子的大叔很配，这个萝莉应该配医生。哎，老板，这两个到底是谁对应着谁啊？”

西陲盯着这一排玩偶正在愣神，丝毫没有注意到客人叫自己。这个玩偶的设计灵感来自于成都之旅，最初只设计了一组古装造型的玩偶。后来回到嘉裕市她萌生出了要开店的想法之后，又慢慢地给设计了另外十一组造型，而其中的萝莉与大叔，是西陲藏在设计时的小小私心。

“大家仔细看，”林程明不知道什么时候出现在她的身边，轻轻地扶了一下她的手臂，提醒她回神，另一只手自然而然地从她手里拿过一盒玩偶中的两个，照着西陲先前给他介绍的那样，有模有样地解释道，“这个萝莉的眼睛是上挑的，这个大叔的手微微抬高，可以比量一下抬高的高度，刚巧是萝莉的身高。”

“是了。这玩偶的细节做得真棒！老板，这一套玩偶多少钱啊？”

林程明面带微笑，抢先接话：“这一套玩偶只作为赠品赠送，不作为商品售卖。大家有兴趣的，可以看一下这个活动规则。”

众人的视线齐刷刷地落到玻璃柜旁边竖着的广告牌上：购满 299 元送玩偶一只，购满 499 元任选一对，之后每购满 200 元，加送一对，满 4000 元送一整套。

有客人足够冷静，在店内逛了一圈后离开。

有客人被玩偶吸引，多少买了几个，做纪念品。

当然也不乏客人为了整套赠品，购买甚多。

其中有新顾客，也有网店的老顾客，甚至有不少西陲微博的粉丝，得到店面开张的消息后，从其他城市过来捧场。热热闹闹的气氛之下，仅有的三个店员忙得不可开交。

而西陲，从早到晚，一直露着笑，热情不减。

忙到深夜，客人陆续减少，林程明坐在柜台旁边，双腿叉开，胳膊撑在柜面上，支着脑袋，目光一眨不眨地盯着西陲数钱。她低着头，有碎发从两鬓散下来，在旁边柔和光线的映射下，认真做事的她显得格外动人。林程明瞧着西陲一脸满足的样子，心里也跟着开心："大老板，请客吗？"

"请！要吃什么，随便点！"西陲抬头，随手将头发捋回去，正对上林程明满眼笑意地打量着她。

西陲瞪他，质问："怎么，我脸上有东西？"

"没有。"林程明坐直身子，摸出手机随便点两下，给她看。屏幕上，是今天白天偷拍她的照片，被客人包围在中间，不曾惧场没有闪避，反而热情微笑着侃侃而谈。

他实话实说："就是觉着你变化很大，以前的你，只喜欢一个人，最不喜欢和别人交流。你还记得，以前你和我说过，你觉着，和别人交谈让你感到疲惫，你认为大部分的人太虚伪，喜欢无所谓地吹牛，说着不痛不痒的废话，和他们交流纯属浪费时间，毫无意义。”

西陲平展着眉眼，视线紧锁在屏幕里自己的那张照片上。似乎、好像、大概、或许……真的和以前不一样了。下午有几个网上的朋友来实体店里和自己打招呼时，她和他们坐在二楼沙发上，喝饮料吃甜品，随便什么话题都能聊很久很久，那些对话和交谈，好像都是废话，那些仅仅有一面之缘的姑娘，如果刨根问底地探究下去，可能都有虚伪矫情的地方。但是，仔细回想一下，她并不反感和他们交谈。

“你以前说，有那时间，还不如多刷会儿微博，多看本书呢。”

她确实说过。

但如今，西陲有了新的态度：“其实和他们聊天交谈，就好像刷微博或者看书似的，都是一种消遣时光的方式，也挺好的。”

“你还是西陲吗？”林程明不禁诧异。

西陲一字一顿：“如假包换！”

店面的生意逐渐步入正轨，经营一个月之后结算时，除去房租水电之外，还挣下一笔不错的收入。西陲大腿一拍，店铺交给店员管理，自己收拾了东西出门旅游去了。

说是收拾东西，不过只背了一个小双肩包，简单地放了几件洗漱用品和贴身的换洗衣物，最后装上手机钱包，订了机票就动身。

上次从成都回来之后，她买了一台单反相机，平时没事拍拍静物拍拍日常的风景。喜槌品牌有一个公众号，里面实体店的照片和店内商品的摆拍，都是她一个人解决的，虽然说拍照、挑选照片事情琐碎了一些，但她倒不觉得麻烦，反而乐在其中。

这一个月的时间里，除了将重心放在店面经营上，西陲还每天抽出两个小时去锻炼身体，学了简单的女子防身术，虽然没觉着得到什么立竿见影的成效，但她心里却为这一个月的忙碌生活感到分外满足。

她这一次没走远，用了半个月的时间，绕着嘉裕市逛了一圈。

说起来也惭愧，西陲作为土生土长的嘉裕市市民，除了小时候记忆模糊地随着父母去市里公园玩过，对整座城市都不甚熟悉。上了初中、高中，似乎都是学业为重，高考后又直接考到了北方的大学，对嘉裕市的了解，仅仅限于自己公寓附近的方圆几里。

而在这期间，她更博的数量也急剧减少，平均一天一两条。有的是关于旅途或者是对近期生活的感悟，并不长的文章里面，打动人的文字配着自己拍的沿途风景；有的是她突发奇想给自己定下的小小目标，学瑜伽，学吉他，看完整套张爱玲的书，又或者是攒钱多去一些地方。

像个陀螺一样，忙着不停转地生活，西陲并没有觉着劳累，反而十分享受这种忙碌给自己带来的满足感。

姚冶莫进到店里时，西陲愣了两秒钟才想起来她是谁，并且不由自主地想到了赵东升。直到此刻，西陲才不得不承认，自己做的这么多改变，好像或多或少都是来自赵东升的影响，来自那一趟成都之旅。

今天是周末，姚冶莫和陈原城出来逛街，碰巧被人推荐了这一家新开的玩偶店，便过来逛一下。刚进门，她一眼就认出西陲来，热情地打招呼："哎，我听到这个店名的时候，第一反应就想到你的玩偶，没想到真是你啊！这家店是你经营的吗，好棒！"

"和朋友一起开的。"西陲将手上的工作交到店员手里，笑着朝两人走过来，"今天周末，你们出来逛街啊！"

姚冶莫一脸爽朗："是啊！"

陈原城扯着嘴角苦笑着发牢骚："加了近一个月的班，好不容易有个周末休息一下吧，她还非拉着我出来逛街，哎——"他说着话的工夫，忙不迭地冲姚冶莫招呼，"你在这家店多逛一会儿，和西陲多聊会儿天，我去那儿坐着歇一会儿。走了一上午了，感觉脚指头都不是我的了。"

西陲招呼店员去准备咖啡和点心，姚冶莫一路逛下去，挑挑拣拣选着玩偶，等一圈走下来，购物篮里堆满了。

陈原城瞧见，忙提醒她："你怎么又买这么多？家里都快被你买的手办玩偶堆满了，再这样毫无节制地买下去，估计要单独给它们买一处房子了。"

"好看啊！生活本来就这么苦了，如果不多买一些自己喜欢的东西，怎么对得起自己。"

咖啡放到桌子上，姚冶莫顺势坐下和西陲攀谈起来："你开这么一家店，生意怎么样？"

"还行吧。我也没开过店，第一次尝试，不赔本我就很满足了。"

陈原城不好意思地插话："之前还以为你突然决定搬出去是因为介意赵东升突然回去呢，现在看来，是你有正事要忙。"

"怪我搬走时没有和你解释清楚。"

听了一圈，大致明白了事情，姚冶莫攀着西陲的胳膊往她身边一靠，帮她说话："西陲，这事不怪你。东升哥突然回来，你又不认识他，孤男寡女的住在一个屋檐下，确实不太好，让你受委屈了。"她说着话转头看向陈原城，撇着嘴抱怨，"这事也赖你，你当时就应该让东升哥出去住酒店的。"

“我——”陈原城哑巴吃黄连，有苦说不出，瞧着对面这俩姑娘沆瀣一气的样子，识趣地给嘴巴拉上拉锁，放弃解释。

姚冶莫亲切地拉着西陲的胳膊由衷地羡慕：“我一直都很喜欢你设计的玩偶，现在看到你装修的实体店，简直不能再喜欢了。西陲，我过几天就放寒假了，也是闲着，我没事的时候，能过来找你玩吗？”

“行啊。”西陲一脸随和，并不反感和姚冶莫亲近。和姚冶莫打交道不多，但是西陲不难感受到，她是个直率的女生，心直口快，无遮无拦。西陲和她相处时，不用费什么心思，“我每天在店里也没什么事情，正好你过来，可以陪我说话。”

“那就这样说定了！我过几天放了假就过来！”

目睹着俩姑娘的热络，正在看手机的陈原城脑袋悠悠地抬了起来，忍不住质问：“研究生还有寒假？”

“没有！”一想到这个就来气，当初姚冶莫读研是为了能晚三年进入社会，可谁知道读个研究生简直比朝九晚五的工作还累，她没好气地瞥一眼陈原城，低声承认，“我和导师说了，我寒假要忙结婚的事情。到时候万一要是给你打电话确认，你就说是，听到了吗！可别到时候穿帮了，我好不容易请下来的假就被你毁了！”

“好好好，帮你打掩护！”陈原城长吁短叹地回应她，蓦地反应过来她胡诌的这个理由，瞬间眯起眼睛，瞧她，“话说回来，要是你导师问我，日子定的什么时候，问我要请柬，我怎么办？要不，真的就着手准备吧，反正明年今年，你都得嫁给我。”

“不行！”姚冶莫斩钉截铁地拒绝，“我还没玩够呢。”

“我求婚戒指你都收了，还打算怎么玩？”

“嘁——结婚和恋爱是两回事，要是结婚了，就代表被你吃定了，你八九不离十就对我不上心了，我才不傻呢。”姚冶莫傲娇地扬着一张脸朝西陲肩膀上一靠，小声地和西陲打小报告，“西陲，你不知道，他求婚的时候有多草率，戒指从口袋里掉出去了自己都不知道，最后还是秦歌把她的结婚戒指贡献出来，撑了下场面。”

西陲被她叽里呱啦一大通话绕得有些晕，不解地朝姚冶莫望了眼。姚冶莫瞬间反应过来，贴心地给她解释：“哦，忘记你不认识秦歌了，我、陈原城，还有赵东升和秦歌，我们几个一起长大。我一直以为她会和赵东升走到最后，谁知道，哎，不说了不说了。”

嗅到了大八卦的气息，西陲正竖尖了耳朵听呢，谁知姚冶莫及时收声，她不禁失落了下，面上仍然和善地微笑：“青梅竹马能走到婚姻，很不容易了，祝福你们。”

姚冶莫弯眉，满是爱意地冲陈原城看了眼。

陈原城接收到，佯装一脸嫌弃地直翻白眼：“你下周生日会，邀请西陲一起来吧，我看你和她蛮投缘的。”

“对哦！”姚冶莫忙不迭从包里翻翻，将自制的请帖抽出来，递给西陲，“下周末你有时间吗？我的生日会，你过来一起玩呗。我家里有很多玩偶，到时候可以和你分享。”

“我就算了吧，你的朋友我都不认识。”

姚冶莫笑着说：“人不多的，就我、陈原城、秦歌还有几个我学校里的朋友。大家都差不多年纪，共同话题很多的，而且你是我带去的，我肯定不会冷落了你啊！”能把话说得这样透彻直接，姚冶莫也是再诚恳不过。

西陲倒是不害怕被冷落，听着姚冶莫说的几个会出席的朋友，西陲其实蛮想去看看那个叫秦歌的女生是什么模样。姚冶莫说，她和赵东升原本是能携手到老的……不管他们两人结果怎样，西陲心里竟然有些小小的羡慕和嫉妒。她小心翼翼地摸着请柬上烫金的字体，心里面有自己的小算盘。

“我到时候一定去。”

生日会当天，西陲敲开了姚冶莫家的门，来开门的是个鬈发女人，鹅蛋脸，柳叶细眉，略施淡妆，穿一件黑色的贴身打底长裙。她一手扶在门把上，一手拽着胸前垂着的披肩流苏穗。她说话声音低低的，柔和而安静，像是悠扬的大提琴：“你找谁？”

“你好，我叫西陲，是姚冶莫的朋友。”

“哦。”秦歌没动，目光上下打量起她来。

眼前这女人，准确地说是女生，牛仔裤、板鞋、高领毛衣，外罩一件淘宝爆款的韩版羽绒服。长得矮小，穿着臃肿，毫无身材和气质可言。小莫说，她和赵东升很熟。不过这样的女生，赵东升应该不会看上吧。她的视线扫到西陲干净而稚嫩、不施粉黛便足够清爽和年轻的娃娃脸上，心里一阵羡慕，自己要是年轻几岁，那该多好，那时候赵东升也还在。

西陲保持着礼貌的笑容，挺胸抬头，任由对方打量自己。好在尽管秦歌在心里面对她的点评甚是不堪，但面上仍旧保持着良好的教养和礼貌，眼神温柔不带攻击性。

直到姚冶莫的声音传来：“小歌，是西陲来了吗？”

“进来吧。”秦歌这才停下打量，冲西陲抱歉地笑笑，往旁边侧身，“我看你年纪不大，是小莫的同学吗？”

“西陲其实和我一般大，不过不是同学。我和你说过的，她就是之前租华庭小区那套公寓的女孩子。”姚冶莫弯腰在给西陲找拖鞋，仍不忘给彼此介绍，“西陲，她是……”

“你好，我是秦歌。”

西陲穿好拖鞋，手臂伸向前握住秦歌的手：“你好。”

“哎呀，你们两个人怎么这么客气啊，搞得像是总统会晤似的，随意一点轻松一点嘛！”姚冶莫一手挎着西陲的胳膊，一手挽住秦歌，夹在两人之间并行往里面走。

谁知没走几步，门铃重新响起。

“邀请的朋友都到齐了，应该是外卖吧。”姚冶莫念叨了一句，抬脚过去开门。

秦歌抢先一步：“你们进去吧，我去开。”

“那小歌麻烦你了！”姚冶莫熟络地拉着西陲的胳膊，帮她将外套脱下来放在玄关衣架上，“外面很冷吧，今天预报说是有雪的，不知道还下不下。待会儿要是下雪了，路上滑，你就住在我们家。你和我一个屋，咱俩好好说说悄悄话。”

“好啊。你只要不嫌弃我睡相不好就行，我一般晚上床头躺下，第二天起床就成了横着睡了。”西陲将礼物盒递给姚冶莫，笑嘻嘻地和她开玩笑，“这是给你的生日礼物，一时摸不准你喜欢什么，就随便送的。”

“哇！你还带礼物过来了。”姚冶莫忙不迭地接过去，左右翻着包装盒，神秘兮兮地问，“里面装着什么？是你新设计的玩偶吗？”

“你要喜欢玩偶，改天去我店里随便挑，这个礼物，我是随着我的心意挑的，我觉着你应该会喜欢吧。”西陲自信满满地示意姚冶莫自己将礼物盒打开。是一件灰白色的短袖 T 恤，印着奇怪的 logo，后背处用黑色的油笔洋洋洒洒地签了个名。

果真如西陲所料，姚冶莫看到T恤的第一眼就尖叫出来：“啊啊啊……西陲我太爱你了！你怎么知道我想要这个签名啊！”

“我翻了你的微博。”

“爱死你了爱死你了！”

西陲笑嘻嘻地被姚冶莫揽过去，目光越过她的肩膀看到门口方向，秦歌站在那儿，不知道在做什么，迟迟没有回来，透过她和门框的间隙，西陲注意到外面站着个男人，个子挺高的，穿着件藏蓝色的冲锋衣。

她怔了下，一张脸在脑中闪过。

是他吗？

姚冶莫还沉浸在得到签名的激动情绪之中，她欢天喜地朝客厅奔过去，和其他人显摆这个礼物。西陲站在玄关和客厅之间，目光斜斜地朝着门口方向望过去，试图一探究竟。

秦歌往旁边偏了下身子：“进来打个招呼吧，今天小莫生日。”

男人的身型更为具体一些，被西陲看了个仔细。

是他了。

虽然只是半边身子，脸被玄关上方的挂饰挡住，但西陲却觉着特别熟悉。

客厅里，姚冶莫满心欢喜的笑声正源源不断地涌进她的耳朵里，她却格外安静地站在那儿，任四周纷杂混乱，她急促而强烈的心跳声能盖过一切。

紧张吗？

西陲小心翼翼地问自己。

秦歌让开路，赵东升的身型彻底显现。和初次见面的感觉一样，风尘仆仆，步伐沉重。西陲还欲继续盯向那方向看，胳膊被姚冶莫从背后扯住。

“西陲我给你介绍一下我的朋友。”

赵东升过去的时候，西陲正和众人解释自己是如何拿到这个签名的。他也不出声打招呼，就站在客厅和玄关交界的地方盯着说话者，细细打量。

她好像有些变化，但模样上又没有什么改变。

穿件米白色的高领针织衫，她说话时，习惯性地去扯宽松的衣领，挡住一半的下巴，甚至有几次在听其他人讲话时，她像个孩子似的，直接将领子拉到鼻子下方盖住了嘴巴。

成都一别，近两个月没见了。

秦歌安静地站在赵东升身旁，并没有要打扰他的意思。他安静地看向人群中，她就安静地看向他。方才在门口的对话，似乎将秦歌那不切实际的期待痛快而又彻底地斩断了。但是赵东升不知道，在秦歌心里，他们之间曾经的点点滴滴，在源源不断地提供给她胡闹任性的勇气。

客厅里满是热热闹闹的交谈声，只有西陲意识到赵东升的存在，心里面小心思不断，面上却佯装着风平浪静的，和几个女生相谈甚欢。

窗台那有几台电脑，陈原城和几个男生坐在那儿打游戏。直到因为口渴起身接水，陈原城才看到赵东升，面露诧异：“东升？你什么时候来的？”

其他人这才发现了他。

“大家好。”赵东升客套而疏离的目光巡了一圈，并没有在谁的身上停留。

西陲混在人群中，保持着和众人一样的神情与反应，唯独姚冶莫不解地去问赵东升：“东升哥，是专门回来过生日的吗？”

“回嘉裕市过年，顺便给你过生日。”赵东升身高腿长，虽裹在厚重而又丑陋的冲锋衣里面，也丝毫影响不了他个人魅力的散发。

就比如站在西陲右手边的两个女生，正挨着脑袋，压低声音在咬耳朵：“哎，那个就是小莫常说的那个背包客发小吧，长得好帅。”

“沧桑的魅力大叔，简直比我们学校那些白净扭捏的文科生男人多了。”

“不知道他有没有女朋友？感觉他这种随性落拓的背包客不踏实，他们在路上的时候，应该会有不少艳遇吧。”

西陲半低着脑袋，任由她们的交谈声涌进耳里，不自觉地抬了脑袋看向被议论的当事人。赵东升恍然不觉这边的状况，正和姚冶莫解释：“我这次忘记给你准备生日礼物了，你看看自己有什么想买又不舍得买的，我帮你付款。”

“好的！”姚冶莫爽快地圈起手指，琢磨着要怎么宰一下他才好。

陈原城接了杯水，站在饮水机旁仰头喝了大半，正朝他们这边过来：“东升，你别给她瞎买，她这丫头又没点数，也不知道谁给惯的，花钱大手大脚的。对了，你这次回来过年，打算住哪里？”

西陲半低着脑袋，坐在那里吃水果拼盘。她隐约感觉到陈原城问他在哪儿住时赵东升朝自己投过来的视线，但她就是没有勇气抬头看一眼。

“还没定。”

陈原城连着“哦哦”两声，一拍脑袋，突然想起来：“差点忘记告诉你了，华亭那边的房子，西陲已经搬走了，你可以住那边。”

被突然点名的西陲猛地抬了脑袋，赵东升却没看她，只淡声说：“再说吧。”他看向姚冶莫，“你们玩，我先走了。”

赵东升离开后，几个女生特八卦地和姚冶莫打听赵东升的事情，虽然姚冶莫揣着一颗八卦的心，特别想要跟他们讲一下赵东升的传奇人生，但是话到嘴边瞅见一旁坐着的秦歌，瞬间就闭上了嘴，转移话题，示意大家：“吃水果吃水果。”

西陲趁大家说话的工夫，偷闲给林程明发了条消息。

没几秒钟的工夫，林程明的电话就打进来，西陲冲姚冶莫打声招呼，自己捧着手机去了一旁。

“喂。”

“怎么了，要我打电话救场？”

“货量怎么就对不上呢，每一笔出货进货都记录在账。”

“哈哈哈，你这么一本正经地自话自说，会不会笑场啊。”

“我现在就回去。”

“快回来吧，需要我去接你吗？”

西陲刚挂了电话，姚冶莫的声音从背后冒出来：“是店里有事情吗？”

“嗯，怪我临走时没交代清楚。”西陲并不擅撒谎，面色微微泛红，“抱歉啊，今天是你的生日，我可能得先回去了。”

“没事，没事！我就是借这个生日的由头把大家聚起来一起热闹热闹，你要是有事，先走就行，等改天我去店里找你玩。”

西陲已经拿起外套穿好：“那祝你生日快乐，改天去店里请你吃点心。”

姚冶莫将西陲送到门口："天这么晚了，路上小心点，要不你等一下我让陈原城送送你吧，你一个女生在路上，我不放心。"

"没事的。我出门打个车，一会儿就到了。"

"那行吧，你到了给我发个消息报平安。"

"好。"

房门关住，西陲僵硬着的背脊终于渐渐地放松下来。但走廊里弥漫着的浓重的香烟味道，却又让西陲不得不去猜测，赵东升可能还没有离开。楼梯间传来似有若无的讲电话的男声，吸引着西陲不自觉地朝着那方向挪过去。

前一秒还在想快点出来，可能有机会瞧见他的背影。

可不曾想，赵东升竟一直在这层楼，没有离开。

楼梯间的那道门，西陲在外侧，赵东升在内侧。她屏着呼吸，竖尖了耳朵在听他讲电话的声音。

直到西陲的手机铃声大作，片刻的安静瞬间被打破，铃声已经惊扰到在楼梯间打电话的男人，他声音顿了下，没有想到会有人。

西陲手忙脚乱地拿出手机，想要按挂断键时，却不料手一滑，点了接通。正当西陲试图再去挂断时，再次不小心，听筒的声音被外放出来。

"西陲，你现在脱身了吗！"

"我打电话催你回家了！"

林程明那道刺耳的声音在整个楼道里回旋。

与此同时，楼梯间的门被拉开，赵东升站在那儿，一手举着电话，一手夹着烟，见到她，神色平静，似乎没什么意外。

一股混着香烟的空气朝她涌过来，西陲极力地压制着鼻腔里的不适感，努力让自己保持镇定。林程明的声音正源源不断地传出来，西陲被赵东升盯得脸上又红又热，好在赵东升的电话还在继续，他仅看了她一眼，便又退回到楼梯间内。

西陲终于挂断了电话，楼梯间的门虚掩着，像是对西陲发出着邀请。她站在门口踟蹰了片刻，抬脚走进去。赵东升刚巧结束通话，她面带微笑地朝他看去："我从华庭小区搬出来了。"

赵东升"嗯"了声，说："陈原城刚才说了。"

尬聊到此结束，西陲半低着脑袋，目光落在自己脏兮兮的、不知道什么时候蹭上泥土的鞋面上。

林程明一直说，她是一个小话痨，即便是没有人和她交谈，她也能一个人自娱自乐自言自语不发闷。林程明还说，她是个很正能量的人，和她做朋友，总会觉着很轻松随意不拘束。

但是……西陲小心翼翼地抬眼瞧一下站在自己对面的赵东升，他应该不是这样想的吧。西陲有点怂，下意识地因为畏惧而远离，却又忍不住内心的好奇想要接近他。

手指在无厘头地摸索着手机光滑的边框，一圈一圈，心里面想了无数个开口的话题，最终一一作废，继续保持沉默。

赵东升低头在看手机，时不时有余光落在她的头顶。她因为穿外套着急的缘故，头发被塞在外套里层，没来得及拨出来，纤细的头发丝肆意地穿过毛衣的缝隙，刺扎在后颈的皮肤上，有些痒。西陲无奈地只能一直晃脖子，痒得她几次想去抓，都碍于赵东升在旁边站着，未果。

西陲咧着嘴角仰头看他，露出还算自然的微笑："时间不早了，那我先走了。"

赵东升鼻音“嗯”了声，手机收起来，放回口袋里，跟上西陲：“我送你。”

电梯里，两人并肩站着，赵东升不知道在忙什么，注意力仍放在手机上，他在回消息，时不时地还有几条语音消息发进来。趁他举着手机在耳边听语音的工夫，西陲稍抬起视线，借着光净透亮的电梯壁观察他。

赵东升突然问她：“你从那儿搬出去，找到新的住处了？”

“找到了。”西陲想说自己从成都回来后，开了家玩偶店，也想说，自己尝试着去和人交流，也想告诉他，自己正主动做出改变，为了他，想要变得更好。但……如果此时面对的是林程明，她一定会将自夸显摆的话脱口而出。而眼前人是赵东升，她认为，自己的过度炫耀只会让对方更瞧不上自己。

送她到家时，洋洋洒洒的雪花从鸦黑色的天幕中倾泻下来。西陲站在马路牙子上，目送着赵东升的车子掉头离开。

当晚，西陲在床上辗转反侧。尽管已经到了后半夜，她仍旧没有丝毫的困意，双眼瞪得像是铜铃似的，躺在床上，直勾勾地盯着天花板上细致而又低调的细纹。

直到天蒙蒙亮，西陲从床上起来，洗漱换衣服，出门吃早饭。

雪下了一夜，地面上积了厚厚的一层，鞋子从上面走过时，咯吱咯吱的，留下一个个的脚印。西陲打车到了华庭小区对面的美食街，沿着长街往前走，挑了家开门的早点摊进去。

不曾想在这儿能遇见秦歌。

她穿着昨晚的贴身长裙，外面罩了件紫罗兰色的长款羽绒服。方格图案的围巾松松垮垮地绕在她的脖子上，衬得她脸颊越发娇小。她坐在靠窗的座位上，脑袋偏向窗外。

西陲顺着她的视线看过去，那里有一辆黑色越野车。

熟悉的车型，眼熟的车牌，西陲不用过多思考就能判断出是谁的车子。因为下了一夜雪，车子上积了层不薄的凉雪。透过车前镜望过去，还能瞧见车内后视镜上挂着的那个绣着出入平安的香囊。

这家店正对华庭小区的露天停车场，能在这里见到，也不足为奇，只是当西陲流露出不以为意的情绪时，赵东升端着一个装满食物的餐盘出现在视线之内。

他并没有发现她，在前台结完账后，径自走过来，坐到秦歌的对面。只见他餐盘往对面一推，看着她吃东西。

西陲坐的位置在一个大柱子旁边，加上旁边柜子上面稀稀疏疏的绿植给了她最好的掩护，她便也就放心大胆地观察着他们。

两人没有交谈，秦歌吃东西，赵东升在玩手机。

等两人离开，西陲餐盘里的清粥已被她搅得凉透。她托着餐盘去取餐口，让服务生帮忙加热。西陲站在那儿等待的工夫，一时无聊，摸出手机开始刷微博。食物加热完成，西陲下意识地伸手去端，却不料有一只手抢先一步，横在她身前把餐盘端走了。

西陲疑惑的目光从手机上移开，慢慢上移。

发现是赵东升时，她一怔，不解地朝门口望望，然后再瞧瞧眼前这如假包换的本尊，不禁面露疑色。

赵东升哼笑，问她：“一直盯着我看，都不知道我发现你了？”

西陲呆在原地，反思自己什么时候暴露了。他一直在玩手机，也没回头啊，怎么就发现她了呢？

赵东升已经端起她的餐盘，朝她的座位那过去。西陲忙跟上，两人面对面坐着。

西陲小口喝着粥，好奇地问：“你是怎么发现我的？”

“那你先说，你为什么在这里？”

昨晚是赵东升送西陲回的家，所以自然知道她住在哪里。西陲在国贸附近的住处，距离这个早餐店少说也有二十分钟的车程。若是解释说习惯了这家店的味道，特意不远万里过来吃早餐，恐怕连她自己都不能够说服。她慢条斯理地喝掉汤匙里面的清粥，气定神闲地准备撒谎：“我……”

没等她想出理由，赵东升径自问她：“你今天有什么安排吗？有空的话，陪我去添置点东西。”

“什么？”西陲瞪大了眼睛看他。

赵东升坦然说道：“你搬走了，我才发现房间里空荡荡的，太冷清了。我装饰装饰家里，准备过年。”

西陲脱口而出：“你在这儿过年？不回爸妈家吗？”

“这就是我爸妈家。”赵东升捏着餐盘边缘的广告纸，半合着眼皮在读上面的文字。

聪明如西陲，很快明白过来：“你爸妈……”

“他们三年前就去世了。”

西陲咬着汤匙，红枣的清甜在她的口腔里索然无味。她吸了下鼻子，大清晨出门穿得也薄，吹过风有些头疼，鼻子痒痒的也有感冒的征兆。她麻溜地吃掉最后一个小笼包，用纸巾擦拭一下嘴巴，笑着看他：“我今天正好没事，你要买什么，我陪你去买！”

赵东升看她，正对上那一脸天真烂漫的笑，墨黑的眼底光影流转，闪烁着些意味不明的情绪。他无奈地笑了下，伸手去按她的脑袋，拆穿她："你眼里这隐隐藏着的可怜和同情，是什么意思？太瞧不起我了吧。"

西陲嘴巴一瘪，眼睛挤了挤，反问他："有这么明显？"

赵东升起身，煞有介事地捣了下脑袋："就差在脸上写明了。"

"啊？"

# 第六章 / 保你平安

九点钟商场开门，两人推着空空的购物车进去。赵东升给了西陲足够的自由：“你感觉缺什么，随便挑。”

“随便挑？”西陲跃跃欲试，有种恨不得把商场里的东西全部搬回家的冲动。

赵东升意味深长地睨了她一眼，说了个大致的钱数。

西陲听到数额，认为绰绰有余，爽快地推着购物车往前走，视线四处张望着有什么新上的商品，问赵东升：“你比较喜欢什么颜色？喜欢什么风格？喜欢简单一点的，还是温馨一点的？”

“你看着来。”

西陲回头望向他，未提防后面过来的一辆购物车，两车眼看就要撞上，赵东升眼疾手快，一只手扯过小姑娘的肩膀，一手去捞购物车的推手，声音清冷：“我推着，你好好看路。”

“好的！”西陲比画手指，朝前走。

哇，这一组收纳好好看。下个月买买买！

家里那条地毯好像脏掉了哎，要不换条新的？

这个灯……

这一组餐具……

西陲突然觉着，这里有很多很多自己想要买的东西，她新搬的公寓不过才刚装修一个月，不能瞎买，不能剁手，要抑制住自己体内的洪荒之力。

“啊，难受。”

身边人突然丧气地顿了脚，站在原地叹气拧眉，赵东升顺着她视线看，没瞧出个所以然来，不解地问她：“怎么了？”

西陲指着旁边货架上那条和风的餐桌布，略感失落：“你喜欢这种风格吗？”

“窗帘？”

赵东升目光落向商品架上贴着的分类上，恍悟：“是桌布啊。”

西陲追问：“喜欢吗？”

“还行。”

“那买吗？”

“买吧。”

话音刚落，赵东升就注意到前一秒还无精打采的西陲，瞬间欢喜雀跃起来。只见西陲又小跑到一边，拿了一套餐具和一组冰箱贴，满怀期待地询问：“这两个，喜欢吗？”

“放进去吧。”

“好嘞！”

接下来西陲又选了一些自己看中的，赵东升竟然点头同意了。在商场逗留了近一个小时，这才去结账。西陲站在收银台外面，笑盈盈地盯着在那儿掏钱包付钱的赵东升，心里突然觉着特别满足。她发现，这种自己只管着挑东西，有人负责刷钱拎东西的感觉，真的是太棒了。

虽然东西不是买给自己的，也无所谓了。

东西有点多，收银员正帮忙一样样地往购物袋里码整齐。西陲正要过去帮忙，身后有人喊了自己一声，她应声回头。

“西西！”

西陲惊喜：“舅妈，表姐。你们怎么在这里啊？”

表姐顾青璃弯眉浅笑：“我说这个小姑娘是你吧，我妈还说不像。这不过年了嘛，我们过来买点年货，你呢，买的什么？”

西陲下意识回头，一时不知道怎么解释，只好简单搪塞：“我和朋友过来买点东西。”

顾青璃探着脑袋朝西陲示意的方向看了眼，没分辨出哪个是她说的朋友。慈眉善目的舅妈攀着西陲的手腕，开始唠家常：“咱们家西西，真是越长越漂亮了，都长成大姑娘了，要不是璃璃说是你，我还真不敢认呢。过年23了吧，谈朋友了吗？过年可领回家给舅妈看看。”

“妈，你怎么见谁都问这句话啊。烦不烦。”顾青璃比西陲大五岁，小时候常在一起玩，不过近几年在国外上学，见面的机会也少了，但从小玩耍的情谊还在，听见长辈这过年必问话题之一，不禁皱了眉头和西陲站在一边说话。她微笑着冲西陲挤挤眼，搭话，“你催催我也就罢了，西西才刚大学毕业，我姨和姨夫可不想她这么早就嫁出去呢，是不是啊，西西？”

“嗯。”西陲憋着笑，板着一张脸佯装正经模样，“舅妈，你要是逢人就问这个问题，春节拜年可都不敢去你家了！”

“不来可不行，舅妈特意买了你最喜欢吃的巧克力呢。”

“可不是！”顾青璃夸张地撇了下嘴巴，将手里面的盒子拎高一些，忍不住抱怨，“我拿了我喜欢吃的一个牌子，我妈就说我喜欢吃自己买，说什么你最喜欢吃这种巧克力。真的是，显得你倒像是亲闺女，我是捡来的！”

西陲见状，也煞有介事地撇撇嘴，争风吃醋起来：“谁说不是呢，我妈整天也是璃璃长璃璃短的。”

“哈哈！你们这俩姑娘哎！”

嘻嘻哈哈地，三个人又扯了半天。

赵东升结完账，拎着购物袋站在不远处玩手机。西陲几次斜着眼往那边瞧，试图快速地结束这边的对话，但瞧着舅妈丝毫没有要结束的意思，西陲不禁犯了难，好在顾青璃眼尖，发现她心思就没在这儿。她拍了下脑袋，恍然大悟状：“妈，我突然想起来，那边的酒水饮料限时打折，我们过去看看吧。”

舅妈这才和西陲作别：“西西啊，舅妈先过去了。过年来舅妈家玩啊，舅妈绝对不问你谈朋友的事情了。”

“知道了！为了巧克力我也去！”

目送着两人离开，西陲这才松了口气。她慢吞吞地挪到赵东升跟前，小声道：“抱歉啊，正好碰见我舅妈。你在这儿等我会儿，我去取包。”

“好。”

周遭人来人往，西陲站在储物柜前，微踮起脚，伸直胳膊去够最顶层柜子里面的挎包，还算轻易地拿到，扯了下，金属链条不知道被什么东西挂住，拽了半天也没拽出来。

西陲绷直脚尖瞧了半天，没看出个所以然。

回头望望，赵东升没跟过来，在总柜台那里被两个年轻姑娘截住路，应该是在问路吧，赵东升朝某个方向指了指，一脸认真地在解释具体的方位。其中一个姑娘犹犹豫豫的，十分为难的样子，直到肩膀被同伴撞了下，这才有勇气掏了手机出来，怯声怯气：“那个，方便加个微信吗，我们交个朋友。”

西陲站得远远的，听不到他们谈话，只瞧着赵东升迟迟不过来，忙不迭地折回去喊他。刚走近些，原本背对着她的俩姑娘突然扭了下脑袋，看见她尴尬地笑了下，挽着胳膊灰溜溜走了。西陲一头雾水，问赵东升：“我打扰她们搭讪了？”

“问路而已。”赵东升见西陲两手空空，禁不住反问，“包呢？”

“不知道被什么挂住了，够不到，你帮我拿一下。”西陲半扭着脑袋在看储物柜方向，害怕自己走开的工夫，柜门被人关掉。

从超市离开，赵东升驱车载着西陲直接回了华庭小区。车子在地下车库熄火，两人下车。赵东升从后备厢取东西时，西陲站在圆柱子旁边拿脚尖直画圈圈。

她有点纠结。

要不要跟上去帮他收拾一下？

毕竟她已经从那间公寓里搬出来了，这样上去，不太好吧。

可那么多装饰用品，赵东升一个人会不会弄得乱七八糟的啊。

去帮忙，害怕两人独处一室尴尬。

不去帮忙，害怕赵东升暴殄天物。

地下车库光线不明，仅有几盏圆灯照亮。西陲口袋里手机响起来，是家里的电话，她连忙接起：“喂。”

“西西啊，是爸爸。”

“爸爸，有事吗？”

“西西啊，公司快放假了吧，什么时候回家过年啊？”

西陲平日里宅在家工作，而今又开店，都没和家里打过招呼。不是害怕家里不同意，只是这些事情商量起来，让父母担心不说，还要费一些口舌。索性西陲在保证自己能够生活顺利平安的情况下，告知父母的是一个他们比较满意而且安心的说法——自己在一家玩偶公司上班。

有林程明配合着演戏，从没有露过馅儿。

“周五就回去了。”周五是除夕，国家规定的职员放假时间。

“那路上注意安全。”西振国语重心长，不免唠叨几句，“年底了，公司工作肯定很忙，你要注意休息，不要累到自己。”

“知道了，爸爸，我会注意的。”

西振国还要问什么，守在旁边的顾倩禾女士等不及开始抢电话：“让你说个话怎么这么费事呢，我来问我来问。”爸妈两人的说话声交织着，一阵混乱的争夺后，听筒里的声音清晰了，“喂，西西，是妈妈。”

“妈妈。”

顾倩禾女士柔声细语，让西陲听得分外没底。

赵东升关闭后备厢，从西陲旁边经过。西陲在他开口前，先一步指指自己正在通话的手机，又朝电梯的方向示意。赵东升了然，无声地拎着东西往前走，西陲跟上。因为这通突然而至的电话，让她自动忽略掉方才的矛盾纠结。

顾倩禾女士省去客套话，直奔主题：“西西啊，今天你舅妈打电话来，说在国贸碰见你了，说你和一个男人在一起。咱们家西西谈朋友了吗？”

西陲愣了下，仔细地搜寻了下回忆，顾青璃和她同一边，绝对不会出卖她。更何况顾青璃何必和舅妈多嘴她和某个男人怎么怎么样，主动惹祸上身呢。这样想着，西陲也就放心道：“当时超市人很多，舅妈应该是看错了。”

“瞎说！”顾倩禾果断地拆穿她，“你舅妈都说了，亲眼见着你上了一个男人的车。”

电梯门打开，西陲低头跟进去，脑袋飞速运转，在找理由：“舅妈误会了，那个只是朋友。”

这老套的解释，精明的顾倩禾怎么会相信：“西西啊，妈妈又没问什么，你不用着急否定的。我和你爸爸还担心你一个女孩子在外面不方便，身边有个人照顾你，我们也放心些。”

“我过年就 23 岁了，能照顾好自己。”

“知道你能照顾好自己，爸妈一直都很放心！”顾倩禾的说话声还在继续，“西西啊，对方是哪里人啊，是做什么工作的？”

西陲没吱声，心虚地去瞧赵东升。他的注意力并没在她身上，侧头向旁边，在看电梯壁上的广告贴纸。西陲呼了口气，目光渐渐地往下落，在他手腕的位置再次停住。他把两只购物袋并在一起拎着，袋绳绷直，因他胳膊的小动作时不时窸窸窣窣地传来声响。他那手背，仍是黢黑干燥，指背线条利落，血管微微凸出。他好像从来不懂得护理手。

突然赵东升手臂动了下，西陲下意识地收回视线，生怕被他撞到。

那头，西振国将电话夺过去，声音缥缈：“说了不问的，孩子害羞了更不愿意和你说了。”

西陲原本没什么感觉，被他这句害羞扰得瞬间脸红起来。

“西西啊。”西振国的声音清晰地传过来，“改天领他回家吃个饭，爸爸给他烧鱼吃。”

“爸，我这边还忙着呢，先挂了。”

手机被收起来，她故作轻松地和赵东升解释：“我爸妈的电话，催我早点回家过年呢！”

电梯到了楼层，西陲跟在他后面，轻车熟路地进了屋。她搬走后，房间里空荡荡的，除了简单的几个大件家具外，别无他物，确实显得有些凄凉。西陲站在门内，盯着赵东升脱鞋换鞋。他走出几步后，回头，发觉西陲还站在原地，目光盯着未关紧的鞋柜，犯了难。

“家里没有多余的拖鞋了，你直接进来吧。”

西陲没动：“你帮我找一双鞋底干净的布鞋也行，地板踩脏了，清理起来很麻烦。”

“那你等等。”

赵东升去了阳台，再回来，手里拎了双懒人鞋，帆布、深灰，有些旧，但还算干净。阳光刚晒过，西陲脚伸进去时，还能感受到鞋面上传来的暖意。

“凑合着穿吧。”赵东升盯着她脚上“大船”似的鞋子看，既好笑又觉着冒犯，“要不，你穿着拖鞋，我穿布鞋。”

说着话，赵东升已经脱了一只鞋子，西陲忙摆手，说：“没事，穿哪个都大。”

西陲进屋，将购物袋里的东西尽数倒腾出来。哪些是要放在客厅，哪些是要放在厨房，分门别类的，都给安置好。都是些增添生活氛围的小玩意儿，赵东升也不懂得这些乱七八糟的，他就跟在西陲旁边，被派遣做什么就做什么。

忙碌了近两个小时，单调冷清的房间彻底变样。

赵东升用热水烫过玻璃杯后，倒了一杯水给她：“谢谢。”

“顺手的事情。”西陲实话实说，“我这个人很喜欢这些好看的物件，所以摆弄起来也不觉得烦。”

赵东升耸下肩膀，不置可否：“还是谢谢你。我自己弄起来，不知道要到什么时候。”

“随便你。”西陲无所谓，捏着手机询问赵东升，“我能拍几张照片吗？”

“当然可以。”

西陲笑脸：“能发微博吗？”

“我无所谓。”

西陲捏着手机在屋子里绕了好几圈，寻找合适的角度拍了几张满意的照片，随意地将身子往旁边一歪，找到倚靠物，低着脑袋开始修图。赵东升走到她身边，看着阳光在她脸周缀上毛茸茸一圈，突然想起两人第一次见面那天，她也是在这个窗台旁边，摆弄着那本书，拍照修图发微博。

时间的可怕之处在于，能见证当事人本身或者是人与人之间的变化。

那时候的赵东升，更偏向于流浪，因为父母的忌日回到这里，不想停留也不会停留。

可这才几个月的时间过去，他竟然渴望安定，想要有个家。

在祁城，他的客栈，每年都会聚起一帮不能回家的、不想回家的、无家可归的朋友，认识的、陌生的，大家热热闹闹地过春节，不曾孤单。

可今年，他却推掉了这件事情，只身回来。

人去房空，上次回来时的嘈杂和人气不见了，安安静静，冷冰冰。

以前，他一直孤单，却从未孤独。

可如今，不知怎的，他却不能在孤单中觅得苦中作乐的秘诀。

一屋，两人，阳光甚好。赵东升无心地翻到西陲的主页，却发现她最近这段时间极少更新微博，不免好奇："你最近工作忙吗？"

"还行。店里有店员管着，我不在没关系。"

他随口问："怎么突然想开店了？"

午后的阳光很暖，长时间照到眼皮上痒痒的。听到他这样问，西陲琢磨了好一会儿，才回答："之前一直经营着淘宝店，一些老粉丝都挺支持我开家实体店的，一直有这个想法，最近刚好物色到了合适的店面，所以就行动了。"

"挺好的。"赵东升衷心地感慨。

西陲未能捕捉到他眼底的欣赏，目光环顾着焕然一新的房间，心里十分有成就感，脑中一闪，突然想起："忘记买对联和福字了。"

"嗯？"

西陲解释："过年嘛，门上贴的东西忘记买了。"

"无所谓。反正就我自己，过年也没人来。"

赵东升说得随意，西陲却敛了笑意，渐渐地严肃起来，眼底隐约流露出来悲伤和酸楚，她不忍心地抬头："你这几年，过年的时候，都是一个人吗？"

"不是。在祁城那边，有很多朋友，他们有的没有家，有的不想回家，有的回不了家，我们就凑到一起过。"他淡淡道，丝毫不感别扭。

西陲虽然平日不住在家里，但过年时分，都是和家人一起度过的，吃年夜饭、守岁、走亲戚，所以她不能够理解和朋友们一起过春节的感受。她喝了口水，好奇地问：“今年怎么没一起过？”

“今年？”赵东升重复了遍，神色正经起来，直勾勾地盯向西陲。

她被瞧得莫名其妙，下意识地反问他：“怎么了？”

赵东升很快将视线挪开，沉着嗓子：“今年想回来过年。”

西陲“哦”了一声，识趣地以为他不愿多说，所以没细问。低头瞧见地板上掉着张纸片，她放下水杯，弯腰捡起来，不知是哪个商品盒里的合格证明，拆封的时候掉到了地板上。她绕到垃圾桶，扔掉，抬头看到赵东升正盯着自己瞧。

西陲疑问地仰头，用眼神无声地询问他。

赵东升指指她脖子上的玉石，眼底有一丝慌乱：“你这玉哪里买的，我原本也有一块。”

“你说这个？”她穿一件白色的圆领毛衣，领口宽松，方才弯腰时，玉石从脖子里滑出来，她扯着红绳，实话实说，“这个是我几年前捡的。”

赵东升盯着那石头，难得一见的悲伤，方才提及他一个人过年时都不曾见到的悲伤。

“你在哪里捡的？”

“就这附近，立交桥那儿。”西陲仔细回忆了下，“当时发生了车祸，有车子翻在路上，我在那车旁捡到的。”

“河西路那处立交桥下？”

“啊……你怎么知道。”西陲疑惑地将红绳取下来，看他。

赵东升表情凝重，问：“那玉背面刻着字没？”

“有几个字母。”西陲面露惊讶，反转过玉石，看一眼字母，再瞧一眼他，狐疑，“这……不会是你掉的那个吧。”

这是块椭圆形的薄玉，单面刻着一只老鼠，平滑的背面边缘处，歪歪扭扭地刻着几个字母，她没记错的话，是“ZDS”。

ZDS，赵东升。

竟然是他掉的。

他接过去，手指在摸到红绳上陌生的死结时，突然顿住。西陲忙解释：“我捡到它的时候，红绳是断的，我打了个结。前不久不知怎么又断了，我就打了第二个结，你别介意啊。我这些年一直戴着它，不是想占为己有，只是一时也找不到失主，所以……”

“没关系。”赵东升捏着玉端详了几眼，迅速地将红绳绕两圈，重新递给她。

西陲不解，抬头。赵东升解释：“你留着它吧，我不太需要了。”

“嗯？”

赵东升径自问她：“你今年22岁，属鼠的吧。”

西陲点头：“是。”

“这块玉是我小时候，我妈去北京玩时，被导游忽悠着买了用来保平安的。我的属相是鸡，卖玉的师傅说，戴老鼠能保我平安，我妈就信了。”他眼神迷离，呢喃出声，“这玉真的能保我平安。”

三年前，那场车祸，车上三人，只有坐在后座上连安全带都没有系的他劫后逃生。不是这玉石保他平安，又是什么呢？

赵东升将胳膊往前伸伸，示意西陲：“它和你属相相符，这玉就送给你了，希望它也能保你平安。”

“谢谢。”西陲慢吞吞地伸手，指腹触到他的掌心，糙糙的，像是砂纸的质感，她小心翼翼地问，“当年那场车祸，是你？”

“嗯。”赵东升已经恢复了平静，眼底不见丝毫情绪。这些年，他学会了隐藏自己，学会了控制情绪，学会了调整自己的心态，学会了苦中作乐。一个人，走南闯北的三年，在路上结识了朋友无数，却终究没有了那两个人守在家等他。

西陲将杯中水喝光，重新接满，又取了新杯子，给赵东升接了一杯，递过去。

那天去医院探望爷爷，从医院回家时，天色已渐深。那个十字路口，因为修路的缘故，隔几米就摆放着几个路障，西振国将车子开得很小心，一家三口在路上有说有笑的。路上车很少，坐在后座上的西陲突然被一道刺目的亮光照到眼睛。

等她再睁开的时候，眼瞅着对面驶过来的一辆黑色轿车翻出了防护栏。

爸妈下车去查看形势，西陲用手机拨通了救护车的电话。

有时候，受得苦，吃得苦，就是看不得苦。西陲已经过了少不更事的年纪，对于赵东升这三年的生活，她虽然没有亲身经历体验过，但至少能知道，那比她想象中的艰辛孤独还要艰苦百倍千倍。

她突然有些想家，父母俱在，身体康健，这难道不是最大的幸福吗？

有手机在响，西陲意识到是她的，来电人是林程明。

他在电话那头扯着嗓子喊：“西陲，你在哪儿呢？”

“干吗！”西陲习惯性地粗着嗓子吼他，慢半拍才想起来赵东升在旁边，抱歉地笑一下，连忙捏着手机出去，平顺了语气讲电话，“我在店里。”

林程明笑声朗朗：“那你出来，我在你店门口。打扮得漂亮点，请你吃大餐！”

西陲吃瘪：“我没在店里，今天没空，你自己去吃吧。”

“不行！和家里的一个哥哥吃饭，非让我带着女朋友一起。我情急之下去哪里找外表漂亮、性格文静让我倍儿有面子的女生啊，这不第一时间就想到你了。你无论如何可要帮帮我啊，我可不想今年过年被家里一直催婚催婚催得耳朵生茧子啊！所以西陲，求你帮帮忙啊！”林程明一不做二不休，使出撒手锏，“你帮我这一次，明年我仍然乖乖地替你在你爸妈面前伪装好公司职员。”

“好吧。”西陲妥协，“你来华庭小区这边接我。”

“得嘞！”林程明兴奋之余好奇，“你好端端地回那儿做什么？”

西陲懒得理他：“让你过来就过来，那么多废话。”

“不问不问。”

“那挂了，到了给我电话。”

“好的！”

结束了通话，西陲抱歉地看向赵东升：“有点事，我得先走了。”

赵东升迟钝地捣了一下脑袋，一半的神情还浸在方才痛苦的回忆之中。

西陲咧了下嘴角，露出个还算欢快的笑容，郑重其事道：“所有的事情都在朝着美好的方向发展，不是吗，你现在的模样，他们会很骄傲的。”

赵东升“嗯”了一声，故作轻松地笑脸回应她：“我知道。”

到了包厢，西陲一早就与林程明合计好，她只负责微笑点头时不时说点简单的客套话做一个安静的美女子就好。其他的事情，林程明帮忙解决。

当然，如果她没有认出包厢里除她外唯一的女性的话，她可能真的按部就班地例行公事。

腰圆花瓶旁坐着的梳着大背头的男人是程轶扬，一身黑西装，领带打得规矩有条，独具成功商人的稳重和熟稔，表情严肃而凝重。林程明太飘，程轶扬太正，即便是表兄弟，能玩到一起也是不容易。

注意力没在程轶扬身上停留多久，西陲的目光很快被坐在他右手边的女人吸引过去。

林程明在一旁介绍："哥，这是我女朋友西陲。西西，这是我哥，程轶扬；这是我嫂子，秦歌。"

"你们好。"

"你好。"

昨晚在姚冶莫的公寓里，她自我介绍过。而且今儿早上，在华庭小区对街的早餐店里，西陲和她也有过一面之缘。她叫秦歌，是赵东升的青梅竹马，是他曾经的女朋友。

走廊上有客人走过，熙熙攘攘的谈话声不时传来。西陲站在林程明的身边，面露盈盈笑容，他的手臂虚拢在她的身后，丝毫不察她的嘴角已经僵硬。西陲有些后悔，自己没有回家换一身漂亮干净的礼服，虽然比不了秦歌身上这件某品牌高定的长裙高贵，至少比身上这身被汗水浸透过的学生打扮强。

因为赵东升，西陲在心里暗搓搓地较劲。

整顿饭下来，林程明和程轶扬之间的交谈，她都没上过心，乖乖地吃林程明给她夹到盘子里的食物，却偷偷打量着秦歌。她好像双耳失聪一般，屏蔽外界的声音，只留下处于对立面的两个自己在脑袋里打架。

一个声音酸溜溜地吐槽：“也没多好看啊，两只胳膊两条腿的，除了个子高点和赵东升比较搭之外，这长相也挺大众的嘛。更何况，她已经嫁人了，也不可能和赵东升有什么可能了。”

不过，今天早晨，两人为什么一起吃早饭呢？那时候才六点钟……秦歌的家在那附近？还是说，昨夜住在赵东升家里？那附近也没有高档别墅啊。等等……她上午帮赵东升收拾公寓的时候，在沙发的扶手上看到过一条深紫色的女士围巾。那条围巾，昨晚在姚冶莫公寓里的衣帽架上看到过不是吗？

酸溜溜的声音继续响起：“啧啧啧，都已经结婚了，还留宿在前男友的家中，也不知道避嫌吗？”

另一道正经声音响起，试图点醒她：“一个巴掌拍不响，赵东升难道就没有问题吗？知道对方已经结婚，夜深露重的孤男寡女共处一室，还陪她吃早餐。这人也有问题好吗？”

酸溜溜的声音在辩解：“可能是有原因的呢，你又没亲眼看见他们做出什么越界的行为来。”

另一个声音冷哼：“此地无银三百两，退一万步讲，精神出轨也是不道德。”

停停停！

西陲胡乱地晃着脑袋，将那两道越说越离谱的声音驱赶出去，不自觉地呢喃出声：“这都什么跟什么嘛！”

“西西你说什么？”一旁林程明耳尖，见西陲微拧着眉头一脸不耐烦的模样，脑袋半侧过来，关切地询问她。

去习惯和适应一个人生活，西陲不自主地就养成了无厘头的自言自语和天马行空想事情的行为。她一直自娱自乐的，并没有觉着什么不妥，可在如今堂而皇之地在大庭广众之下表现出来，确实有些另类。

她忙不迭地摇头，说：“没事。”

程轶扬瞧见这边的状况，忍不住念叨他：“小明，作为一个已婚男士，我得给你说说。男人啊，不管在事业还是在家庭上，都要有责任感。你也不小了，可要收收心，好好对人家姑娘。”

“你说这话纯属咸吃萝卜淡操心，你哪只眼睛看着我对她不好了？”林程明理直气壮地怼回去。西陲佯装镇定，自顾自吃东西，倒是秦歌不明所以的目光朝她身上瞟了两眼。

程轶扬的声音再度响起：“这说不准。”

“你可盼我点好吧！”林程明慢悠悠地挑拣着西陲爱吃的菜，夹到她盘里。

秦歌捂着脸咳嗽起来，程轶扬脸色微变，忙不迭地去轻拍她的背，语气关怀：“没事吧，喝点水。”

“没事。”秦歌摇摇头。

饭局结束后，西陲问林程明：“可以看出来，你哥哥和嫂子的感情很好。长得又帅又有能力对自己的妻子还体贴，你得多学习学习啊！”

林程明嬉皮笑脸地开玩笑：“你要不给我个机会，我在你身上试一下。”

“嘁！”西陲别开脑袋不以为意。

瞧她的反应，林程明得意地笑起来，继续口无遮拦着：“考虑一下啊，这样的话，你也方便验收成果，以及给出指导意见啊。”

西陲冲他翻个白眼，敲两下方向盘示意他专心开车，隔了一会儿，再次问出声："他们俩是怎么认识的？"

"怎么？"林程明歪头看她，满目狐疑，"怎么突然对他们的事情感兴趣？"

"就是随便问问。"

林程明"哦"了声，兴致乏乏，看意思是不打算说。见状，西陲越发地刨根问底："说说嘛，我这人最喜欢听浪漫的感情故事，来让我相信爱情，快说说！"

"其实我知道的也不是很清楚。"林程明松了口，"他俩在一起三四年了吧。我嫂子身体不好，我哥为此牺牲了大半的工作时间来照顾她。怎么认识的，这我倒是没听我哥提起过，好像嫂子之前有过情伤，她现在身体状况不好，和这有很大原因。"

西陲煞有介事地捣头，漫不经心地问出声："那让你嫂子受情伤的男人，你认识吗？"

林程明摇摇头，神色突然亮起来，不解地打量着西陲："哎，我说你是想听谁的故事啊？"

"情伤啊，多么有爆点啊。"西陲一本正经地掩饰过去，"这个故事肯定十分有看点。"

林程明无奈，拖长音调："这可能就让你失望了，有爆点的故事，我还真不知道。我也不认识那人，我也不清楚那故事，听说他以前是我哥公司的员工，后来家里有些事情，辞职了，成了个背包客。我觉着吧，那个男的挺渣的。"

"渣？"

"嗯。"林程明郑重其事点头，"那个男人，估计不是什么有责任心的人。"

西陲“哦哦”两声点头：“就你这花花公子的品行，还好意思说别人渣？你渣过的小姑娘还少吗？”

林程明一脸无辜：“你这什么表情啊。这故事有这样让人愤怒吗，我就是随口说说。”

西陲懒得理他。又过了会儿，她目视着前方，突然道：“我认识那个人。”

“谁？哦，你怎么认识的？”林程明一脸诧异，脑袋转过来看她，她一脸正经，丝毫不像是开玩笑。

“别管我是怎么认识的，但据我的了解，他不是那种没有责任心的人。他家里发生的事情对他的打击也非常大。虽然我不知道他为什么辞职，为什么会给人留下情伤，但我相信他一定有自己的原因。”西陲在辩解，“我一直相信，一个人做出某个决定，一定有他的苦衷和道理。”

“可能吧。”林程明注意力完全放在路况上，随口接道，“你认识的人还太少。这社会上有很多自私自利缺乏责任心的人，他们做事情从来不会管其他人的感受。”

“可能吧，但我认为他不是。”西陲坐在副驾上，看似漫不经心地扯着安全带，言辞却格外正经，“你不应该这样说他的。不了解一个人，就不要随意地对他做出评判，这样的行为很让人不舒服。”

“我就是随口一说，你不必放在心上。”林程明察觉到西陲的反常，费解地看她，“你和那个人关系很要好吗，怎么这么为他说话。”

西陲噎声，嘀咕：“我陈述事实，没有特意为谁辩解的意思。”

林程明撇嘴，不以为然：“我记得你以前最不喜欢管别人的闲事了。”

“朋友的事，不算闲事。要是别人当着我的面说你坏话，我也不乐意。”西陲有理有据地解释，好在林程明被这句话奉承得十分欢喜，没有刨根问底。

车子驶出去一段，西陲想起来问：“喂，林程明，要是别人在背后议论我，你会为我出头吗？”

林程明斩钉截铁：“不会。”

“为什么？”西陲气得跳脚。

“你不是一直都不在乎别人的看法吗？”

西陲恨得牙痒痒：“可我在乎你有没有站在我这边啊！”

“不矛盾吗？”林程明逻辑清晰地给她捋一遍，“你既然不在乎别人的看法，何苦又让我费口舌帮你解释，很累的好嘛。”

“别人怎么议论是别人的素质问题，而你替不替我辩解，关乎你有没有拿我当朋友。”

林程明煞有介事地捣头。

西陲眼睛亮起来：“明白了？”

“嗯，明白了。”

西陲欣慰：“那下次听到别人背后批评我，帮不帮我解释？”

林程明嬉皮笑脸地故意气她：“不！”

“你！”

“就不替你说话！气死你气死你！”

“哼！”西陲愤愤地将脑袋别向窗外，装得满不在乎，“我要气死了！”

林程明趴在方向盘上偷笑，谁要替她说话，啰唆又麻烦，他一般都是直接动手解决。上学那会儿，大学宿舍有个哥们儿嘴巴不干净地说了几句西陲，正巧被林程明听见了，二话不说地拖着对方胖揍了一顿。当时闹得还挺凶，正巧被前来宿舍查违章电器的辅导员撞到，扣光了宿舍的纪律分不说，还每人罚写了一万字检讨。而第二天西陲见着他鼻青脸肿的狼狈模样，还冷嘲热讽地他，笑得腰都直不起来。

小区门前的街道，车子缓缓地在路边停下。

“到了。”

“再见！”西陲板着一张脸解开安全带就往下走，任由林程明在后面“喂喂”地喊，愣是犟着脾气不回头。

林程明打着方向盘，刚掉过头，就察觉出不对劲。哎？车子怎么开到这儿来了？路上两人针锋相对地斗个不停，他习惯性地开着车子来到这里，早忘记西陲已经搬离这里近两个月了。

他哭笑不得地朝小区内探着头，西陲的背影早已消失在幢幢居民楼之间。

估计她被气得不轻，以至于也没发觉回错了“家”。

## 第七章 / 我不是好人

西陲站在901的门外，捏着钥匙开了半天门，愣是打不开。

房门及时地从里面被拽开，西陲盯着一脸茫然的赵东升，愣了两秒钟，这才回神。她下意识地将钥匙往袖子里藏，尴尬而不失礼貌地露出微笑，语气诚恳：“我说自己走错地方了，你信吗？”

赵东升手里捏着本小册子，稀松平常的表情：“进来吧。”

西陲跟着进去，换鞋时鞋柜里多了双女式拖鞋，她弓着腰仰头朝赵东升那儿望了眼，面露不解。他蹲在茶几旁边，地上零散地铺了一堆零件，见她迟迟没动作，出声提醒她：“换好鞋过来帮我看一下，这个东西，我怎么也弄不好。”

“哦。”西陲忙穿上那双粉色的软底拖鞋，大步过去。

地上是个投影仪，组件七零八落的，赵东升拨拨这个，弄弄那个，愣是不知道刚才拆开前是什么样子。西陲在他对面蹲下，胳膊压在膝盖上，一脸好奇：“要我做什么？”

赵东升随手将说明书往她面前一塞，后退一步直接坐在地毯上，一脸无奈：“这玩意儿，你会组吗？”

“投影仪啊。”西陲翻两页说明书，再看地板上大大小小的零件，拧了眉头，“新买来就这样，还是你拆的？”

赵东升淡声解释：“陈原城的，说是很久不用了，布了灰，让我用之前拿酒精擦一下镜头，我随便拆了下，就组不起来了。”

西陲放弃研究说明书，专心地拨弄各组件。

她蹲在那儿，小小的一团，脚上那双粉色的米菲拖鞋刚好合脚。她鬓角带着汗，眼睛湿漉漉的，刚开始毫无头绪时，眉头微微拧起，有种面对刁钻考题时的沉思和纠结，等她研究了一会儿，找到思路时，浑圆的眼睛瞬间透亮起来，澄澈而又干净，像是孩童般满是稚气的欢悦。

她攻克了一大难题，不免语气轻松地吐槽起来：“男生应该对机械类的东西很精通不是嘛，怎么你连这么个简单的投影仪都搞不定？”

“你不用和我比，我可能是一个例外。”赵东升长长地呼出一口气，双腿伸直，背部后仰靠到沙发垫上，他屈起一只胳膊，撑在后脑勺，脑袋仍微微斜着保证看得到她，“我小时候特别老实听话，爸妈上班出门前我坐在沙发上，等他们下班后我仍然坐在那沙发上，窝都不挪一下。”

“不可能吧。”西陲张张嘴，感觉不可思议，“你不去厕所吗？”

赵东升直愣愣地翻了个白眼，抛给她。

西陲摸下鼻子，不好意思地笑：“我属于那种在我爸妈面前特文静淑女，但只要一离开他们的视线范围，我就撒了泼似的野，简直比男孩子还要男孩子。”

“你都是怎么野的？”

“嗯？”西陲抬头对上赵东升堆笑的眼角，一个慌神安错了一个零件。

赵东升清了下嗓子，手臂扶在膝盖上坐直身子，声音突然正经道：“我三岁那年差点被人贩子拐走了，差不多一年才把我找回来，所以在那之后我爸妈就特别特别害怕我再丢了，亲自送我上下学，很少让我出去和其他小伙伴在广场玩。”

没想到话题突然严肃起来，西陲虽没有经历过，但新闻上网络上见到的听到的，不在少数。走丢的孩子失而复得，父母的那种宝贝心情可想而知。她不自觉停了手里的动作，敛着眉毛，表情严肃，听他说话。

“后来呢？”赵东升一停顿，西陲不自觉地发问。

赵东升将外壳拾起来，就着西陲手里的另一半机器安上去，漫不经心地问：“是在这里吗？”

“是。”西陲将最后一颗螺母转好，故作轻松道，“你下次擦拭镜头的时候，可以只拆这里，里面的东西，除非有故障，否则很少需要拆开的。”

她解释得很认真，并将如何清洗镜头给赵东升演示了一遍。赵东升在旁边盯着她手指灵活地一上一下，视线发散，似乎对这一连串的动作，并没有记在心里。

西陲将安置完成的投影仪递给他，确认：“会了吗？”

“差不多。”

西陲不相信他：“你再擦一遍。”

赵东升怔了下，没接她递过来的酒精纸：“算了吧，太麻烦了，反正这次清理了，一时半会儿也不动了。”赵东升正反看了一遍机器，放到手肘边的墙角柜上，伸手去拿遥控器，按了两下，没反应。

西陲恨铁不成钢地将遥控器抢过来，翻白眼鄙视他：“你是不是个傻子。按这个是开机，这个是播放，哎？”

“矮子，没有联网。”赵东升嬉皮笑脸地怼回来，虚按了下她的脑袋。

“喊——”西陲撇着嘴，随便操作着遥控器调试了几下，惊喜地去推赵东升，“你朋友在里面下了几部电影啊。”

“所以呢？”

“你去把窗帘拉上，顺便拿点零食水果来，我帮你试一下这个投影仪的放映效果。”西陲又推两下赵东升，仍没动，抬起脑袋催促，“快去啊。”

赵东升一脸无辜地仰在沙发上躺尸：“腿麻了，不想动。”

“腿麻起来走走就好了啊！你腿长，稍微走两步就到了。”见他仍不听，西陲只好肩膀一耷拉，学着他的模样开始装委屈，“我中午都没怎么吃东西，这会儿又忍着饿帮你安装投影仪，又费神又伤心还不讨好。”

西陲演得起兴，偷偷撇着眼皮去观察赵东升的反应，谁知后者正咧着嘴角笑着盯向她。西陲丧气地甩开盖住眼的手，长叹：“自力更生喽！”

西陲刚起身，只觉着胳膊一紧，只见磐石一样坐在地毯上的赵东升扯着她的袖子，借力站起来，他一脸无畏，颇具大义凛然的架势：“得，您坐着！别再走两步路饿晕了，想吃什么我给你拿！”

“你随便拿点，一部电影两个小时呢，提前告诉你一声，我食量大。”西陲迅速回应。

赵东升先去拉上窗帘，房间陷入半漆黑的状态。西陲挑选着影片，开始播放的工夫，他才穿过客厅朝厨房的方向走，经过西陲身边时，不忘恶作剧似的将那个装投影仪的盒子朝她腿边踢过去。

西陲一脸蒙：“什么东西打我？”

赵东升从冰箱里取吃的，偌大的一个果盘，没一会儿被摞成小山高。他偷笑着坐回到沙发旁边，将她往旁边踢踢：“坐旁边点，占我位置了。”

西陲没动，丝毫不见外地指使他：“你去把那花瓶挪一下，挡着镜头了。”

“遵旨！”赵东升将托盘给她，走到影视墙那挪走了几个障碍物，再折回到沙发旁时，西陲已经十分主动地往旁边让开些，拍拍地毯，示意他：“赏你坐！”

“谢主隆恩！”

客厅的窗帘，西陲之前特意换过，属于超级遮光的那种。虽然按时间算，现在才下午两点刚过，日头正高，室内却俨然浸在一片黑暗之中。

两人挨着肩膀，很是和谐。

西陲吃着东西，自顾自地给他解释起电影来：“这个电影你看过吗？很经典的一个爱情片，片名叫《怦然心动》，我已经看了不知道多少遍了，可每次看都不会觉着厌，不过还是头一次用投影仪看呢，感觉很不错！”

“我很少看电影。”他贴着沙发坐下。

投影仪突然传出一阵奇怪的声响，赵东升顿住，影视墙上面原本正在播放的爱情电影画面一闪，变成了爱情动作片。

“这……”西陲也愣住了，脸一热，手忙脚乱地去拿手边的遥控器，要按退出，可按键位置不熟悉，反而音量被越调越大，西陲气急败坏地胡乱按了一通，荧幕的光终于暗了。

西陲脸一阵热，连嚼东西的动作也忘记了。在一片漆黑中，赵东升突然笑出声，丝毫不觉尴尬地取笑她：“呵，这么害羞？之前还以为你挺大胆的。”

“你是故意的啊！”西陲气急败坏，攥在手心里的那把还没来得及吃的干果被当作武器扔了出去。

赵东升承受着这不痛不痒的攻击，好脾气地解释起来：“投影仪是陈原城的，我中午刚拿过来，真不清楚里面有什么，是你自己硬要看的。”

“鬼才信你。”西陲感觉到他站起来，下意识地捂脸，“你先别拉窗帘。”

赵东升举着手机，屏幕的光亮照着西陲的脸的方向打过去，一探究竟：“脸红了？”

“别照我。”西陲拨开他的手机，将他渐渐靠近的大脸推远一些，她撑着沙发坐垫站起来，一脚踩在遥控器上，“刺溜”一下身体重心不稳往前倒。处在状况之外的赵东升两手肘垫在沙发垫上保持着后仰的姿势，机缘巧合地成了西陲的肉垫。西陲未反应过来自己正趴在赵东升身上，耳边已传来他似笑非笑的说话声：“看来现在胆子也不小啊。”

他单手撑在脑袋后面，另一只手去扶她。

“对不起，我不是故意的。”西陲缓慢地挪动着刚才被茶几磕到的小腿，一阵钻心的疼。

赵东升耍无赖："不是故意的？你好手好脚的，地板也平平坦坦的，你是要说你踩到无花果磕到的，还是说踩到了遥控器？"

"呵呵，你真聪明，是遥控器。"

西陲挣扎着要站起来，却被赵东升先一步按住了后背。

他脑袋微抬高些，说话时呼出的气息距离她特别近，咬字四平八稳："我没怪你。"

西陲不敢动。

赵东升认真地问她："我给你讲个故事，听吗？"

西陲没说话。

赵东升等了她一会儿，不见反应。西陲凝着一张脸，丝毫不敢去想现在的状况。她试图转移自己的注意力，从店铺上个月的营业额到下一张设计稿的灵感以及瓜子的猫粮快要吃完了不要忘记多买一些屯着……西陲正天马行空地放空自己时，赵东升的脑袋突然靠近，五官放大在自己眼前，她被吓得抖了一下。

门外有人敲门，门板沉重地响了两声，不急不躁。

赵东升很快离远，手臂也从她的后背撤开，轻拍她两下，示意："下去吧。"

西陲不吭一声，起身，主动去拉窗帘。瞬间的光亮让长时间处在黑暗之中的双目异常难受，走到门口的赵东升转了下脑袋，西陲正站在一室阳光下揉眼睛。敲门声继续，将所有的一切拉回现实。

门拉开，赵东升还没看清是谁，一股力量冲到怀里，怀里多了个女人。秦歌肩膀上一片濡湿，香醇的红酒让她的出现满是沉韵。她肩膀在抖，硕大的泪珠成串顺着眼角往下掉，声不成句："东升，我后悔了……我现在后悔还来得及吗……"

秦歌挨在他的肩头，脸上是肆意纵横的泪水。

西陲站在客厅里，直视着相拥而立的两个人，觉着自己特别多余。

“秦歌，你先站直。”赵东升胳膊抬起来，未回拥她，而是握住她的肩膀，将她推开。

“对不……”秦歌擦拭着脸颊，抬头，发现西陲，只一眼，不知道她想到了什么，突然就笑了。

赵东升莫名其妙：“怎么了？”

秦歌脸肿着，像个猪头，可她丝毫没察觉自己的狼狈，兴致勃勃地伸直胳膊，指向对面的女孩儿，笑得灿烂：“赵东升，你还不知道吧，她有男朋友了。今天中午我们还同桌吃的饭呢。”

“你有事吗？”赵东升压制着自己的脾气，眉头拧成一团，不知道是在心疼秦歌的狼狈还是厌倦秦歌一而再再而三的无知。他目光突然冷冽，舌尖无意地顶下后牙槽，镇定地反问她，“那你呢？”

我……

秦歌僵住。

西陲站在旁边看戏，待下去不是，离开也不是。

突然，秦歌推开赵东升，不管不顾地冲到西陲面前，状似发疯：“你知道吗，我和他认识20年了，你无论如何也比不过。像你这个年纪的小姑娘，见着个长得不错有点魅力的男人就削尖了脑袋往上面蹭，可这选男人和吃东西，要量力而行，适可而止，选择自己容易消化吸收的，知道吗！”

西陲被逼着节节后退，秦歌恍若未察地继续教育她：“你今天那个小男朋友，我看到了，很不错。模样好，长相好，对你也好，和你在一起，很般配。所以你没必要给生活找麻烦，自讨苦吃。”

西陲朝赵东升那儿望一眼，他正无可奈何地冲她摇头，她思忖着他的意思，缓慢地点了下脑袋。

秦歌似乎对她的反应很满意，满是泪痕的脸上露出笑容，声音温和，如同第一次见面时和她打招呼的温良模样："我知道你是个聪明的姑娘，我说的道理你能懂。"

她说完，拎着包，潇洒地离开了。经过赵东升身边时，目不斜视，仿若这个位置没有人似的。

赵东升掩上门，朝愣在原地的西陲这过来，抱歉地解释："她神志有些不清楚。"

西陲还未从方才的场面中脱身，无论如何也没办法理解秦歌方才的行为。她看向赵东升，真心实意地提醒："你要不要追出去看看，她不会出什么事情吧。"

"不会出事，程轶扬派人跟着她。"赵东升心里清楚，秦歌太任性了，从小到大都是这个模样，自己得不到的东西，也从来不允许别人拥有。

西陲诧异，低头看着地板上脏兮兮的脚印，有些出神。她有些好奇："你和那个叫程轶扬的，还有联系？"

"嗯？"赵东升不理解她为什么这样问。

西陲解释："我是说，你怎么认识程轶扬的？"

赵东升打量她。

啊！不对不对。西陲忙解释："我的意思是，程轶扬是谁？"

赵东升继续眼神奇怪地看她。

西陲犯了难，怎么问都不对，索性三缄其口，视线瞥向别处，装沉默。

倒是赵东升瞧着西陲矛盾的样子，不禁嗤笑出声，主动解释了一番：“程轶扬是秦歌的丈夫。我们三个是同一所大学毕业的，我和秦歌同级，程轶扬高我们三级。”

大学时程轶扬便开始追求秦歌，而秦歌的注意力都放在赵东升身上。秦歌和赵东升是青梅竹马，在一起谈了七年的恋爱。三年前，赵东升大学毕业，进入程轶扬的投资公司工作。父母刚离开那段时间，他未曾想过分手，而随着他渐渐得知秦歌和程轶扬的关系，心里彻底暗下去，毅然决然地离开。

“刚毕业那年，我忙于工作，无暇顾及小歌，可能因为我的疏忽和冷落，小歌和程轶扬在一起了。知道这个消息的我并没有加以挽留，而是果断分手。其实说起来，连我自己都不知道，她的劈腿是让我起了离开的念头，还是坚定了我离开的决心。总之，不论怎么说，是我对不起小歌。”他不得不承认，“在我离开后，她大病了一场。这些年，她都是这种状态，时而清醒，时而混沌。这些年，程轶扬对小歌，也算是尽心尽力。”

西陲听得云里雾里的，甚至对赵东升口中所形容的“这种状态”存在误解。

赵东升苦笑地扯着嘴角：“以前的我，我不是个好人。自私、懦弱、逃避一切，甚至不顾及他人感受。”

西陲始料未及，他如此直白地否定自己。

他正睁圆了眼睛，正视她，似乎在警示着她，不要靠近。但是那双锐利的眸子里时不时流转着的迟疑和犹豫，却又像是在告诉她，如今的自己已经完全改变。

这三年来，他肆无忌惮，放纵自己，从未考虑过后果。

可老天爷像是特意提醒他似的，为他安排了一个人出现，用赤裸裸的距离感提醒他，因为你的玩世不恭，你的愚昧无知，所以你配不上她。

这一切的一切，都在让他明白，无论何时，都要善待自己，等那个对的人出现时，你可以义无反顾地留下，毫无遮掩地相处。

西陲屏息，回视过去，对他的自我认定，并不苟同：“在我看来，你孤勇、沉稳、有分寸、有想法。你和我们大部分人都不一样，你有自己独特的魅力和吸引人的闪光点。”

“我这么好？”赵东升失笑，“我自己怎么都不知道。”

西陲嬉皮笑脸地摆摆手，一脸无奈：“只有聪明的人才能看得出来，你啊，太笨了。”

西陲不忍说的是，因为你的注意力大都放在三年前的离开上，自然是不会看到，你离开以后改变了的模样。虽然我没有见过三年前的你，但是我知道，三年后的你，真的真的，是最好的你。

不拘泥世俗，不随波逐流。

用自己最喜欢的姿势，活成自己最喜欢的模样。

赵东升啊，我真的不能想象，你这样一个骄傲的人，是如何在一家公司里，低眉顺眼、逆来顺受地工作的。你啊，就应该一身风雨、一身尘土、一身荆棘地逍遥人生。

西陲注意到赵东升戏谑地笑着仿佛能将她看穿似的，猛地反应过来自己的想法越来越离谱，一时间恨不得找个地缝钻进去。

“突然想起来，我还有事，先走了！”在他的注视下，西陲兵荒马乱地收场，穿好外套，拿起挎包，迅速离开。

除夕夜，近十万的粉丝在西陲那久不打理的微博下刷出一条内容：“万家灯火真的热闹，而他只有自己，好想陪他守岁。”

西陲发完这条微博，捏着手机默默地叹气，赵东升正在做什么？也在看着乏善可陈的春晚节目吗？守岁、吃年夜饭、包水饺、走亲访友，这些繁琐而年年重复的事情，他好像不用忧心。

刚发出的微博，评论很快爆炸。有的在感慨她终于想起微博密码了，有的在吐槽今年的春晚依旧难堪，有的在猜那个他是谁……西陲一目十行地扫过去，挑拣着回复。

等等。

西陲将页面拉回来，眼睛亮了下。

是热度最高的一条回复。

他是什么时候留的言，怎么一直没注意。

西陲心怦怦跳，脸上一阵热。

赵东升回：“那就来。”

这条评论下面，有粉丝一语中的：“疑似本尊，顶你上去。”

手机振动两下，进了条微信，是那个人：“需要我去接你吗？”

西陲心颤了下，哆哆嗦嗦地回他：“你怎么知道说的是你的？”

对方很快回：“蒙的。”

又进一条：“对了吗？”

对了。

西陲毛衣套到一半，半条胳膊还在外面，她捧着个手机，笑眯眯地纠结成了傻子。

回还是不回。

去还是不去。

彼时，赵东升仰在沙发上，手机举到头顶，盯着页面上方，持续不停的“对方正在输入”，心情倏地舒畅极了。

他翻身下去，摸起车钥匙往外走。

西陲蹑手蹑脚地下楼，爸妈在客厅看春晚，有说有笑，没注意到她。西潮不知道从哪里冒出来，吓得她半死：“姐，你要去哪儿？”

他说话大声，顾倩禾女士的注意力很快被吸引过来：“西西下来了啊，过来陪妈说说话，大过年的，就不要憋在房间里了。”

“爸、妈。”西陲磨磨蹭蹭地进去客厅，声音细如蚊蚋，“林程明说带我去放烟花，我得出去一趟。”

西振国毫不客气地拆穿她：“现在环保抓得正严，哪里还允许放烟花啊！”

西陲吞吞吐吐：“林程明说的，我也不清楚。”

“大晚上的，又冻又冷的，明天再去。”西振国强烈反对。

顾倩禾唱白脸：“哎呀，小孩子嘛，爱玩，就让她出去呗！”说话间冲西陲这板了脸，叮嘱，“西西啊，外面冷，多穿点，早点回来。”

“嗯。爸妈再见！”

西陲快步闪出去，生怕两人会后悔似的。门临掩住之前，飘来西振国的念叨声：“大晚上的，让她去哪儿？”

顾倩禾分外开明：“迟早要出去的，你也拦不住啊。”

西振国黑着一张脸，瞟了眼西潮，命令：“你别在这儿坐着了，跟你姐去。”

“外面那么冷，我不去。”少年脸上一脸不情愿。

“让你去就去，哪儿来那么多废话！”

西潮别扭地抬了屁股。西振国不放心地唠叨："看着你姐点，提醒她早点回来。"

"知道了！"

西陲找了个背风处，揣着手机张望。没一会儿，瞧见西潮优哉游哉地信步走来，西陲纳闷："你怎么也出来了？"

"程明哥还没到？"

西陲冷得吸了下鼻子："没。"

"哦。"西潮抬着脚掌，蹭两下地面，转了个身在她旁边站好，脑袋朝西陲一歪，不经意地开口，"你们不介意身边多一个灯泡吧，帮忙点烟花的那种。"

西陲警惕地看他："老爸让你跟来监视我的？"

"我不愿意出来的，可是老爸都扔抱枕撵人了，我被逼无奈啊！"西潮说得可怜兮兮，不怕冻地捏着手机，随手点开了淘宝购物车，屏幕稍稍朝西陲那转了下，"姐，你帮我看一下，新出的这个键盘好看吗？"

西陲瞪他一眼，毫不犹豫地掏出手机，咬牙切齿："还要什么，结算吧。我帮你代付。"

"好嘞！"西潮迅速回应。

西陲付完钱，眼前一道刺亮的光照过来。她抬头，不是赵东升，几个青春朝气的男生正从车窗里露出脑袋："姐姐过年好！"

"过年好过年好！你们这是要去哪儿啊？"

男生摆出笑脸："我们和西潮约好了去打游戏。"

西陲冷冷地剜西潮一眼，阴阳怪气地反问："约好的？打游戏？

刚才是谁说不愿意出来，被爸撵出来的？演得真好啊，全世界欠你一个奥斯卡小金人！”

“嘿嘿，我是实话实说啊！”西潮奸笑着。

男生催促：“喂，西潮！走了！”

西潮跑出去几步坐到车里，嬉皮笑脸地扒着车窗朝西陲飞吻：“姐！你今晚不回家也没关系，我就和爸妈说我们在程明哥那儿住一晚。有我在，他们不会怀疑的！姐姐再见！”

这臭小子，胡诌起来简直不要太随意。西陲目送着他们的车子离开，还未来得及多骂几句，只见一辆车子驶过来，停在她跟前。

寒风扑面，西陲看见车窗里的那个人影，却觉着无比温暖。

他按了下喇叭，她立马钻进车里，有些无措：“路上堵吗？”

她紧张得要死，赵东升却一副风轻云淡的模样，笑盈盈地在那儿开玩笑说着俏皮话：“没我心里堵。”

西陲嫌弃地翻了个白眼，咋舌问：“你吃晚饭了吗？”

“吃了。”赵东升将车靠边停下，手肘撑在椅背上，斜着身子看向她，心情异常好。

西陲嬉皮笑脸地揶揄他：“行吧，你要是不饿的话，这盒水饺，我可就自己吃了啊。”

“水饺？”赵东升瞧着她从包里掏出来的乐扣餐盒，眼睛亮了下，惊喜，“给我的？”

西陲意兴阑珊地点头：“原本是这么打算的，不过既然你吃过饭了，我也就委屈一下，趁热将这些解决了吧！”

赵东升眼疾手快，胳膊伸过去将塑料盒夺过来，霸道极了：“我帮你解决了。”

临出门前，她灰溜溜地躲在厨房煮好了带出来的，塑料材质的餐盒并不保温，经过一番折腾，凉得差不多了。西陲托着腮，看着赵东升吃水饺。

这种感觉很奇妙，像学生时代的恋爱。将好吃的分享给喜欢的那个男生，看着他开心，内心兴奋又满足。

赵东升吃东西快，一口一个，一会儿就解决了大半盒。

西陲笑盈盈，见他顿了动作。

西陲敛了神情，下意识地找水："你慢点吃，噎到了吗？"

"不是。"赵东升扯着嘴角冲西陲笑了下，伸手揉了下她的头发，"水饺很好吃，你爸妈包的吗？"

西陲点头："家里包了很多，反正也吃不完，就顺手给你带了一盒出来。"

"谢谢。"

西陲掩饰："都说是顺手了。"

她其实不忍说：这大过年的，你一个人在家，可能也懒得包水饺，所以特意给你带出来，尝个鲜，也贴合一下节日的气氛。

水饺吃完，西陲将餐盒收好。

赵东升问她："你什么时候回家？"

"我这才刚出来呢。"西陲着急地搭话，俨然难掩对这次见面的不舍。

"是哦。"

西陲反应过来被取笑，气定神闲地胡诌："我爸妈在家过二人世界呢，回去早了会打扰他们。"

呼……西陲长叹口气，不禁感慨自己这撒谎技术越来越向西潮看齐了。

赵东升发动车子，征询意见："这样啊，那我们现在去哪里？"

"都行。"

"这么随意！"赵东升挑眉，"不怕我是人贩子，把你拐了？"

西陲挺直腰板，一身正气："才不怕。"

赵东升痞笑，再次强调："我可和你说过，我不是什么好人。"

他好像很矛盾，一边主动地将她拉到身边，却又一次次地警示她不要靠近。明明是一个看似不复杂的男人，却像是个谜团让西陲并不能摸到头绪。

他是摆在西陲眼前的潘多拉魔盒，不知道里面藏着的是惊喜还是惊吓。

西陲想得出神，任由赵东升驾驶着车子在街上漫无目的地开。

直到车厢里乍响起铃声才使西陲注意力集中，她手忙脚乱地去找手机，是西潮的电话。

刚接起——

"姐，出事了！你快来医院！"

# 第八章／他的世界

赶到市人民医院时，西潮和几个男生正被一伙大人堵在墙角，喋喋不休地数落不停。都是刚成年的少年，面对嘈杂混乱的指责，几度暴躁得要反驳，却又因为理亏，只得失落地耷拉着脑袋。

西潮看见西陲，忙不迭地挥手求救：“姐，这里！”

她刚靠近，家属瞬间转身。在确认她的身份后，为首的男人一脸凶恶：“你是肇事者的姐姐？你们家人是怎么教育孩子的啊，他们开车把我爸给撞了，你们说，该怎么处理吧。”

“姐，我们没有撞人！是老爷爷自己晕倒在马路上的！”西潮急躁地辩解。

男人粗暴地吼道：“没撞人？没撞人我爸好端端的怎么送进了急救室？你别以为当时路上没人你就可以胡说！”

“这位先生，你先冷静一下。我相信我弟弟不会撒谎的。”

为首的男人望了眼西陲，不屑地哼了一声：“你的意思是我们耍无赖？小姑娘，话不能说得这样随心所欲。我爸现在还在急救室里躺着呢，要是有什么三长两短，我们和你们没完！”

“是！没完！”

接连几声附和，更有不耐的推搡，场面混乱。

赵东升及时地拦住了男人撞过来的胳膊，将西陲拽向身后，扫一眼西潮额头流血的伤口，示意她：“这里我来处理，你先带他去包扎一下伤口。”

西陲欲言又止地看他：“麻烦你了。”

“没事。”赵东升目送他们离开。

男人扯着嗓子喊人：“哎，你们怎么走了？谁让你们走的？把话说清楚啊！”

赵东升扯了下他的肩膀，冷声：“和我说一样。”

他们人不少，男女老少，一大家子。赵东升和他们对立而站，沉着一张脸，居高临下。

男人气势弱了些：“你是什么人啊，能负责？”

“能。”

几个男生跟着西陲拐出走廊，下楼去找护士处理伤口。

挂彩了也不安分，西潮尖嘴猴腮地八卦着：“姐，那个男人是姐夫？看着比你高一大截啊。”

西陲睨他一眼，先询问其他几个男生有没有受伤。西潮捂着胳膊一脸痛苦：“姐，他俩没事，主要是成昆，还有我。你看我的头都破了，还有胳膊也撞青了。”

西陲捏着他的胳膊看了下，歪头问旁边男生：“你们好端端的，怎么出的车祸？”

塑料椅上坐着的男生先低了头，满怀愧疚：“都赖我，当时给成子看手机，他就回了下头，没想到，前面有个人过马路。当时车速很慢，而且成子及时打了转向，车撞到树上去了。车子距离老人还有一段距离，没撞到，老人是自己晕倒在那儿，我们好心联系了他的家人，却反被诬赖。”

西陲了解完大概情况，问他：“你们那个同学，有驾照吗？”

“有。”

西陲放心，踢了脚西潮，示意他老实点。

伤口处理完，护士简单交代了基本的注意事项，出去了。西潮抻着脖子，对着旁边的镜子照额头：“姐，你别和爸妈说，他们知道我出了车祸，以后都不允许我出门了。”

“呸！你这也叫车祸？”

西潮瞪眼：“姐，女孩子温柔点。我同学还在场呢，让他们看到你本来面目，我会被鄙视的好嘛。我刚才还和他们直夸我姐又温柔又大方，帮我清空了购物车呢。”

“你还好意思说！”西陲跳脚，甩起包就往西潮肩膀上抽，“你今天最好顺着我点，要不回家看我怎么告状。”

“告！你告吧！我不怕你！我也告诉爸妈压根儿就不是程明哥找你。”

西陲个子矮小，西潮长得快，四岁的差距高了近20厘米，西陲恨铁不成钢地追着西潮满屋子跑。俩男生坐在塑料椅上，你看我一眼，我瞧你一下的，最终默契地交换了个眼神，继续盯着这逗比的姐弟俩。

直到门板被敲响。

西陲站定，掐着腰直喘气：“西潮，你看我下次还给你买东西！”

“略略略！”西潮跑到赵东升身边，张牙舞爪地转身冲西陲做鬼脸，等面向赵东升时，瞬间一脸热情而真诚地右手握拳伸出去，“我叫西潮，是西陲的弟弟。”

赵东升哭笑不得，拳头回撞他一下：“赵东升。”

西潮嘴巴一张，要说话，却被西陲一把推到旁边：“闯祸了还不消停。”

西潮吃瘪，嘴巴一撇，坐到塑料椅上。

西陲看向赵东升，关心：“你怎么下来了，事情解决了吗？”

“解决了。”赵东升伸手将她乱飞的头发捋顺，解释，“老人有高血压，出门忘记带药了，过马路时突然犯病，车子没撞到。不过开车的那个男生，仍在昏迷中，医院已经打电话联系了家长，他们估计已经过来了。”

走廊里有人朝这边过来，不时有或急切或气愤的话语声传过来。

只见西陲突然绷直身子眼睛瞪圆，扭头和西潮对视一眼，大叫：“不好，是爸妈！”

西潮猛冲到门口：“关门关门。”

门外人已走到门口，西潮被撞个正着，只能勉强扯着笑脸，喊人：“爸妈……”

屋里的另两个男生接连起立：“爸妈。”

眨眼的工夫，休息室里只剩下西陲一家人和赵东升。西振国喋喋不休地教训西潮，他耷拉着脑袋假意顺从，眼睛瞥向西陲的方向求助。西陲自身难保，无奈地冲他直摇头。

西振国翻来覆去就那几句话，教训了半天，也说累了。

西陲冲弟弟使眼色，让他低头认错。西潮一脸愧疚：“爸妈，我以后不敢了。”

西陲附和着帮腔：“爸妈，其实今天还多亏了西潮他们把老人送来医院。那个老爷爷出门忘记带降压药，过马路时突然晕倒，要不是西潮他们正巧路过，还不知道什么时候才被人发现。”

“是这样吗？”西振国瞪一眼西潮。

少年忙不迭点头：“是。”

“行吧。”西振国终于松口，这才注意到顾倩禾一个劲地冲他眨眼，两人一起看向赵东升。

西潮仗义：“爸妈，这个是赵东升，当时他刚巧路过，多亏了他送我们几个人过来。”

西振国和顾倩禾一愣，对视一眼，看向西潮，确认：“陌生人？”

“嗯。陌生人。”西潮越说越离谱，条条框框列得却足够让人信服，“当时成昆昏迷，我们剩下的几个人也不会开车，是这个大哥哥路过，送我们来医院的。”

顾倩禾意味深长地朝赵东升看去，短暂地停留一下，视线落向西陲：“程明呢？”

前一秒为西潮的挺身而出长松了一口气的西陲，下一秒又被母亲的一语中的问蒙掉。西潮抢话：“程明哥有事，先走了。”

顾倩禾瞪一眼多话的西潮，示意西陲：“西西啊，爸妈带西潮去看看老人，你送送这位赵先生吧。”

“好。”

目送着爸妈和弟弟离开，西陲松了口气。

赵东升在一旁看笑话：“这么害怕你爸妈？”

“有点。就是不知道怎么和他们交流。”西陲实话实说。在家里面，她和弟弟比较熟，而和爸妈的关系，她总感觉隔了层什么，鲜有过沟通和交流。

西陲抖擞下精神，整理下外套，冲赵东升笑："我们走吧。"

西陲到家时，家人还没回来，客厅里电视吵闹地在播放着俗套的节目。

她回了房间，放热水泡澡。

躺在浴缸里快要睡着时，隐约听着楼下窸窸窣窣有人回来。她拿起手机看了眼时间，快零点了。

赵东升给她发过消息，是个小视频。她点开，镜头里一大伙人，有抱着吉他唱歌的，有举着酒杯喝酒的。

又有消息进来："这是我那个客栈。"

西陲勾唇，笑了下，回："很热闹。"

她放下手机，竖起耳朵听门外的说话声。

西振国站在门口，准备敲门，被顾倩禾制止："可能睡了，别打扰她了。"

"今天那个高个子男人，是西西的男朋友？"

"可能吧。"顾倩禾叹了口气，"唉……她从小有自己的主意，也不愿和我们交流，现在谈了男朋友也瞒着我们不说。"

"姑娘大了。"

门外渐渐安静，西陲冲干净身上，裹着睡衣钻进被窝。房间里的灯都关掉，只留下床头那盏并不亮的台灯。床头柜上摆着张照片，五年级时拍的全家福，那之后，西陲被送回爷爷奶奶身边生活，初中、高中，再后来考上大学，然后在外工作。她和家人相处的时间越来越少，沟通也越来越少。

也因此更加独立，大人们眼里她还是个少不更事的孩子，却不知她已经有了自立的能力。

父母工作忙，她也有自己的事情要做。

一来二去的，相处和沟通的时间少之又少。这血浓于水的亲情，最终在“相顾无言”中自主地发酵。

西陲手机响，是赵东升。

她摸了把眼角，一脸泪。

手机接通，她声音压抑得有些沉重：“喂。”

赵东升直接问：“怎么了？”

“没事。”西陲清了下嗓子，声音这才正常些，“刚有些困。”

“打扰你睡觉了，抱歉。”

“没关系。现在打电话，有事吗？”

赵东升“嗯”了一声，淡声问她：“怎么不回我消息？”

“嗯？”

西陲将手机拿远些，看到未读信息。

赵东升追问：“想去吗？”

“什么时候？”

“随你。”

西陲随手抓过旁边的毛绒公仔，漫不经心地揪着它的耳朵，反问：“你什么时间有空？”

“我都可以。”

“会不会很麻烦你？”西陲没直接给答复，她在思考。

赵东升没答。

通话时的电流声，在两人安静的间隙，瞬间被放大。西陲将抱枕扔掉，躺在枕头上，脑袋缩进被沿里。

她很小声地问："你在做什么？"

"对着一只柚子发呆。"

"什么？"

"柚子。"赵东升重复了一遍这两个字，笑着解释，"想吃，但吃起来太麻烦了，懒得剥。"

西陲抿起嘴角无声地笑了会儿，出声："那还是不想吃。要是真喜欢，怎么会嫌麻烦。"

"也是。"赵东升轻佻地笑了下。

西陲琢磨过来意思，一阵无语。

蒙在被子里憋久了，有些喘不过气来。她从被角里露出个小脑袋，圆滚滚的眼睛炯炯有神："等过完元宵节吧。"

"行。"

西陲最后问他："那是个什么样子的地方？"

"是个很有故事的古城。"很久后，那边才回。

而西陲只因为这句话，对那座城，有了浓烈的兴趣和好奇。

从年初一起，西家姐弟就跟着爸妈一起走亲访友，从这桌酒席到那家餐宴。虽然枯燥而单调，但西陲一想到十五过后要和赵东升一同去祁城，心里便像是揣着只兔子似的，既欢喜又忐忑。

亲友在夸完西家姑娘漂亮后，不免俗套地询问："工作怎么样？谈朋友了吗？什么时候结婚啊？"

西陲避重就轻地回答，乖巧地露笑脸。

幸灾乐祸的西潮在一旁挤眉弄眼地小声嘀咕：“姐，你怎么不说那个高个子哥哥啊？”

西陲瞪眼，警告他：“再乱说话，下次不给你零花钱了。”

“不说！保证不提了！”西潮嘿嘿地笑起来，显摆，“你不知道，你在成子他们眼里可有面儿了，我可一直夸你。”

“可不得夸。”西陲丢过去个大大的白眼，哼道，“这几天给你清的购物车，快抵上你半年的零花钱了。”

西潮一脸狗腿样儿：“你是我亲姐嘛！我知道你最疼我了！”

“喊！”

西振国和林楚和是几十年的交情，一起上过学，一起打过架，一起当过兵。期间有几年失去了联系，早几年西陲和林程明这俩小辈成了朋友，家里的长辈通过小辈，这断了的联系，才又重新接起来。而后林楚和因为生意将家搬到了嘉裕市，这西、林两家的关系越发熟络起来。

每年初五，两家人都要约着聚在一起。

包厢里，几个小辈打闹个不停。林程明的妈妈程媛女士和西陲的妈妈顾倩禾女士，脑袋一凑，话题说到自家孩子身上。

程媛一脸无奈：“程程这孩子，从小皮到大，我看也就西西能管得了他。你瞧！”

包厢中间有个隔断，这边是餐宴厅，另一边是休闲设施，供小辈们玩耍。

西陲、西潮、林程明和另一个男孩子凑在一起，一人捧着个手机打游戏。

西潮手一滑，空大（大招放空）了。

林程明开始不停地唠叨：“你信佛吗？”

西潮不假思索地搭腔：“不啊。”

林程明说：“那你怎么空大放别人跑？”

“……”

西潮嘴巴一动，还没来得及反驳，西陲快一步怼了回去：“也不知道上一把谁主动投入了对方温暖的怀抱。”

“喂，我不就反向闪现了一次，都新一轮了，就甭说了。”

西陲轻笑，提示：“两次。”

说话的工夫，林程明手一滑，又来了一次。原本应该赢得团战，输了。原本可以赢得比赛，被对方一波推了己方水晶。

西潮和西陲跳脚：“林程明，你故意的吧！”

“就是故意的！”

西陲愤愤：“再来一局！我要上分！”

几个人，吵吵闹闹说说笑笑着好不愉快。

俩大人从这处离了视线，继续笑眯眯地交谈。

“西西这孩子啊，也不让我们省心。”顾倩禾长吁短叹，“多大人了，交了男朋友还要一直瞒着家里。”

程媛细声：“交男朋友了啊？”

顾倩禾一脸无奈：“是啊。年前她舅妈在超市遇见她，看到她和一个男人一道走，还一同乘车回家。你是不知道我那姑娘有多懒，能让她大周末的出门，那简直是太阳打西边出来了。”

“哎，说的不会是我们家程程吧？”程媛说得有理有据，“听轶扬说，这俩孩子正在谈恋爱。”

“是吗？”

顾倩禾转头把这消息和西振国一说，西振国满脸欣慰，走到林楚和身旁拍拍他的肩膀，得意道：“咱两家估计要亲上加亲咯！”

整顿饭下来，西陲和林程明心里觉着奇怪，怎么一桌子人看自己的眼神都怪怪的，似笑非笑，有话要说，可又不说出口。

终于挨到饭局结束。

西陲偷偷地问西潮：“你是不是和爸妈告状了？”

西潮一脸无辜：“冤枉啊！你给了我那么大笔封口费，我卖你是会遭天谴的！”

那是为什么？西陲心里狐疑，自己也没做错事啊！

另一边，林程明神秘兮兮地将程女士扯过来，一脸正经：“妈，你是不是有什么话要和我说？”

“没有啊！”程媛女士一脸坦然。

林程明不确定：“真的没有？”

程媛女士仔细想了下，恍然大悟，在林程明满怀期待的眼神中，从钱夹里抽出一张信用卡：“你现在工作忙，朋友应酬也多，开销大得很。这个卡是妈妈的副卡，你拿着，看到什么喜欢的就买下来。男人嘛，别婆婆妈妈的计较钱。”

“谢谢妈。”林程明盯着这意外收获的副卡，感到莫名其妙。

陪家人过完十五，西陲踏上了去祁城的火车。绿皮车，从嘉裕市到祁城，近40小时的车程。她看着车票上的时间，终于能够理解，除夕那晚，自己强硬地坚持要坐绿皮火车去祁城时，赵东升话语里流露出来的质疑和不确定。

原来路程这样远，火车这样慢。

车站人很多，赶去艺考的高中生、拖着行李箱的大学生，以及各式各样为了不同目的前往不同地点的乘客。西陲将背包反背在胸前，小心翼翼地在人群中寻找到那个熟悉的身影。

他站在售票厅的正门口，周身笼罩着建筑物投下的黑色阴影，穿件深色的长款风衣，挺拔高挑，脚上搭的皮鞋规矩而板正，皮质的休闲双肩包懒散地甩过肩膀。

周遭人来人往，鲜有人注意他。西陲站在一米开外，两人间混着几拨人流。

他抬头，见她出现，嘴角立马弯起来。

西陲挥着胳膊冲他招手，小跑过去，声音急促：“路上有些堵，耽误了点时间。你等久了吧。”

“我也刚到。”赵东升顺手将她的银色行李箱拎过来，转身示意她，“走吧，先去取票。”

软卧的票，车厢还算洁净。

两张票都是下铺，隔着一张桌板。西陲坐在坚硬的床沿上，手摸了下并不怎么卫生的白色被面，神情迟疑。她好奇的视线一寸寸地打量起车厢里的环境来。

床分为上下铺，两两相对，每两组外有拉门，可随时拉住与走廊隔开，构成一间小房。头顶有盏灯，刺白的光线并不舒适。而床上的一套枕头薄被，不属于原色的杂色污渍让西陲有点介怀。

她不是厌恶这样的环境，只是还没适应。

赵东升示意她坐到自己这边：“你在这个吧，这里比较干净。”

“谢谢。”西陲小声答复。

他们所处的这间小房里还有另两位乘客，有的撑着脑袋躺着，有的仰在枕头上玩手机。他们已习惯并适应这里，西陲害怕稍有不慎，会引起他们的反感，所以很有礼貌地保持着尊重。

赵东升将棉被和枕头摞到一侧，脱掉鞋子，后背一倾倚靠上去，长腿自由伸展到床尾，微屈。

“明天下午三点，火车到祁城。”他斜眼看了下坐在床边一动不动的西陲，笑了下，直起身子，示意她，“把包摘掉吧。”

“嗯？”西陲顺着他的视线低头，她的小挎包还斜在肩膀。

她摘掉包，也脱掉鞋子，脚放到床上，坐好。

过了两三个小时，赵东升偏头，见西陲仍保持着那个姿势在那儿，不由得嗤笑出声。他从背包里抽出瓶矿泉水，递给她：“喝点水。”

“谢谢。”

西陲喝水的工夫，赵东升离开床，弯腰坐到她身旁。她一口水含在嘴里，见他突然过来，半知半解地问：“干吗？”

“聊聊天。”赵东升抬手将她肩膀揽过来，脸倾过去，嘴角有笑。

西陲瞪圆了眼睛，塑料水瓶被她捏得发出脆响。

他胳膊搭在她脖子上，说话声距离非常近：“害怕？”

西陲勉强摇头：“没有。”

“那靠过来一点。”赵东升胳膊屈起，小臂贴着她左侧的脸颊，他很随意，并不觉有何出格之处，反倒是西陲被这突然的亲密弄乱了阵脚。

“你饿吗，我带了点吃的。”她强自镇定，借着去包里拿食物的动作，离开了他的胳膊。

赵东升向后坐了些，拉开两人的距离，眯着眼看西陲像是变魔术似的，从她那看似容量并不大的挎包里，拿出山楂片、巧克力、牛肉干等零食。西陲随手拣了一样，拆开包装袋。

西陲盘腿坐着，两人面对面，中间被铺满床面的小零食隔开。

西陲解释：“就装了这些。”

“不少了。”

赵东升嚼了两块牛肉干，就放下没再动。

西陲看他一眼，好奇地问：“不好吃吗？”

“不饿，吃不下。”

西陲半低着脑袋“哦”了一声，神色暗下去，在挎包里又翻起来，摸出一本书：“那看书吗？”

赵东升将递到手边的书接过去，扫了眼书皮，放到一边。

西陲撇着嘴，在想还带着什么东西。她百思不得其解时，赵东升突然开口：“应该是我来照顾你，怎么成了你处处为我着想。”

“嗯？”

“我以前在火车上站过近20个小时，当时走下车的时候，迈步子都没有知觉了。那时候身上没钱，买不起卧铺，坐票又卖空了，只能买站票。”赵东升盘腿坐，看向她，“你不用这么看着我，我真没觉着生活心酸过得可怜，一路走下来，内心一直在变得强大。”

说到最后，赵东升盯着西陲，郑重其事道：“所以，西陲。”

“嗯？”

赵东升勾着嘴角笑起来，无所畏惧：“和我说话，不要遮掩顾虑，你想哭时放声哭，想笑时大笑，不用害怕踩到我的底线，也不用担忧刺激到我的自尊心，甚至你更没有必要勉强自己强找话题来陪我聊天。在我面前，不用遮掩，做回你最舒坦的样子就好。”

她仰着脑袋，认真地听他讲完，意外地放松下来。她安静了几秒钟，将他说的这几句话，反复地在脑袋里过了两遍，有些想笑，又有些感动。

赵东升盯着她，不解：“想什么呢？”

“我在想，”西陲直率地笑起来，丝毫不客气地踢了赵东升一脚，开始撵人，“你回那张床上坐着，你在这里挡着我舒展大长腿了。”

“呵呵……”赵东升鄙夷地剜了她一眼，拆穿，“原来你是这样的西陲啊。”

西陲挑衅：“怎么样，害怕了？”

赵东升不置可否：“怕？我怕什么！”

西陲将床面上的东西收拾起来，尽数塞回到书包里，摸了手机躺床上刷微博。

赵东升拍拍她的床板，不适应：“你怎么突然不说话了？”

西陲义正词严：“我现在想玩手机，不想说话。”

赵东升突然觉着，自己勇气可嘉地跳进了自己刚刚挖好的大坑里。

有点后悔了。

天色渐渐暗了，西陲睡得迷迷糊糊，听到有人走动的声音，她睁开眼睛。是赵东升，他站在对面的行李架旁边，抻着胳膊拿行李箱。西陲猛地坐起来，睡眼惺忪地发问：“到了？”

“你刚睡了十分钟。”

西陲“哦”了一声，伸手去扯头发。

赵东升从行李箱里取了东西，重新放置回去。

西陲盯着他手里的耳机线，视线渐渐集中，嗓音在暗夜中有些低沉：“你不睡吗？”

“不困。”

赵东升调试手机，将耳机塞到西陲耳朵里，播放音乐。西陲听完前奏，眼睛亮起来，惊喜地看向赵东升：“这是那首歌！”

“嗯。朋友刚录好的 DEMO（样本唱片）。”

赵东升坐在对面的床上，叉开腿，手肘垫上去。耳机线一头消失在他掌间的手机里，另一头延伸到她的耳朵里。

歌缓缓唱，她静静听。

她渐渐露出了喜悦放松的神色：“很好听。”

赵东升笑了下，将手机递过去，示意她自己听。西陲保持着笑容，将未说完的后半句说出口：“你唱得更好听。”

“那有机会唱给你听。”

“好。”

赵东升抬抬下巴，朝向枕头那儿，示意：“睡觉吧。”

“嗯。”

凌晨两点钟，西陲刚睡着，迷糊之中被一阵争执声吵醒。

中途上来位乘客，带着孩子。孩子一直哭闹，吵得整节车厢的人都难以休息。疲惫困倦的其他乘客不愿意，纷纷向列车负责人投诉，效果甚微。起初众人保持着礼貌和理解难以开口，时间久了，啼哭声不停，难免有乘客压抑不住厌烦上去提醒几句。那家长没办法，只得抱着孩子到两节车厢之间，让哭声波及人群小一些。

事情才得以解决。

夜间车厢的灯盏已经关掉，仅有窗外城市街道斑驳的灯光照射进来。

对面的床空空的，不见赵东升。西陲穿好鞋子，背好随身携带的贵重物品，往厕所的方向去。未等她走近，遥遥地便看见赵东升站在两节车厢之间，在和抱孩子的妇人讲话。

西陲站得远，听不清。

耳边轰隆隆的，是两节车厢的碰撞声，以及列车沿着铁轨行驶的声音。赵东升撑着胳膊压在门框上，半低着脑袋，伸手在逗那哭泣不止的孩子。

妇人一脸抱歉："孩子从小睡反了夜，白天睡觉，晚上清醒。连带着我们做父母的日夜不能休息。真是抱歉啊，吵到你们了。"

"没关系。"赵东升一脸随意，"小孩子嘛，闹腾点好。大家也没恶意，都是出门在外的，都不容易，能互相理解。"

妇人叹了口气，摇晃着胳膊哄孩子。

为女则弱，为母则强。这妇人羸弱的身躯，似乎照顾自己都有问题，何况抱着个孩子深更半夜赶火车的，也是心酸。赵东升内心波澜，面上平静地问："你们要去哪里？"

"武汉。"

赵东升点点头，随口问："孩子的爸爸呢，怎么没一起？"

"死了。"

赵东升愣了下，有些尴尬："抱歉啊。"

"没事。"妇人和善地笑一下，看他，"孩子这会儿不哭了，我先快点回去休息了。这里站着透风，你也早点回去吧。”

“嗯。”

妇人离开，西陲便冒出来，她站在赵东升对面，背贴列车壁站稳。

“和我挺能侃的，怎么刚刚一直在尬聊？”

赵东升盯着她瞧：“你怎么过来了？”

“被吵醒了，过来找厕所。”

“找到了吗？”

西陲“嗯”了一声，盯着他嘟囔：“又转移话题。”

“我好不容易找到话题转移，你还拆穿我，小姑娘怎么这么不给面子。”赵东升坦诚地认罪，说话的工夫，伸手捏了下西陲的脸颊，欢喜地打趣道，“脸盘圆圆的，眼睛大大的，脸颊肉嘟嘟的。你怎么和那个小孩子长得那么像呢？”

“你这夸人的形容词，真的需要与时俱进了，这样夸女孩子，不把人气跑才怪呢。”

赵东升笑了下，反问：“是吗？”

西陲煞有介事地点头：“当然了！”

“那你跑吧。”赵东升眯着眼睛，胳膊搭在列车窗户的铁架上，一本正经。

西陲挥手，不买账：“我跑了你还得追，多累啊，算了算了，为你着想一下，我就不跑了。”

赵东升被她的滑稽逗笑，理直气壮地噎回去：“谁说我要追你了？”

“唉！”西陲长叹气，无奈地摇头，“你都不追我了我还跑什么？”

“那为什么我追你你就跑？”赵东升手掌扒在车窗上，站得稳，西陲站在那儿手舞足蹈的，车身一晃，立马就东倒西歪。他话音刚落，列车一阵颠簸，西陲脚踩在两节列车的交会处，一个不稳，往旁边倒。

赵东升眼疾手快将她扶稳，西陲一边肩膀靠在他的胸膛上，说到一半的回答，硬生生地变成一个字一个字蹦出来：“你、追、我、了、吗？”

一个仰头，一个低头。赵东升欣然笑起来，直截了当地强调：“我正在追你，没看出来吗？”

西陲很快站直身子，胡乱地捋了一下被弄乱的头发，不知所措：“我先回去了。”

直到天亮，西陲一点睡意也没有。

早餐供应时，赵东升带回了肉包子和豆浆给她。西陲说了句谢谢，专心地吃。

赵东升不以为意，坐到一旁，捏着手机玩。

西陲吃完半个包子，手机响了下，是条微信消息，赵东升发来的。西陲不解，掀起眼皮看了眼对面人，点开消息。

是张照片，拍的她吃包子的样子。

赵东升又发了条，配字：“像不像鼹鼠？”

西陲故技重施：“你这样子会招女孩子讨厌的。”

赵东升发了个省略号，虚心请教：“那女孩子喜欢怎么夸？”

西陲被难住了，盯着手机一时不知道怎么回复。

赵东升接连几条消息进来：

“昨晚的话，认真的。”

“给个机会吗？”

“嗯？”

“想什么呢？”

“嚼包子啊，傻瓜，嘴里都塞满了，真当自己是鼹鼠啊？”

西陲的手机嗡嗡直响，所有的消息都来自同一个人，来自这个坐在她对面、两人之间仅有半米之隔的男人。

看到最后一条，西陲没憋住，笑了下。只顾着看消息、愣神，嘴里塞了大半个蒸包。

西陲将手里的东西放下，敲了半天键盘，删删减减，最终也没留下几个字。

赵东升看手机，是她刚发过来的消息：“那我教你啊。”

他弯唇，按了锁屏键收起手机，视线看向她，出声：“快点吃，豆浆都要凉了。”

## 第九章 / 潘多拉宝盒

在火车上一整夜没睡好，到了车站，有人来接他们。是个白净的少年，学生模样，普通话说得周正。西陲坐到面包车里，连人都没认清楚，就困得睁不开眼睛。等到了客栈，才被赵东升晃醒。

西陲打量着四周：“到了？”

“嗯，下车。”

西陲背好包下去，睡眠中背上积了一层薄汗，夜里风凉，刚迈下车就禁不住打了个哆嗦，瞬间清醒。她跟在赵东升身后，朝客栈里走。前厅不大，书架和木桌上放着当地的纪念品和时令瓜果，像是个小商店。跟着他往后走，入眼是个方正的院子，一伙人围在桌子旁，喝酒聊天。大家见到赵东升回来，热情地挥手打招呼，目光悠悠地落到西陲身上，不觉稀奇地继续喝酒调侃，任由他俩上楼。

赵东升走到半路顿住，强打着精神的西陲一个不注意，结实地撞到他后背。

“没事吧？”赵东升虚扶了下她的肩膀。

西陲摇头：“没事。”

赵东升单手拎着那个银色的小皮箱，另一只胳膊压在木栏杆上，冲着院子里的人喊："九子，哪间房空着？"

被点名的那个膀大腰圆的男人正捏着一把牌，听见声音怔了下，其他几人的视线也跟着瞧过来，像是打量个怪咖。

赵东升拧着眉，突然后悔自己提出这个带西陲来参观客栈的馊主意了。

打量过后，九子甩掉手里的牌，扬声说道："只有最北面那间空着了。"

赵东升拎着行李要走。

九子旁边那捻了串佛珠的男人朝二楼的方向望了一眼，补充道："那间屋有客人预约了明天入住。"

楼上两人走远，不知听到没有。

九子摸一下脑门儿，质疑："哎——闻津，我记得那间屋，没人约吧？"

"有人订的，你记差了。"闻津捻着手里的佛珠，目光狡黠地一扫，将手里的牌，全扔下去。

九子狐疑地脑袋侧向另一边，确认："预约出去了吗？"

南海因牌不好，气不顺，眼皮也懒得掀，悠悠出声："没有。"他没理会九子满眼的困惑，径自抬了脑袋，下巴朝捻佛珠男人方向点点，问，"东哥头一次带女人来不回自己屋，妹妹？"

赵东升安顿好西陲，很快退出来，刚顺着楼梯下来，就听到这么一句，一个手刀毫不客气地拍在男人肩膀："妹你个头！"

赵东升眯起眼替南海出牌："你们三人斗地主，太没意思了吧。"

闻津瞟他一眼，冷声："除夕不回来，这年一过完就赶回来了。

屋里头那姑娘谁啊，还不打算交代一下。”

被赵东升压在胳膊下面的南海跟着附和：“是啊，你这个老板亲自从嘉裕市接了个客人回来？”

这两人一唱一和的，反应慢半拍的九子也回神，恍然大悟：“东哥，不会吧，你要从良了？”

“嘴巴放干净点。”赵东升抖了下肩膀，在旁边凳子上坐下，将牌收起来，重洗。他嘴里叼着根烟，说话混糊不清，“来玩钱的。”

其他几个人哀叫连连。

九子最先控诉：“不要啊！赢不了你。”

南海白眼：“不就说了你句‘从良’，这么记仇？”

闻津摊手：“困了，熬夜猝死。”

赵东升挨个儿把人揪回来，扫了眼手机屏幕强调时间：“才十点钟，就玩一会儿。我最近手气比较差。”

两个小时后，三个人跟前的赌注所剩无几，赵东升赚了个盆满钵满。九子愤懑地瞪着双眼，长叹：“东哥，以后再也不信你所说的运气差了。”

赵东升挑着眉，新点了根烟，不置可否。他所有的运气都用来遇见她了，其他方面的运气，所剩无几。

南海一脸懊悔：“我的老婆本，就这么没了。”

唯独闻津捻着佛珠，盯一眼赵东升，没吱声。

“这些可以都还给你们。”赵东升爽快地笑起来，掐着烟的手将筹码往前一推，提要求，“这两天少说话，多做事。”

南海不解：“什么意思？”

九子拍了下大腿，捞钱：“笨啊，先把钱拿了再说。”

深夜，天空少星。

九子和南海分了钱，生怕赵东升会反悔似的，拍拍屁股溜走了。热闹嘈杂的方桌旁，只落了闻津和赵东升两人。

赵东升手肘垫在椅背上，架着腿，仰起脑袋吐烟圈，出声：“还是在这里舒坦啊。”

墨色的云彩流转，深色的天幕像打翻的蓝墨瓶。闻津低下头，鸡同鸭讲：“明天会下雨。”

赵东升笑了下，晃了下腿踢桌角：“大师，给我也算算。”

闻津瞅他：“算什么？”

赵东升答得干脆，叼着烟，弯着眼睛看他：“姻缘。”

房顶有猫咪跑过，瓦片被踩得发响。

闻津捻佛珠的动作顿了下，淡声问他：“这回认真的？”

“嗯。认真的。”赵东升灭了烟头，神色清明，“前所未有的认真。”

“她跟你？”

赵东升苦笑：“我特后悔以前那么浑蛋。”

闻津没看他，安静地转了两颗佛珠，片刻后开口：“我有句话，你听不？”

“你先说。”

闻津提要求：“用你手上那串珠子做交换。”

“这是菩提子的，不值钱。”赵东升见他仍在盯着，看出他是真喜欢，自个儿也没犹豫，褪下来放他跟前，“说吧。”

闻津神经兮兮，声音低沉，嘴角平展：“得失有定数，求而不得者多矣。”

赵东升拧眉重复了遍，喃喃道："是不是后面还有半句？"说话间抬头，旁边早不见人影，连同桌边的珠串，一同消失。

赵东升骂了句，摸出手机自己搜。

看到完整句——得失有定数，求而不得者多矣。纵求而得，亦是命所应有。安然则受，未必不得，自多营营耳。

胡搅蛮缠！

如果一切都有定数，那还求什么？

如果是定数里没有，难道就不求了？

瞎闹！

清晨，西陲从屋里出来，院子里一片清静。

水池旁站着个男人，穿深色的毛衣长裤，双手叉腰。听到有人下楼的脚步声，他才转头，见是西陲，嘴角弯了下，冲她招手："过来。"

西陲张望下四周，在他旁边站定："昨晚太累，没认真看，这里就是你的客栈啊。"

"怎么样，感觉还行吧。"赵东升架着条腿在水池的台沿上，上身半弓着，朝水里撒了把鱼食，视线斜看着她问，"比起你之前在成都住的那个客栈，有过之而无不及吧。"

亮红色的金鱼蜂拥凑到水面，争抢食物。西陲揉了下肚子，煞有介事地称赞："乍看起来是挺好的，就是不知道生意怎么样。"

"啧。"赵东升笑眯眯地盯着她瞧了眼，"还没成我的人呢，就开始打听我的财产，蛮聪明的嘛！"

西陲只是随口问，奈何他这样想，肚子咕噜叫着也懒得解释，她四下望了下："住宿包早餐吗？"

“现在十点了，包早餐也过时候了。”赵东升扭着头睨她一眼，“你怎么不再多睡一会儿，赶着中午饭一起吃。”

西陲吐舌头：“都赖你们房间的床太舒服了。”

“是吗？”赵东升笑着，目光盈盈地打量着她，煞有介事道，“正好今晚你住的那间房预约出去了，你吃完饭收拾收拾，我给你在后院搭一张木板睡，省得你明早还懒床。”

西陲埋怨：“哎，这就是你的待客之道啊，我要在大众点评上投诉你，给你差评！”

赵东升一条腿架在水台上，上身前倾，视线刚好和西陲平视。她眼底水汪汪，淬着纯净酿着本真，他笑着，胳膊一抬，手指从她眼皮上扫过，好心地提醒：“你眼睛上有个东西。”

西陲疑问地“嗯”一声，下意识合眼，等她看清赵东升指腹上揭下的东西时，瞬间垮了脸下来，有些尴尬。她不情不愿地盯向他，没等开口，就听他先发问：“这就是双眼皮贴？”

他故意的！西陲脸黑了几分。

赵东升打量了几眼半透明的月牙贴片，掀起眼皮，目光灼然地审视起西陲的脸庞来。西陲被他瞧得不自在，没好气地噎他：“干吗，没见过女孩子化妆啊！”

赵东升没理会她，继续盯她：“闭眼。”

“嗯？”在他不容置喙的命令下，西陲慢吞吞地合上了眼皮。

过了会儿，赵东升开口：“睁开吧。”

西陲照做。只听赵东升在那儿嘀咕：“没什么区别啊。”他扳过西陲的下巴，像是发现新大陆似的，左右打量着她的五官。

西陲跳脚：“你到底要做什么？”

赵东升无所谓地笑：“你不化妆就挺好看，干吗多此一举。”

这人嘴怎么这么甜。西陲很受用，没有再瞪他。

“不过你脸怎么这么红，是不是腮红用多了。”赵东升紧了下捏着她下巴的手指，下命令，“闭眼。”

无聊至极！

西陲念在他夸自己的分上，难得配合。她脸颊微微仰了下，方便他看得更清楚：“你懂什么，我化得正合适。”

“吧唧！”

清脆的亲吻声突起，异样的触感让西陲猛然睁开眼睛。赵东升脑袋正慢慢往回撤，胳膊也收回去，他一脸笑意，坏事得逞：“脸好像更红了。”

西陲目瞪口呆：“你亲我！”

赵东升大言不惭地回视她。

西陲跳到台子上，扶着他肩膀亲了一下，麻利地跳下来，扭头就走了。

赵东升站在原地笑得没心没肺，眼瞅着西陲跳上楼梯往楼上去，他“喂”了一声，喊她：“不吃饭了，这就跑。”

“不跑等着你打我啊。”

“我会打你吗？”

“谁知道呢！”

两人隔着楼梯一唱一和，赵东升招了招手示意她：“不打你，下来吧。我去看看厨房里还剩什么。”

西陲原路折回，跟上去，好奇：“都有什么？”

赵东升看了一圈，让西陲拿主意：“你想吃什么，我给你做。”

“什么都行吗？”西陲眉飞色舞。

赵东升打量她：“你说。”

西陲笑了下，说了自己想吃的东西。

谁知在她一脸期待之中，赵东升鄙夷地瞥了她一眼，巴掌朝她脑袋上一拍，示意她清醒：“高估我了啊，这里只有蒸包，我也只能帮你煮个粥，然后热一下包子。”

“啊？”西陲失落地指责，“你都做了决定，还问我的选择有什么意义？”

赵东升将笼屉一掀，一本正经地示意她：“你可以选择吃肉的，还是吃素的。”

西陲翻白眼。

赵东升目睹她的表情变化，在一旁笑。

燃气灶开火，油烟机也开始运作。西陲站在厨房的门口，饶有兴趣地打听：“你不会做饭吗？”

“会啊，谁说不会的。”

西陲笑：“那你帮我煎个蛋呗。”

赵东升赔笑：“不会。”

西陲不信：“那你会什么？”

“煮粥。”

等了半天，不见他说下去，西陲搭话：“还有呢？”

“没了。”赵东升省略掉淘米的环节，直接将米粒倒在锅里。

西陲见势忙制止他：“先淘米，锅里要放冷水。放入米后，煮沸，然后小火满满加热，将粥熬稠。”

按照她的指示，赵东升将粥成功煮好。西陲饿得前胸贴后背的，站在一旁说风凉话：“你之前一个人生活时，都是吃什么？”

“我想一下啊。”赵东升搅着锅里的粥，竟真的回忆起来，半天才憋出来一个答案，“我一个人的时候，懒得做，也懒得吃。实在饿极了，两个馒头就能解决。”

“牛！你赢了！”西陲被震慑到，不敢恭维地比起大拇指。

晌午，西陲哪儿也没去，搬了张椅子坐在院子中央晒太阳。赵东升也无事，有一搭没一搭地和她拌嘴。

吃过中饭，西陲回屋收拾了行李去敲赵东升的门。他站在门内一脸困惑：“你干吗？”

西陲神情认真：“不是说客房被预约了嘛，我又不想睡院子。”

闻言，赵东升笑了下，胳膊往门框上一撑，居高临下地盯着她，笑道：“这青天白日的，你这样子我可不好做人啊。”

“想什么呢，我住你房间，”西陲推着行李箱从他胳膊下钻进屋，反身把他往外推，“你在院子睡床板。”

赵东升配合地被她推出门外，双手往腰上一掐，哭笑不得。他下楼，看到院子里九子在挥着大扫帚扫地，喊话问他：“二楼那间预约出去了？”

“没有！”九子猛摇头，“闻津故意那样说的。”

“故意？”

“嗯！”九子煞有介事道，“你难得带个姑娘回来，没住自己屋，我们帮你助攻一把。兄弟嘛，甭客气！”

赵东升瞪他：“瞎闹！”

西陲站在屋内，东张西望地打量着他的房间。和客房不同，他的房间小而简单，床、柜、椅子、书架。连一件像样的家具都没有，倒真是符合他的风格。

赵东升去而复返，拿钥匙开了门进来。西陲回头看他：“怕我偷东西啊？”

赵东升径自走到她身边，拎起行李箱，捏着她肩膀往外走：“怕你住不惯。”

“我觉着挺好的。”西陲一本正经。

赵东升舌头顶了下后牙槽，讪笑：“小屁孩儿。”

西陲对这称呼不满意，将他胳膊拍开，一溜烟跑回屋里，在凳子上坐好。

“干吗，耍赖？”赵东升好整以暇地站在门口，抱着胳膊看她。

西陲点点头。

赵东升扬起下巴，告知：“为了让你住，我把客人都撵走了。”

西陲倔脾气上来，他撵她走，她就越发拗着性子和他杠上。

赵东升靠到书架上，和西陲面对面，脑袋歪一下，无奈地瞧她：“你再这样，我可真不让你走了。”

凳子上的姑娘瞪着一双澄清的眼睛回视他。

赵东升盯着她看了一会儿，嘴角的笑意渐渐隐去，恢复到稀松平常的肃然和严厉：“我是个正常男人，但不是什么正人君子。你别后悔。”

他明明一次次地伸手，招呼她，欢迎她来到他的世界。可当西陲每每循迹前往的时候，他又像是划三八线似的，将他们两人隔开。他到底在想什么？到底是什么意思？西陲敛敛眉，反复琢磨他的话。

“你以前很多女人吗？”西陲有些好奇。

赵东升实话实说：“不少。”

西陲神情黯然地低下脑袋，渐渐接受这个事实后，才抬头：“在你心里，我和她们一样吗？”

“我说不一样，你信吗？”

“信。”

“傻子。”

“嗯？”

“傻子，回屋去！”赵东升不由分说地一手拎起她的行李箱，一手拎起她，扔出了房间。

促狭的房间顶有一扇天窗，刺目的正午阳光照射进来，西陲走后，她坐过的地方，一片明媚。

你和她们不一样。

但我和你以前遇到的所有男人也不同。

你能接受吗？

睡了个午觉，睁眼已是四点。西陲在屋里磨叽了一会儿，听到院里传来乱糟糟的说话声，她才出去。

“大老远就闻见香味了，东哥回来后，我们的伙食也跟着改善了！”

西陲从楼梯上下来，刚巧听见这句话，满脸疑惑：“这些是赵东升做的？”

南海一脸认真地点头：“是啊！”

“色相不错，好吃吗？”西陲目光掠过桌子。

四菜一汤，摆在院子里的方桌上。南海将筷子递给她，拍着胸脯保证："你尝尝，比客栈的大厨做的都好吃！"

西陲半信半疑地接过筷子，从菜碟里夹了一筷子青菜品尝。

味道真不错。

想起早晨时，赵东升义正词严的那番胡话，西陲瞬间反应过来，被蒙了。

"东哥，你辛苦了，比心比心比心！"见厨房里有人出来，南海忙不迭地溜过去接他手中的米饭。

西陲应声回头，视线看向他，又朝桌子上点点，笑道："你这不是会做菜啊，怎么今早晨，说不会做？"

"巧妇难为无米之炊。"赵东升围裙一解，从中对折叠好，往厨房里一塞，喊人下来吃饭。

天色渐渐暗下来，一桌五人，到齐。

赵东升清了下嗓子，挨个儿指着人介绍："这几个是我好兄弟，南海，九子，闻津。"转头看向西陲，笑了下，"西陲。"

九子好了伤疤忘了痛，发问："妹妹？"

西陲脑袋在飞速地转，找合适的词语界定两人的关系，半晌未果。赵东升敲了下筷子，先开口："朋友。"

南海挤挤眼，冲西陲笑："既然是东子的朋友，那也就是我们的朋友。来，妹子，咱加个微信呗！"

"我手机放在屋里没拿。"西陲胡诌。

都是赵东升的朋友，西陲没理由走得太过亲密。对方又问了几个问题，无非是职业、爱好之类的，她一一作答，没多说一句。

席间，西陲混在人群中间，并不妨碍他们像往常一样聊天。她沉默寡言，规矩地吃自己的饭。因为注意力停在他们的谈话上，瓷碗里的汤汁已经见底了也没注意。赵东升瞧瞧她的碗，示意：“先吃饭，一会儿吃的都被他们解决了，可没人给你加餐。”

西陲摆摆手，不以为意：“我还有巧克力。”

赵东升无语，随便她。

中途九子出去接了个电话，再回来时，鬼鬼祟祟地坐回到位置上，余光看向赵东升，状似无意地开口：“东哥，待会儿有人要来。”

赵东升“嗯”了一声，问：“有人来就来呗，怎么了？”

聊天的间隙，南海瞥了九子一眼，不屑：“咱开客栈的，有人来不好吗？你这表情，比吃了苍蝇屎还难看，不欢迎啊？”

九子吞吞吐吐：“是诗姐。”

南海僵了脸，不自在地咳嗽两声，目光悠悠地朝西陲的方向瞧，而后者一脸不知所云的模样。

西陲察觉出气氛的异常，笑嘻嘻地打听：“她是谁啊？”

南海嘴巴一撇，刚要解释，只见门口出现个姑娘，冲院里唤着：“升哥。”

闻声，西陲下意识地随着众人的视线看过去。脸盘白净，眼神精明，细长的麻花辫扎在头顶，她把玩着门帘上的流苏，欢畅地笑着。

“来了啊。”赵东升神色如常。

女人笑着往院里走：“你出来一下，我喊你去家里喝酒。”

“明天吧。”赵东升目光扫过西陲，架起腿，坐得更稳些，“我今天吃得差不多了，喝不下酒了。”

她站在赵东升身旁，伸手去钩他的胳膊，声音自带娇柔：“我爸说找你有事儿。更何况咱俩都好久不见了，走嘛！”

“等我吃完这口。”赵东升将她的手拨开，磨磨蹭蹭地吃完瓷碗里的最后小块米饭，放回桌上。

桌上几个非当事人很安静，目光流连在几个人之间。赵东升起身，居高临下地看了眼西陲，出声：“我一会儿回来。”

赵东升的视线很快地扫过众人，除了西陲，并没人知道，这句话，只是说给她听的。

贺诗像是一只跳脱的兔子，麻花辫随着她走路的步伐两边甩。她热情地挎着赵东升的胳膊，歪着脑袋满脸笑颜地说话。

女孩儿声音清脆，笑容阳光向上。

南海尴尬地笑笑，招呼西陲：“妹子，吃菜吃菜。”

两人的身影消失在门口，西陲拿起筷子，吃东西。

九子嘴笨，明白情形，却不知怎么解释：“妹子，你甭多想。我们和诗姐认识两三年了，你和她相处几天你就知道，她就是个男孩子性格，说话行为大大咧咧，毫不扭捏娇气。”

“是啊，东哥和她没有其他关系的。”南海也附和。

“哪没关系啊！”一直没怎么说过话的闻津抬头看向西陲，解释，“贺叔一直把东哥当准女婿看呢。你这话要让贺叔听见了，估计要吃几个‘爆栗子’喽！”

西陲理科专业，但语文不差，基本的理解能力还是有的。她故作轻松地笑了下，看向闻津，道：“我看他们挺合适的。”

“谁说不是呢。”闻津慢悠悠地拿起杯子，自己倒了杯水，搭话，“要是没有贺家啊，也就没有现在的赵东升。三年前，东子一个人初来乍到，多亏了贺家照拂。”

南海嘴角抽两下，尴尬。唯独处在状况之外的九子举高酒杯灌了杯酒，凑热闹地搭话："说这些干啥，东子又不喜欢她。"

闻津意味深长道："人活这一遭，'恩情'二字得看重。"

西陲没接话，快速地将碗底的食物解决掉，起身，勉强地露笑："我吃饱了，先回房休息了。你们慢慢吃。"

目送着西陲离开，南海瞪着闻津，不解："你故意说这些，什么意思？"

闻津气定神闲："没意思。"

南海被他气得跳脚："你看不出来东子对这丫头很上心吗？"

"看出来了。"

"那你还提这些。"

闻津斜眼瞟他："我说的不是事实？"

"是事实，可……"

"是事实就不怕说。"闻津朝二楼的方向看了眼，哼笑了下，"我不说，她早晚也得知道。我说了，她早想通，最好不过。"

南海叹气："算了，我不管了，让东子自己处理吧。"

房间里。西陲躺在床上看电视，电视节目轮着被换了一圈，也没找到她感兴趣的。走廊里传来一阵脚步声，停在门外，紧跟着门板被从外面敲响。

西陲下意识将电视声音调小，房顶的盏灯按灭掉。

赵东升问："睡了？"

西陲没接话。

门板又被叩响两声，赵东升拆穿她："我听到电视的声响了。"

西陲仍旧没动。

赵东升犯嘀咕，声音很小：“是看着电视睡着了吗？”

隔了会儿，脚步声起，门外消停了。

西陲趿拉着拖鞋，过去，拉开门。对面栏杆处，赵东升背对着门口站着。听见声音，扭头，衔着还未来得及点着的烟笑了下。他伸手把烟拿下来，塞回烟盒，转身：“你还没睡啊。”

西陲朝走廊那头望望，刚才的脚步声，原来是来自隔壁的客人。她心虚，松开门把：“这么晚了，有事吗？”

“看你晚上吃得少，给你带了点宵夜。”赵东升扬了下胳膊，手里拎着个被热气熏得发白的塑料袋。

西陲伸手去接：“谢谢。”

赵东升没松手，笑盈盈地盯着她。西陲不让路，没半分让他进屋的意思。他肩膀一耸，朝前跨过去，塑料袋往西陲手上一挂，扶着她肩膀进了屋。

西陲转身，他已经在床尾软榻上坐定，跷着个二郎腿，捡起她刚才扔在地上的遥控器，将电视节目的音量调回到正常。

“你进来干吗？”西陲冷着脸，转身走到茶几旁，背朝他坐在沙发上，拆开塑料袋吃东西。

赵东升的声音远远地飘来：“不知道你喜欢吃什么，所以每样都买了点。这家烤串是这附近口碑最好的，应该合你胃口。”

西陲吃得欢快，嘴硬地和他犟：“你都说了不知道我喜欢吃什么，怎么能知道这个会合我胃口，不矛盾吗？”

“嘿！”赵东升倒吸了一口气，发笑。想着她晚上没吃饱，特意买了吃的给她，现在怎么成了费力不讨好？

赵东升踱着步子，走到西陲身边，挨着她坐。西陲板着一张脸，拽着吃的往旁边挪一些。赵东升胳膊一搭，将她扯回来，打趣着她：“那你喜欢吃什么，我下次对照着买。”

西陲撇嘴，吃东西。

赵东升肩膀撞她一下，追问：“说说，喜欢吃什么？”

西陲出声：“我什么都喜欢吃。”

赵东升乐得抿嘴笑，一只胳膊搭在西陲肩上，另一只胳膊伸过去，将装烧烤的塑料袋往自己跟前扯，随手扒拉着里面的竹签，脑袋微微朝她那边偏过去，煞有介事问：“那这些，属于你喜欢吃的范畴吗？”

西陲不说话，继续吃。赵东升渐渐拉近两人之间的距离，并肩坐好，又问：“那我呢，在你喜欢吃的范畴吗？”

西陲将竹签扔了，甩开他的胳膊，冷清的视线看他。

赵东升兴致不错，嘴角微咧着，在等她回答。西陲强扯着嘴角，露出个十分难看的笑容，和他强调：“驸马爷，我不是公主。”

赵东升愣了一下，很快明白过来。他敛掉笑容，问她：“今天在客栈待了一天，你也休息得差不多了。明天你想去哪儿，我带你出去逛逛。”

西陲没答，定睛看他。他是个有故事的男人，像是神秘的潘多拉盒子。和他相处，永远不知道下一秒是惊喜，还是惊吓。

她已经提前做好了准备，但仍然被突发的状况吓到。

西陲低头，声音轻下去：“你决定就好。”

“时间很晚了，你早点睡。明天见。”赵东升起身。

西陲点点头：“明天见。”

赵东升定睛看她几秒，沉声：“别乱想。”

西陲没抬头，直到门板被掩住的声音落下。

# 第十章 / 波澜正惊

夜过零点，灯火阑珊。西陲在床上翻来覆去地睡不着，披了外套，去敲赵东升的房门。

他很快开门，室内一片明亮，他还没睡。

西陲直截了当："你为什么不和我解释你们俩的关系？"

赵东升扫了她一眼，按了下她乱糟糟的头发，示意："先进来。"

进去后才看清，闻津还在房内。西陲不好意思地抽抽嘴角，视线流转在他和赵东升之间，故作轻松地笑："你们俩在喝酒啊。"

"我先走，你们聊。"闻津起身，冲西陲点了下头，错身离开。

门被关住，屋内只落了他俩。

赵东升将地板中央的酒瓶收走，扔到角落，然后又拎着扫帚，胡乱地将地板上的垃圾清理了一遍，绕着屋子转了几个圈。

他走到床头，背垫着枕头靠到墙上，神色困倦。他抬头看一眼西陲："你刚才说什么？"

"你喝了多少？"她扭头看了眼墙角的酒瓶数量，大概猜测。

"过来。"赵东升拍拍床沿，示意她。

西陲过去。

赵东升伸手，西陲立马拉住他的胳膊，坐下。

他合着眼皮，低语：“脱鞋。”

“嗯？”西陲有点走神。

只听他继续强调：“凌晨了，你不困吗，上来睡觉。”

西陲脱掉鞋子，爬上床。

赵东升留出了足够的空间拥着她躺下，胳膊往床头一按，屋内一片漆黑，唯有他背后的那扇小窗，露着星光夜色。

“我现在解释给你听。”赵东升从她的肩头一下下地捏着，到她的胳膊，再到手腕，然后又返上去，状似漫不经心，内心却十足认真，“十一月份，回嘉裕市，是因为我父母的忌日。当时遇见了你，除了觉着这女生怎么这么矮之外，没有其他印象。后来成都遇见，觉得你脾气倔不说，还有点傻。”

西陲因为他呼到后颈的气息痒得难受，下意识动了下脖子。

赵东升松开她一下，窸窸窣窣一阵声响后，他仰躺在床上，单手撑在后脑勺，另一只胳膊搭在她的后背，神情寡淡：“从我爸妈去世起，我就没正儿八经地谈过恋爱，嫌麻烦，我漂泊惯了，流浪多自由啊，无拘无束的，喝酒、聊天……和不同的女人交往。”

他说得理直气壮，没觉着言语有什么不妥。西陲准备靠近他的动作突然一顿，身体僵住，没了反应。

西陲屏气凝神，没敢乱动。

只听他声音轻笑了下，淡淡出声：“吓到了？”

“没。”

赵东升不以为意：“这三年，过得随性而荒唐，但我从不认为自己会后悔。”

耳边除了细微的难以察觉的噪音，只有赵东升的说话声。

夜很静，他说话声音很轻。

“后来遇见你，我开始后悔自己荒唐，后悔自己配不上你。你家世清白，生活平静。我无父无母，漂泊不定。”赵东升喋喋不休地罗列了两人之间的差距。

西陲听得心惊胆战，并不否认这些。

“你跟了我，会吃不少苦。”赵东升下巴垫在她后脑勺上，摇头，“我想给你个家，想安定下来。但是我已经三年与你们所认为的正经职业脱节，我不知道，自己需要多久才能有资格。”

“要是今晚你不喝酒，要是今晚我没来找你。”西陲趴在他身上，试图在黑夜中，寻找到他的眸子，“这些话，你是不是迟迟都不和我说？”

赵东升强调：“这不是醉话。”

“嗯。”西陲小幅度地点头，相信。

夜晚让声线清晰，言辞间所要表达的情绪更易被人接受。

“我不需要酒精壮胆。一直不告诉你，是害怕你没胆量接受，害怕这个好不容易靠近我一些的你被吓得逃走。”

“我不会。”西陲斩钉截铁，坚定不移地盯紧他，“你怎么知道会吃苦？我可以养活自己，而你也有自己的经济来源。所以，我们两人一起，为什么会过苦日子？”

赵东升顺了下她的头发，轻笑：“你还小。”

“我今年 23 岁了。”

他敲敲她的脑袋：“这里小。”

西陲挣开他的胳膊坐起来，在床头摸索了会儿，打开灯。

室内一片大亮，赵东升撑着胳膊靠到床头，西陲盘腿坐在他身边，划拉着手机。她凑近他，将手机屏给他看：“这是我的存款，而我自己设计的玩偶品牌每个月都会有固定的收入。”

“我算算啊，”赵东升摸着下巴笑，“这些钱够你买几个玩偶的。”

西陲正经脸：“赵东升，我没有在闹。”

“我知道。”赵东升将手机按灭，还给她，“这些钱，你留好，我还没穷到被你养。”

西陲深吸一口气，看着他：“在认识你之前，我很宅，很不屑于社交，甚至对婚姻，没有任何的期待和幻想。不知从什么时候起，我开始走出自己内心的小圈子，我一个人，用了半个月的时间，独自逛遍了嘉裕市。我开始适应社交，习惯人际关系。你的存在，对我来说，好像是光，吸引着我前进。你刚刚说你配不上我，但我从不这样认为，我才是倾尽努力，都追赶不上你的脚步。别人千般好万般好，但终究不是属于我的，我愿意为了你改变，这便胜过所有的门当户对。”

赵东升没作声，手掌扶在她后背，有一下没一下地捋着。

西陲低着脑袋，手指漫不经心地掰饬着手机软壳。

两人间一阵沉默，隔了好一会儿，赵东升拍拍她的肩膀，叹声：“睡觉吧。”

次日，吃过早饭，西陲和赵东升出门。

古城的街道热闹熙攘，开门的客栈和商铺在迎接着络绎不绝的客人。西陲跟在赵东升后面，四处张望着，左拐右拐地站到一处宅院门口。

刚巧有人出门："东哥过来了！"

赵东升点头，问："贺叔在家吗？"

"刚吃过饭，在书房里。"

"那我过去找他。"

西陲被赵东升牵着，从正门一路走到内院。庭院很大，是一处极具历史感的老宅，西陲打量着院中的假山鱼石，忍不住好奇："我们要去见谁啊？"

"一路上都不见你问，我以为你猜到了。"

西陲吐舌头，睨他一眼，出声："老丈人？"

脑袋被拍了下，西陲夸张地"哎哟"一声，只听赵东升笑吟吟地反问："我怎么不知道，叔叔阿姨住在这里啊？"

"贼！"

赵东升捋着她的头发交代："待会儿乖一点，有礼貌一点，别捣乱。"

西陲撇嘴："知道了知道了，真啰唆。"

说话的工夫，到了一处房门前，赵东升抬手敲两下门。

"请进。"

两人推门进入。

书房里，穿着棉布开衫的男人坐在梨花木椅里，手捧着一本书卷，看得认真而专注。窗边的绿植藤蔓缠绕，桌角的茶具热气氤氲。

听见推门声，他缓缓抬头，瞧见来人，书卷放下，笑盈盈招呼："东子来了。"

"贺叔。"

贺章齐应声点头，视线落在西陲身上打量："这位是？"

赵东升捏着西陲的指骨，将她往身侧拉近一些：“西陲，我女朋友。”

西陲学着他，喊人：“贺叔。”

他是贺诗的爸爸，是赵东升困难落魄时，施以援手的恩人，是有意招赵东升为女婿的前辈。西陲狐疑，赵东升这样堂而皇之地宣布自己是他的女朋友，真的没问题吗？昨晚闻津的话犹在耳旁，贺叔对赵东升有恩，赵东升会娶他的女儿以此报恩。

是她太敏感，理解错了？

眼前这男人和赵东升，熟稔而亲近，并未见有什么异样。

肩膀被人撞了下，赵东升小声提醒她：“问你呢。”

“啊？”西陲恍然回神，慌乱和无措尽显眼底。

坐在书桌内侧的男人哈哈大笑起来，忍不住打趣道：“估计是怕生，还不适应这里。”

说起来，这里的装潢确实有些怪，仿古代的木架，仿古代的书卷，甚至连桌子上面的茶具杯盏笔墨纸砚、房内的屏风绿植琴棋书画，都是古色古香的摆设。置身在这儿，有一种跨越千年穿越回去的既视感。

西陲抱歉地笑了一下，掩饰：“这房间装饰得好看，我只顾着看景了，没听清贺叔问的什么。”

贺章齐和蔼地露笑，并未见怪：“你要喜欢，让东子带你去院里逛逛。”

“去吗？”赵东升询问她的意见。

说实话，西陲还真想看看。

宅院很大，两人逛了近半个小时，才再次看到熟悉的位置。西陲不免好奇：“为什么带我来这里？”

赵东升敲了下她的脑袋，解释：“打消你的胡思乱想啊。”

西陲“咦”了一声，满目不解。

赵东升解释：“我刚来祁城时，贺叔几次帮过我，也有意撮合我和贺诗，我明确拒绝过一次，他也就没再提。你啊，就别多想，你男人啊，没有那么万人迷！”

你男人。

西陲别开脑袋，窃喜。

这个称呼，也太直接了吧。

两人走到正门口，赵东升问她：“走吗？带你去街上逛逛，顺便宣示一下你的主权地位。”

“不太好吧。”西陲犹豫。

赵东升打量她：“害羞？”

“想什么呢。”西陲不屑地提醒他，“我的意思是，我们就这样离开，不太好吧，要不先去跟主人告个别。”

“没事，不用这么规矩。”

他都这样说了，西陲也没再坚持：“那走吧。”

前脚刚跨出门，一道身影从旁边蹿过来，伸手拦住两人的路。

是贺诗。

姑娘肤色偏黑，马尾在脑后束得高高的，结成坚硬的麻花状。她睨着眼神，朝西陲身上瞟了一眼，转而看向赵东升笑：“东哥，这是谁啊？”

他俩手扣在一起，手肘贴近。

赵东升毫不避讳：“西陲，我女朋友。”说完转过头来，介绍，

“西西，这是贺诗。贺叔的女儿。”

“你好。”西陲打招呼。

贺诗毫不顾虑地眨眨眼，莞尔一笑：“我还以为是你妹妹呢。”

赵东升没在意，话题扯开问她：“你哥走了？”

“走了，我刚送完他。”

“那你有空去趟客栈，九子说得了一件稀罕的石头要给你。”赵东升低头，瞧见她手上的佛串眼熟。西陲也看到，这珠串早几天还戴在赵东升手上，怎么贺诗有个一模一样的？再看赵东升的手腕，空空如也。

西陲小心翼翼地想要往回缩手。

赵东升察觉，握紧些，注意力放在贺诗身上，好奇：“闻津昨晚喝多了，肠胃炎，在医院。”

贺诗不以为意地“哦”了声，嘟囔着：“和我有什么关系。”

“好像挺严重的，昨晚直接叫的救护车。”赵东升笑着，拉着西陲往外走。

擦肩而过后，贺诗突然转了身，追问出声：“他在哪家医院？”

赵东升嘴角勾着，只笑不答。

西陲在一旁听得一头雾水，忍不住好奇：“闻津他不是信佛吗，怎么喝酒？”

“酒肉穿肠过，佛祖心中留。”赵东升笑着望向她，解释，“他只是多翻了几本佛经，懂一些佛家的道理，又不是真的剃度当和尚了。若是要真的盘算起他犯戒的话，倒不是酒肉，而是情色。”

西陲仔细琢磨了下，恍悟：“他不会对贺诗……”

“女孩子的联想能力都这么丰富吗？”

西陲追问：“猜错了？”

“对了。”

西陲瞬间宽心下来，如释重负。

三月已是初春，绿意盎然，行人如织。

湛蓝的天，清爽的风，西陲和赵东升穿梭在人流之中，消磨时光。

他们间不知何时生出了一种气氛状态，她不用刻意地去找话题，他不会小心地去担忧她，因为熟识而产生的信任，因为亲近而产生的依赖，给予了两人相视一笑便能够彼此懂得的默契。

吃过晚饭，西陲和赵东升靠在院子里，看了会儿星星，回房休息。

走了一天的路，脚掌磨起了水泡，生疼而难受。找了针，挑破，简单地处理了下，西陲便进了浴室洗澡。

半个小时后，她擦着头发从浴室出来，赵东升像是掐准时间似的，开始敲门。

她正站在门板后面的镜子前擦头发，几乎没迟疑地就拉开门。

“有事吗？”

“九子带回来的樱桃，给你洗了点送过来。”

西陲看一眼他手里的果盘，朝茶几那扬扬头，示意他：“放桌上吧。”

门关上，赵东升在屋里逡巡了一圈，有些好奇，这姑娘还真是在哪儿都能把房间弄得一团乱。他踢了脚行李箱，重新回到玄关那儿，抱着胳膊，肩膀抵在墙壁上，饶有兴致地从镜子里打量着正在吹头发的西陲。

她穿着件白色的薄线衣，正常站立时，下沿到大腿中央，而随着她吹头发的动作，衣服被抻得上蹿了些，裸露着两条腿。赵东升忍不住好奇，出声问她：“不冷吗？”

“什么？”西陲关掉吹风机，在镜子里回看他。

赵东升朝她走近些，从她手里拿过吹风机：“我给你吹。”

西陲“哦”了一声，乖乖照做。

赵东升举着吹风机，毫无章法地胡乱吹了两下，满意地拍拍她的头顶，表示：“好了。”

“还没吹干呢。”西陲摸了下潮湿的发梢，并不满意，伸手欲从他手里拿回吹风机，不料他先一步将吹风机收好，扔回了身后的柜子上。

他一手拉着她，另一只胳膊环过来，转身将她抱起放到柜子上，自个儿则倒退一步，勉强和她平视。他笑盈盈地，手伸过来，往外扯了下她的衣服，问她：“不冷吗？”

“啊！”西陲往后缩了下身子。

差点忘记了。

刚刚洗澡时，置物架上淋了水，搁在上面的睡衣被淋湿了，洗过澡，西陲从行李箱里找了一件薄线衣贴身穿，他敲门时，她下意识就开了。她往下扯扯衣服，刚盖到腿根。

赵东升挑眉，直勾勾地盯着她看：“之前在成都的时候，你不是挺……”他拖着长音，还没等想出个具体的恰当的词语，西陲先一步打断了他意有所指的话。她并了下腿，认真回答他：“那时候以为不会再见了。”

“这样啊。”赵东升咧嘴，得逞地笑了下。

西陲点点头，不置可否。

赵东升咋舌："不是那时候就被我吸引了？"

"怎么可能！"

赵东升笑，往前跨一步，逼近她："当真不是被我吸引？"

他近在咫尺，她却心虚地没有勇气撒谎。

楼下有人喊话，模模糊糊，也没听出个什么来。

两人一合计，之后的日子，哪儿也没去，西陲放着嘉裕市的玩偶店不管，在这风情不错的祁城古城做起了啥也不做的老板娘。

赵东升站在客栈门口，目光从斜对面买花姑娘身上扫过，半扭过头，看一眼仰在摇椅上摇晃着自娱自乐的西陲，轻声问："你对这里什么感觉？"

"什么？"西陲将脸上蒙着的丝巾掀起来，露出俩眼珠子。

"我说，"赵东升咧嘴笑了下，"今天的云很好看。"

西陲仰头，望向天空："一直都好看。"

赵东升盯着她，笑："今天更好看。"

"是！"西陲笑着，猛点头，接他的话，"今天的更好看。"

赵东升笑了下，转回脑袋，西陲也拉起丝巾，盖住脸，假寐。

隔了会儿，赵东升缓缓开口："可我们该回去了。"

西陲屏息，有瞬间的迟疑。

是啊，这里再好，他们也该回去了。

远离自己长时间居住的地方，外地总能够带给自己惊奇和喜悦。

成都的相逢，因为互不相熟，而对彼此间的相处留有客气的余地。

后来的日渐熟络，渐渐将本我显露出来，却不想竟也能有不谋而合的默契。

傍晚，吃过饭。西陲拉住赵东升的衣袖，央求：“你再唱首歌给我听吧。”

赵东升捏住她的手腕，一节节地摸索着她的指骨，顺势在她的身边坐下，回问：“想听什么？”

“都行。”

赵东升取了吉他，随手从旁边抓了张凳子，坐到她对面。

抬手拨两下，简单地试音。

西陲托着下巴，弯眉笑，满是期待的模样。

走去远方的路，要蹚遍大小的湖。
我中过夏天的暑，打过无厘头的赌。
我不知什么是孤独，也不识什么是孤独。
仗剑肆意闯荡江湖，从未想过拥有归属。

想一直流浪。
就这样流浪。

就是在那一天，我爱你的那些天。
我突然畏惧流浪，畏惧离开你身旁。
以前没有见过光亮，所以习惯追逐太阳。
直到遇见你的芬芳，才知道何处是归乡。

想在你身旁。

要留你身旁。

周围渐渐聚拢了些人看热闹，西陲和赵东升被围在中间，着实成为焦点。

有鼓掌的，有起哄的，大多数人误以为这是在表白，可殊不知，他们已经在一起了。

能遇到对的人，能为自己做浪漫的事情，真的弥足珍贵。

伴随着吉他弦落下最后一个音节，赵东升露笑，直视着她，郑重其事道：“别人的歌，我的心意，唱给你听。”

成都客栈，他抱着把吉他，为交换她手里的肉串，唱了这首歌。

他说：“别人的词，我唱而已。”

几月之差，怀里仍旧有把吉他，四周依旧有掌声和注视，他眼里，只有她。

他说：“我的心意，唱给你听。”

在祁城这半个月，玩得倒是开心。

再回到嘉裕市，等待两个人的，却是一堆烂摊子。

机场分别，两人去了各自的目的地，约定晚上六点国贸门口见，一起吃晚饭。

西陲回到店里，两个小姑娘无意地提起来，前几天有对夫妻来过，问这店的老板叫什么名字。

西陲心抖了下，下意识打听这对夫妻长什么模样。

在确认了这俩访客是自己的父母后，西陲惴惴难安的心似乎终于松了下来。终究还是瞒不住，嘉裕市就这么大，来来往往活跃在附近的人，间接地能寻到些联系并不为怪。

被他们知道了也好。

早晚都得知道。

西陲自我安慰地继续问：“他们还说什么了吗？”

小姑娘不知轻重，只实话实说：“他们还问你去哪儿了，我实话告诉他们了。”

“行，我知道了。你们去忙吧。”

距离父母知道情况已经过去了一周时间，手机里没有他们的追问短信和电话，一阵风平浪静。西陲在店里忙前忙后了一整个下午，将这半个月来堆下的琐事都处理完成，这才踏上了回家的路。

赵东升回到公寓，电话响起。

他以为是西陲，接起来：“怎么了？”

“东升，是我。”陈原城的声音里是毫不遮掩的焦躁和迫切，“你还在嘉裕市吗？”

“嗯。”

只听对面长舒了口气，语速渐渐缓下来：“你来一下医院吧，小歌出事了。”

赵东升沉默了下，慢条斯理：“她怎么了？”

西陲站在家门口，开门前，有先见之明地给林程明发了条短信，让他半个小时后来一趟这里。

看着消息发送成功，西陲才深吸了口气，掏出钥匙开门。

“爸妈，我回来了！”西陲面带微笑，进门、脱外套、换拖鞋，一系列动作流畅自然。

父母都在家，阿姨正在厨房准备晚饭的食材。

西陲偷偷端详着两人的神情，搭话：“西潮呢，没在家吗？”

“在学校呢，今天周四。”

“哦。”西陲拎了个抱枕在单人沙发上坐下，笑着道，“上次阿姨说，家里的加湿器坏掉了，我今天刚巧路过商店，顺便买了个回来。”

西振国板着张脸，眼镜滑到鼻梁上，视线从镜框上方投过来，睨了她一眼，没吱声。

顾倩禾注意力放在电视屏幕上，漫不经心地回答她：“那是一个月前，早买了新的换上了。”

西陲吃瘪，犹犹豫豫地，还要再说话。只见顾倩禾将手里的遥控器往茶几上一拍，冷静出声：“你过年给小潮买的那东西，多少钱，让你爸还给你。你赚钱不容易，不能这么乱花。”

“不用，小潮喜欢，就买了。不乱花。”

双方铆着劲在憋着，爸妈不开口提那件事情，西陲也不知道怎么开口。她如坐针毡地在沙发上待了十分钟后，憋不住了：“爸妈，我不该骗你们，说自己在公司上班。”

“嗯，没事。”

两人神色稀松平常，淡定极了。西陲背上发凉：“我不该自己在外面开店，不和你们商量。”

“反正你自己有钱，不用我们费心。”

西陲咬咬唇，继续道：“我要结婚了。”

“挺好……什么？”顾倩禾眼睛瞪圆，不可置信地盯向西陲。

一旁沉默的西振国也终于放下了手里的报纸，视线投过来：“西西你说什么？”

“我要结婚了，就是除夕那晚，医院里那个男人。”

这自然是气话。虽然对赵东升已经倾尽心意，但结婚这件事情，两人从未讨论过，也并未提上日程。如此这样堂而皇之地说出来，无非是想来个痛快。一件事情，也是荒唐，两件事情，也是荒唐，倒不如一起，痛痛快快地都招了出来，也省得麻烦。

顾倩禾显然没有方才的镇定，五官拧着，怒火将要喷薄而出，西振国先一步坐到她身边，安抚地拍拍她的手背，然后用尽量克制着的语气，问：“他叫什么？”

“赵东升。”

“家是哪儿的？”

“本地的。”

两人松了口气，顾倩禾嘴皮子动了下，还欲问，被西陲先一步打断：“你们什么时候有时间，我带他回来吃饭。”

“那就周六吧。”西振国表情温和，轻描淡写的，不见愠色，“正好你弟也在家，一起吃个饭。”

“好。”

西陲狐疑，爸妈这是怎么了。

没有生气，没有质问，甚至完全没有反对。

心里的这份纳闷，一直持续到林程明如约而至，按响门铃。

西陲注意到西振国和顾倩禾两人下意识地背脊挺直，目光探究地齐刷刷朝她身上看过来。

西陲心虚，声音低下去解释："是林程明，他找我拿车钥匙。"

"哦。"两人松了口气，表情失落。

西陲径自去开门，林程明一脸得意地架着胳膊倚在门框上，嘚瑟地炫耀："怎么样，准时吧，你让我半个小时后到，我不早不晚，时间掐得刚刚好。"

"准时准时。"西陲拉着林程明往楼上走，"你是来找我拿钥匙的吧，走，我给你拿。"

"钥匙？什么钥匙？"林程明一脸茫然。

西陲拧了下他的胳膊，皮笑肉不笑地压低声音："走你的路，别乱说话。"

完全在状况之外的林程明被西陲粗鲁地扯着半条胳膊，还不忘热情地转脸和客厅沙发里那两位极力压制着情绪的长辈问好。终于，林程明被硬拽着上楼进了房间。

门关住，西陲双腿发软，扶着旁边的柜台磨蹭地往电脑椅那儿挪。

林程明一脸不屑："你这是怎么了？"他手掌大力地往她肩膀上拍一下，夸张地道，"兄弟，感觉你身体有点虚啊！"

还没等西陲扶住椅背，林程明抬脚一钩轮子，电脑椅滑到他的跟前，只见他身子一歪，稳稳地坐上。

西陲懒得和他计较，双脚一叠，身体斜靠在电脑桌上，居高临下地看他："我爸妈今天真的很反常。我没找工作，在外面开店的事情，被他们知道了，竟然没有责备我，一脸平静的，像是什么也没发生似的。"

“咳咳！咳咳！”林程明一脸得意地在那儿直咳嗽。

西陲瞥他一眼，嫌弃：“吃屎噎着了？厕所在那儿，去涮涮！我和你说正事呢，你在这儿不认真听。”

林程明长腿一抬，跷起二郎腿，拽得跟个二五八万似的：“睁睁眼吧，你眼前坐着的，可是你的功臣。”

“关你什么事？”

林程明郑重其事地扯了下衣领，嘴角一弯，邀功：“是我及时在你爸妈发现你的店铺时挺身而出，晓之以理，动之以情，言之凿凿地给他们做了解释，哎！你还别说，真有效果啊。这不，他们既没有责备你，也没有怪你什么。你说，你是不是应该对我说一句谢谢啊！”

“谢谢你！”西陲拖着长音，深深地鞠了个躬，好奇，“你和他们说了什么？”

林程明脑袋一扬，眯着眼睛：“这是秘密，不告诉你。”

“嘁！”西陲撇嘴，“我还不乐意知道呢。”

过了会儿，西陲耷拉起脑袋，略感心虚：“其实我倒真的希望我爸妈能责备我几句，哪怕和我吵一架也好啊。”至少能够证明，我在他们心中的分量，“可是现在，他们这样一声不吭地一直在顺着我的意思，我这心里总是慌得很，觉着特别对不起他们。”

林程明瞪圆了眼睛，满眼鄙夷：“喂！你欠骂啊！不骂你你心里还不舒坦了，哼，笑话！早知道我就不忙活着帮你解释了，让叔叔阿姨一怒之下冲到祁城去，将你这个不孝女逮回来，估计你心里就舒坦了。”

西陲抿嘴，没搭腔。

林程明用脚踢了踢她，“喂”了两声：“你和那个背包客，还有联系？”

西陲点点头。

林程明拧眉：“得！估计叔叔阿姨再宽宏大量，也受不住你来这么一手。”

“有什么受不住的，兵来将挡，水来土掩。”西陲抬头。

林程明好整以暇地抱着肩膀一副看好戏的样子，西陲懒得搭理他，只问：“瓜子呢？”

“在我家。赶明儿给你送来。”

西陲瞪他：“没被你虐待吧。”

“怎么可能！”林程明翻了个白眼，“被我妈当宝贝供着呢，在我家的地位，和我差不多。”

“嗯，那我就放心了。”

林程明眼睛弯弯，倏地露了笑意：“不过话说回来，那只大肥猫，为什么取名叫瓜子啊？”

西陲搪塞：“随便取的。”

“真的？”

“我骗你做什么。”

林程明一脸怀疑的样子，伸着食指在大腿上划拉着比画。西陲拉着脸，在他开口之前，扯着他的胳膊将其扔出了房间。无辜的林程明站在门外控诉：“忘恩负义啊你！”

西陲拍两下手，懒得搭理他。

病房里，秦歌躺在床上熟睡，陈原城和姚冶莫坐在床边，无精打采地耷拉着脑袋。赵东升叩响门板，两人闻声抬头，见他到来，起身出来。

赵东升压低声音：“她没事吧？”

陈原城摇摇头：“诊断结果是轻微的煤气中毒，送到医院来后，一直在闹，刚打了镇静剂，现在睡着了。医生建议，最好是将她送到精神病院里去。她的神志，已经越来越不清楚了。”

姚冶莫站在陈原城旁边，听到这话，于心不忍地朝病床上那个睡容安详的女人望了眼，低声叹气。

赵东升拧眉：“程轶扬呢？”

“出差了。”

赵东升面露愠色：“留她一个人在家？”

陈原城摇头：“当时保姆去超市了。”

赵东升板着一张脸，不知道在想什么。陈原城怔了两秒钟，被他这神情吓到。姚冶莫站在旁边，冲准备开口继续说话的陈原城摇摇头。只听她故作轻松道：“东升你先在这儿等一会儿，我去护士那儿看一下还有几瓶药水。”

“好。”赵东升木讷地点头，在走廊的塑料椅上坐下。

陈原城忙不迭接话：“我陪你一起去。”

两人推搡着离开。

过来拐角，陈原城才忍不住好奇地问姚冶莫：“你刚才为什么不让我说话？”

姚冶莫白了他一眼，鄙夷：“你没看东升哥一听到小歌一个人被留在家里，脸色都变了？要是那个叫程轶扬的在场，估计二话不说就抡了拳头。”

“不会吧。”陈原城半信半疑，“我以为东升已经放下了。”

“认识二十几年，在一起六七年，即便是放下了，也不忍心看着她这样吧。”姚冶莫声音低下去，于心不忍，“更何况当年程轶扬先给他戴绿帽子的，抢走了他的女人，又不好好照顾，东升哥心里舒坦才怪呢。”

陈原城靠在墙上，醒悟：“哎，不对啊，你既然知道他来了知道事情缘由后会动怒，你为什么还让我打电话让他来医院？”

“你傻啊！”

陈原城不解。

姚冶莫语重心长：“你想想，这几年，小歌和程轶扬结婚后，有过一天开心日子吗？我让东升哥过来，还不是为了小歌嘛，如果他能和小歌重归于好，那不就皆大欢喜了。”

“当年是秦歌一门心思想嫁入豪门，不惜代价，以我对东升的了解，他不会吃这回头草的。”

话音刚落，肩膀就被姚冶莫狠狠地捶了一下，她倒吸气，指责：“有你这么说小歌的吗，她怎么着也是和我们一起长大的，她是什么性格的人，你难道还不了解吗？她当年和程轶扬的事情，八九不离十，是被程轶扬钻了空子。”

陈原城不赞同地说：“难道只有小歌是你姐妹，东升就不是我兄弟了吗？”

姚冶莫一时失言，缓了下情绪平复些才又开口：“不管是东升哥，还是小歌，我们都是一起长大的，不管是他们其中的谁，我都不忍心看着他们过得不如意。东升哥这么多年来，四处漂泊，居无定所的，你以为他过得开心吗？他对小歌那么久的感情，如果能撮合一把，那就帮一下吧。”

“小莫，我懂你的意思。”陈原城有自己的想法，“小歌现在是已婚，更何况，程轶扬对小歌，自始至终绝不是三心二意。且不说小歌因为赵东升的离开而情绪失控，变本加厉地将责难压在程轶扬身上，便是单看这些年他未伤害小歌半分，反而尽最大可能地保护照顾她以及她的家人，这难道不值得我们高看他一眼吗？”

“你口口声声说程轶扬爱小歌，可今天，如果不是保姆发现及时，恐怕小歌情况就危险了。”

陈原城语重心长：“程轶扬是个人，不是神仙，不可能完全周全，也会有情绪，也会有忙碌的时候。”他继续道，“东升好不容易有了全新的生活，你只心疼你的小闺蜜，难道就不为东升考虑一下吗？和小歌破镜重圆，他会开心吗？他这一生，已经够不容易了，好不容易看到了光明，就别再给他使绊子了。”

“随你怎么说。”对于他的话，姚冶莫压根就没听进去，因为身为女生，所以她对秦歌的事情有更加细腻而敏感的顾虑和担忧，“你也看到了，当年东升哥离开后，小歌的精神遭到了多大的重创，间歇隙性精神紊乱，原本开朗活泼的样子，一夕再见就像是变了个人似的。而东升哥当年那样痛快而决绝地离开，谁知道是不是早已经决定好的事情。”

“姚冶莫，你话不要说得太过分！”面对她的言之凿凿，陈原城俨然已经听不下去了，“当年小歌从东升家搬走的时候，你又不是没在场，情况什么样，你不了解吗？”

“我了解，我了解什么？我只知道这几年，小歌从来没有一天是真正开心过的！”

“不开心又怎样，这还不是她自己选择的路，是她活该！”

“陈原城！”

病房里，秦歌醒来，情绪正常。秦歌见到赵东升站在床边，瞬间面露微笑：“你来了。”

赵东升点头，在凳子上坐下：“小莫和原城帮你去拿药了。”

“嗯。”秦歌抽了枕头，靠坐在床头，看向赵东升的眼神十分温柔，“帮我倒杯水。”

赵东升照做。

半杯凉水半杯热水，兑在一起，温度刚好。赵东升将床边的椅子拉远些，安静地坐那儿，盯着她喝完，及时地将空杯接过来。

秦歌抿嘴笑：“谢谢。”

“没事。”赵东升视线扫了圈，从床头柜上的果篮里挑了个苹果，“吃吗，我给你削。”

秦歌点点头：“我刚住进来两个小时，就有人来送果篮了，也太有眼力见了吧。”

“应该是原城他们带来的吧。”

“也是，我昏迷时，是被家里的阿姨送到医院的。城子和小莫，好像是来医院探望谁，正巧被他们撞见了，要不也不会知道我在这儿。”秦歌语气轻松而随意，配合着稀松平常的笑容，陌生而又亲切。

赵东升捏着苹果转了几圈，锋利的刀刃恰到好处地将果肉和果皮分开。他习惯性地劈下块果肉给她，秦歌愣了下自然地接过，待她吃完，赵东升再劈一块给她，秦歌继续吃。一递一接，只落了方正的果核，他咬了圈剩下的果肉，扔掉。再抬头，秦歌正僵笑着看他。

赵东升扯了纸巾擦手，淡声说：“习惯了。”

秦歌苦笑了下："难为你还想着，以为你早忘记了。"

面纸团被揉了下，被他扔到垃圾桶里，刀子也已经收好放回果篮里。他顿了下，将水果刀拿回来，安全起见地将刀塞进了外套口袋里。

秦歌将这一举动收在眼底，方才那丝因为心暖而萌生出来的柔软和温顺瞬间消失大半。她平静地笑了下，目光落在正在输液的左手背上，眯了眼睛："我不怪你，所以你不用自责。我的精神状态，医生怎么说？"

"医生说没什么事。"赵东升面无表情，捏着手机玩，"让你注意休息，放松心情。"

"那就好。"秦歌弯唇，安静地抬头看他，出声道，"轶扬对我很好，我自己生活得也很好。之前几次找你给你造成过困扰，我感到抱歉，还有上次，在你家里，对你的朋友那种态度说话，也替我说声对不起。"

她异常镇定，语气平顺而有条理。

赵东升坐直身子，抬头看了支架上的药瓶一眼，问她："这一瓶快完了，我去喊护士给你换药。"

"这是最后一瓶了。"秦歌眼睛一眨不眨地盯着他，打断。

赵东升仍往门口走，头也不回："那我喊护士来拔针。"

秦歌没再拦，只是赵东升走后，她自己拔了针管，从床上下来，捡起赵东升落在椅子上的手机，跟出去。

等赵东升跟着护士再回来时，病房里空无一人，走廊上也不见秦歌的踪影。

护士忍不住唠叨："你们这家属是怎么做的，不知道病人情况特殊，身边不能离人的！要是出什么状况，我们医院可负不起责啊。"

赵东升张望，揣测："可能是去厕所了。"

“行吧，我去帮你看看。”护士姑娘叹了口气，嘟囔着，“可别出什么状况的好。”

傍晚六点半，国贸门口。

西陲坐在休息区的椅子上，目睹着近百个人掀了帘子进来，始终不见赵东升的影。她拨出去好几个电话，始终没人接听。

终于，在西陲选择离开之前，已经不抱任何希望地又拨了一遍后，电话那头响了两声，接通了。她不知道是喜是气地吼：“赵东升，你是不是睡过头了啊！”

“抱歉。”

“医院的监控显示，她已经出了医院。”几个人站在监控室，看着显示屏幕上，一道瘦小的身影消失在视线范围内。

到底去了哪里，谁也不得而知。

姚冶莫担心：“要不要报警啊？”

“没用，不到24小时，警察不管。”赵东升微拧着眉头，四处张望。因为他离开病房，秦歌才会走的。他若不离开，秦歌也不会有事。他呼了口气，出主意，“分三路吧，在这附近找，她一个人，还穿着病号服，身上也没钱，应该走不远，谁找到了通知一声，电话联系。哎，算了，我也没有手机。不管找到找不到，天黑前在医院会合吧。”

“行。”

几人散开，堪称大海捞针似的寻找着。

天渐黑，三人聚回到医院大厅前，气喘吁吁，仍旧一无所获。

陈原城看了一眼时间：“七点了，天也黑了。再找不到人，就麻烦了。”

姚冶莫沮丧着脸附和：“小歌一个人，更让人不放心了。”

赵东升没吱声，站在那儿想办法，沉默了半天后突然眉头一皱地看向陈原城，问他：“几点了？”

“七点啊。”

“坏了。”

姚冶莫吓住：“怎么了？”

“给我手机用一下，”赵东升将陈原城的手机拿过来，低头拨号码，“我和西西说好了，六点钟见面的。”

“小歌都失踪了，你还有心思……”姚冶莫因为急躁突然生气，抱怨的话还没有说完，就被陈原城眼疾手快地扯过去，使眼色示意她不要说了。

姚冶莫不情愿地摇摇头，没再说。

赵东升走到花坛另一侧，给西陲拨过去。

第一遍没人接。

他重拨了一遍。

电话响了两声后被接起来。

“喂，赵东升吗？”

“是我。你现在在哪里？”赵东升道歉，“我这边临时有事，忘记了时间。”

“没事。我现在在你家，你回来一下吧。”西陲的声音刻意地压低，像是害怕吵到什么人似的。

赵东升关心：“你没事吧？”

“没事。”西陲解释，“秦歌在这里。”

赵东升挂掉电话，回头，姚冶莫小声地在和陈原城争执："我怎么就不能说了，小歌现在都什么情况了，他还有心思谈情说爱，他是不是忘记，小歌是怎么变成这样的了。"

陈原城眼睛瞪她一眼，然后笑着越过她的肩膀看到后面："打完了？小姑娘没怪你吧？"

赵东升摇摇头，将手机还回去，出声："小歌和西陲在一起，在我家里。我们过去吧。"

"他们怎么在一起？"

半个小时前，赵东升的电话终于拨通，西陲没料到，听筒里是个女声："抱歉，我不是赵东升。你有事吗？"

西陲诧异："你是谁？"

"秦歌。"没等西陲反应，她又道，"你有赵东升家的钥匙吗，过来帮我开一下门。"

西陲没回答，只问："赵东升呢？"

秦歌不耐烦，没好气："怎么这么啰唆。你来不来？"

西陲妥协："你等会儿，我现在过去。"

从国贸去华庭小区的路上，西陲想去联系赵东升，可找了半天才发现，自己竟然连曾经的房东、陈原城的电话也删掉了。她终于意识到自己这个随时随地删通讯录的强迫症，并不是个好习惯。

赶到小区，上楼。

西陲从电梯里出来，秦歌正披头散发地穿着一身蓝白色条纹的病号服，盘腿坐在门垫上。她侧侧头，见西陲出现，懒懒地笑了下，像是老朋友打招呼似的出声："来了啊，开门吧。"

西陲机械地照做。

门打开，秦歌冲进去，直奔沙发那儿。她弓着腰，费力地将沙发挪开，露出后面白净的墙壁，上面用铅笔反复描摹过的几个歪歪扭扭的字还在，"赵东升喜欢秦歌"。

见到完好如初的字迹，秦歌压着腿坐在地板上，肩膀一颤颤的，笑得开心。她突然转头，朝止步在玄关处的西陲招招手，示意西陲过去："你瞧，这个，还在。"

西陲谨慎地蹲在她身边，顺着她的指向看过去，低声答应："嗯，还在。"

秦歌在笑，方才放肆的大笑转变成温婉的微笑，而她姣好的五官并未给其增加任何美感，反而因为当事人本身喜怒无常的情绪，让西陲的心底平添了一种恐惧。她的笑，有些瘆人。

"你知道吗，我和东升是青梅竹马，同一个幼儿园，同一个小学，然后又考入了同一个初中、高中、大学。上高中的时候，学校里很多追他的女孩子，但赵东升的视线全在我身上，后来大学，我们光明正大地在一起。再后来毕业，他向我求婚。那两个红本子对于我们来说，其实并没有那么重要，因为我们两个人的感情，真是不用任何规章制度的硬性规定，都能够永远相爱。"

西陲蹲在她的旁边，和她保持着一段疏远的距离。

秦歌说话声音很低，好似并不是要说给什么人听，但说到哽咽处，她却又扬起脑袋朝西陲这边投过来视线，确认西陲是否在听，是否能够和自己感同身受。

"那后来呢？"西陲小心翼翼地问，试图做一个合格的倾听者。

秦歌很受用，嘴角抿了下，陷入了沉思："后来我爱上了别人。我和东升争吵、闹僵、分手，他离开了这座城市。后来，我的第一个孩子，被打掉了，我因此患上了很严重的抑郁症，精神时好时坏，情绪状态很差，我对他的思念却越来越强烈。我爱他，我还是爱他的！但是我们的爱情被我自己彻底毁了！"

她的事情，西陲听赵东升提到过一些。

前因后果，也了解了大概。

从小到大的情谊是真的难能可贵，西陲并未因此生妒，只是心底有些羡慕。她的成长过程中，似乎并没有几个固定的朋友，算起来，林程明算是唯一的一个，从大学到毕业，一直在她身边。

至于其他的，上学时她本就没什么朋友，毕业后，各奔东西，更难相熟。

一身磊落轻松，倒是不能够体会那种青梅竹马的可贵。

西陲再回神，是因为秦歌突然发出的哭声。秦歌前一秒还神思平静，只眉头微微拧着，却不想后一秒，眼眶通红，涕泗横流。

"你没事吧？"西陲靠近她一些，查看情况。

她捂着掌心，被沙发角柜上突出的铁片划到，艳丽的鲜血掩盖过浅显的掌纹蔓延。

西陲眼疾手快地去影视柜的抽屉里找急救箱，秦歌坐在地毯上，不知道是因为往事难过，还是伤口疼痛，越哭越凶。

西陲找到双氧水，给她清洗伤口。

药水刺激着伤口，激起的疼痛让秦歌战栗不停。药水流了一地，秦歌敏感地将手掌抽了回去，背到身后，不让西陲碰。

西陲担心伤口会被感染，试图说服她："我不会伤害你，我只是想帮你处理伤口。”

“不！”秦歌摇头，身体往后缩，一脸警惕，“你喜欢赵东升，你从我身边抢走了赵东升！你会伤害我，你会伤害我！”

西陲心平气和地安抚：“你手掌受伤了，如果不及时处理，会感染的。”

“我不用你处理，我不会给你伤害我的机会的。”她背靠到了沙发上，坚硬的阻碍让她退无可退。她背挺直，靠在那儿，不怀好意地盯向西陲。

直到西陲的手机嗡嗡地响起来，她接通。

她开始讲电话，并未察觉对面的秦歌盯向自己的眼神越发锋利，也越发尖锐。

直到听西陲通话时提到自己的名字，秦歌的双眸像鹰一样，闪过一丝敌意，在西陲挂掉电话的那瞬间，她毫不犹豫地朝着西陲扑过来。

西陲始料未及，手机被撞得掉到地上。

“秦歌，你冷静一点。”她慌乱地提醒。

已经失控的秦歌哪里会听，她步步紧逼，西陲节节败退。

赵东升几人赶到公寓，打开门时，看到两个女人厮打在一起，难舍难分。

秦歌的手掌扼在西陲的脖子上，西陲反抗地大力扯着秦歌的头发，试图让她清醒，却不料这一举动反而更加刺激到了秦歌的情绪。秦歌手上的力度渐渐加重，不知轻重。

“西陲！”

“秦歌！”

两道声音一同响起。

横在地板上的两个人，同时转了视线过来。

赵东升盯着西陲细白的脖颈上那扎眼的血红，瞬间按不住脾气。他不由分说地冲过去，大力地将秦歌的手腕扯开，甩开。

终于顺畅呼吸的西陲惊魂甫定地按着胸口，一阵咳嗽。

陈原城及时上前，将再度要发起攻击的秦歌拦住，不停安抚。

“我送你去医院。”赵东升半跪在地上，打横抱起西陲，沉着一张脸，表情难看。

西陲挥挥手，摇头：“不用，我没事，这血不是我的，是她的手。”

几人顺势看过去，秦歌的掌心横着一道口子，不住流血。姚冶莫捡起旁边的棉签，蘸着酒精一点点地处理伤口。陈原城看了对面两人一眼，轻声示意：“东升，你先送西陲回去吧，她受了惊吓，留在这里不合适。”

“那麻烦你们了。”赵东升点头，他知道陈原城这样既出于对他的考虑，也出于对秦歌的保护。

秦歌眼瞅着赵东升出现又离开，不安分地挣扎着胳膊企图追上去，却不料被陈原城和姚冶莫一左一右钳制得不能动弹。

电梯一路向下，两人回到车里。赵东升注视着西陲的脖子，满脸愧疚：“抱歉，是我不好。”

西陲温和地露笑，摇摇头：“我没事，秦歌她……”

赵东升宽慰地看向她，淡声说：“原城和小莫在那儿照顾，别担心。”

西陲点点头。

赵东升用清水浸透纸巾，小心地擦拭她脖子上的血迹。猝不及防的触感让正在出神的西陲无意识地哆嗦了下，转过头来，正对上他一丝不苟的视线。

西陲突然想起来：“我爸妈说，周六晚上一起吃个饭。”

脖子处那只手顿了下，赵东升脸上的错愕和迟疑一闪而过，他轻轻地“嗯”了一声。擦拭完，赵东升将纸巾扔掉，这才抬头瞧她，嘴角带着笑意问道：“以什么名义？”

西陲愣了下，只听他满是笑意地继续问：“我好像连婚也没求，这就见家长，是不是太便宜我了？”

好像是哎。

“西西。”赵东升突然喊她。

“嗯？”

赵东升严肃：“相信我，我和小歌之间，什么也没有。”

“我知道。”西陲似笑非笑，“如果你以后敢欺骗我，或者做了对不起我的事情，我绝对不会原谅你，到时候我会十分坚决地一走了之，不管你说什么，我都不回头。”

赵东升抬头，见她目光中的刚毅和坚定，嗤笑了下。

西陲立马强调：“我很认真的，言出必行！”

“嗯。”西陲猝不及防地被赵东升捏住了下巴，被迫抬头看他，“西西，我不会的。”

“嗯？”

车子停在露天车库，鸦黑色的夜幕下间隔的几盏路灯散发着光亮，四周静悄悄，车厢内，暖色光线下，两人间的距离渐渐拉近。

车的正前方，出现个男人，黑着一张脸，直勾勾地盯着车内的情况。

唇瓣刚碰撞到的瞬间，西陲余光打量到来人，瞬间朝赵东升肩膀推了下，小声告知：“我爸……”

赵东升回神，扭头看向外面。

西陲先下了车，表情尽可能自然：“爸，你怎么来了。”

西振国眼角朝另一人的方向斜过去，回答西陲：“来看你。”

“哦。”家里人应该还不知道她搬家了。

赵东升紧跟着出来，和西陲并肩站到一起。他神情收敛，微微松垮的嘴角露出个还算亲近的微笑，很有礼貌地打招呼：“叔叔，您好。我是赵东升。”

西振国淡淡地“嗯”了一声，视线极不友善地上下打量着他。

三人间一阵沉默，西陲小步地朝赵东升的身边挪近些，胳膊伸过去，抓住他的手。赵东升没料到她的动作，低头看她眼，笑了下，覆手反握住。小小的回应，仿佛给西陲增添了勇气，她清了下嗓子，打破沉默：“爸，我这边的房子已经退掉了，现在住在店里面。”

西振国没回应，目光轻飘飘地投过来，下巴扬一下，示意她：“你去车里待一会儿，我和他说点话。”

说什么是我不能听的。西陲没动，不满的表情揭示着她想要留下来。赵东升朝她看一眼，轻声道：“去吧。”

西陲不情不愿地看向对面：“爸，你们快点说，我还要去吃晚饭呢。”

她回到车里，充满小心机地将车窗降下来些，除了呼啸而过灌进来的冷风，他们交谈的声音，一概听不清。如果不是能看到两人不断的口型变化，西陲真的要怀疑两个人是在用意念交流。

车窗玻璃被升上去，隔绝了与外界的冷空气。

西陲脑袋斜斜地靠在颈枕上，神色平静地盯着前方。那边站着的，是她生命里最重要的两个男人。

西陲和爸爸的关系，似乎比同顾倩禾要来得亲近些。顾倩禾时常刁钻而苛责的要求，让西陲习惯性地保持着疏远。而对于西振国，她一直用一种不言而喻的默契，去小心地陪伴他。

他不用多说，西陲已经尽可能地为他着想。

她想，爸爸一定是懂得的吧。

夜深了，西陲的眼皮很沉。外面人的交谈持续了很久很久仍没有结束，西陲身子垮垮地倚靠在椅背上，渐渐地熟睡过去。

再醒来时，车子正在行驶，平缓的车速让她的睡眠毫无惊扰。

赵东升快速地按掉手机，朝她看过来，笑："醒了。想吃什么，带你去吃。"

西陲坐直，短暂的冷静过后，回忆起自己睡着前的状况，迫不及待地关心："你们聊的什么？"

赵东升在开车，腾出一只手，握着她，稀松平常的表情，看不出苦楚："叔叔问了些我的情况，以及我未来有什么打算。"

西陲仔细追问具体内容，赵东升笑着搪塞她，将话题扯到要去吃什么上面。

次日傍晚，西陲心里的不安终于得到了印证。约定好的聚餐，临时被家人取消。偌大的包厢里，只有西陲和赵东升两人，玻璃转盘上，琳琅满目的菜色丝毫勾不起任何食欲。

西陲低着头，极感抱歉地舒了口气，平复，再抬头时，脸上舒展着笑意，故作轻松道："既然他们没这口福，那这些好吃的可都归我们喽，我可是饿坏了呢！"

她拿起筷子，同时笑盈盈地招呼赵东升拿筷子夹菜吃。

赵东升配合地笑，开口："和我在一起，你会不会觉着没有安全感？"

"不会啊。"西陲毫不犹豫地脱口而出，说完后自个儿先心虚起来。

邻座而坐的赵东升视线倾斜，一直落在她身上，不容许她撒谎似的。西陲缓缓地将筷子放回到桌上，低声承认："有一点。"说着立马捏起手指，诚惶诚恐地给他比画了下，"只有就一点点。"

赵东升叹了口气，无奈地笑："那为什么还喜欢我？"

"可能是你和别人都不一样，也可能是只有你说的话，我会听。"

赵东升摸了下她的头，问："我怎么和别人不一样了？"

西陲认真地想了下，迟疑："你的生活态度，你的内心世界，你的人生追求，你的……"她一时没了形容词，心里面这个人千般万般好，可自己贫瘠的词汇量供不应求。

"那你呢？你有什么人生追求？"赵东升看她，认真地问，"有什么想做的？"

"我？"西陲回忆了下，在一阵沉思中倏地笑出声来。

赵东升狐疑："怎么了？"

西陲摇头，难敛笑意："遇见你之前，我以为世界这么大，自己很难遇到一个真心喜欢的人，我的性格属于不甘轻易妥协的那种，所以不会敷衍将就地选一个合适的人结婚。以前的我，大多时间是扑在玩偶上，一门心思地想画出新的设计稿，让生产出来的玩偶有更多的人喜欢。而闲暇时呢，看书、撸猫、追剧。哦，对了，我也会抽时间学插花、陶艺等等，有时候也试着自己设计衣服，成果是差了点，但我在不断尝试。”说到欢喜处，她侧头，看了赵东升一眼补充，“当然，我的所有生活，最好都是在那百平方米的公寓里完成。所以，那时候的我最大的追求，就是可以一直宅下去。”

“一个人，不觉得闷吗？”

“不会啊。”西陲笑，“一个人，很自在。”

赵东升敛眉，嘴角虽有笑，表情却略显凝重。西陲察觉出异样，忙不迭地解释：“谁能想到，后来遇见了你，让我把之前所期待的种种全部推翻掉，你仿佛打开了全新的世界大门，而你，站在入口处，冲我招手，说，嘿，这边风景独好。”

赵东升被她滑稽的言辞逗笑，西陲却认真起来，表情严肃，气息平稳：“我相信你，然后就跟你走了。没想到，这里的风景，真的很不错。”

“傻子。”赵东升残忍地点透，“风景一直在，只怪你太懒。”

西陲强硬道：“我不管，要是没有你，我也不会看到。”

赵东升无可奈何，桌上丰盛的饭菜都凉透了，他看向西陲，挑眉示意：“我们别吃这个了，回家我亲自给你下厨。”

“好啊。”西陲犹豫，“那这些菜怎么办？”

赵东升反问：“难道我的手艺还抵不了这一桌菜钱？”

“说的也是！走吧！”

赵东升起身，看着她穿外套背包，冷静出声：“吃完饭送你回家，陪陪他们。”

西陲扯着包链的动作一顿，不解地仰头：“我今晚不想回去。”

“为什么？”

“店里很多事情要处理。”西陲撒谎，“我走不开。”

赵东升紧紧地盯着她，坦然道：“那我们打包点吃的，我送你回店里，你先忙。”

西陲脸垮下来，不乐意：“不想吃这个，都凉了。”

“那给你打包热的。”

“不想。”西陲把包一摘，重新挂回到椅背上，坐下。

赵东升冷着脸看她：“别闹脾气，店里不是有事吗，送你去忙。”

西陲脸别到一旁，不想理他。

真是个小姑娘。赵东升叹了口气，将椅子拉过来，靠近她坐下，牵起她的手让她看自己，语重心长道：“可以和我置气，但不能和父母吵架，他们是这世上和你关系最亲对你最好的人，不会伤害你的。”

“好吧。”西陲犹豫地点头，乖乖地妥协，“你直接送我回家。”

赵东升轻声哄她：“不吃饭了？”

“回去和我最重要的家人一起吃饭。”

赵东升笑着把包挂她脖子上，拉她的手：“走吧。”

# 第十一章／尘埃落定

和赵东升分别时，西陲脸上还是有笑容，可临跨进家门前，嘴角瞬间拉下来。方才伪装和硬撑出来的善解人意，瞬间分崩离析。她终究只是个二十出头、未经世事的姑娘，道理虽然懂得，但说服不了自己不甘的心。

西振国见她进门，热情招呼："回来了。"

西陲在门口换鞋子，拉着一张脸，没应声。等她走到玄关那儿，敷衍地扯着嘴角，忍不住发问："爸，今晚你们怎么没来啊？"

"嗨！"西振国笑脸，"西潮学校开家长会。"

西陲脸拉下来，说话的语气不禁冲了些："既然有事为什么还要定在那个时间，家长会又不是临时通知的！"

顾倩禾顺着楼梯下来，见她这满是负面情绪的状态，掀起眼皮瞪向她，冷声呵斥："你这是和父母说话的态度吗！"

"我应该什么态度？"西陲理直气壮地反问，"无缘无故地约定了时间，临时取消，这就是做家长的态度吗？"

顾倩禾气愤地一甩手，回她："就是故意不去的，怎么了。你找的那个男人，他有什么正经工作，能给你什么？你现在竟然为了一个外人，来冲我们发脾气。”

“他做什么工作了，不正经？”西陲不理解。

西振国站出来调解：“西西啊，不管是恋爱还是结婚，爸妈都希望你找一个优质而稳妥的男人，这是对自己的一种负责。昨天见面时，我问过他了，有一个客栈，还是和五六个朋友一起开的。别的不说，但是过日子，在经济方面，他能给你带来什么保障？你从小没吃过什么苦，总不能你结婚了，让你去讨苦吃吧。”

“我不需要他的保障。”西陲也意识到自己刚才态度的过分，渐渐地冷静下来，“我自己能赚钱，养活自己绰绰有余。”她敛着眉，心平气和地解释，“他还年轻，给他时间，付出精力，会好的。”

“胡闹！”顾倩禾大声喝止她。

西振国板着脸：“选择什么样的男人，就决定了你选择什么样子的生活。为什么父母希望你找的另一半能有稳定的工作、良好的家庭，不就是希望你下半辈子能有个幸福美满的家庭吗。西西，这天底下做父母的，是永远不会伤害自己孩子的。”

西陲噎声，嗓子里堵着气，克制地解释：“他家是本地的，父母三年前去世了。”

顾倩禾仍在咄咄逼人：“什么样子的家庭背景，养出什么样子的孩子。他缺少父母管教，又长时间在外闯荡，接触的人和事复杂混乱，身上满是戾气，缺乏家庭意识，不是你能驾驭了的，你应该认清楚，他不适合你。”

“爸！妈！”西陲跳脚，眼眶急到发红，“你们是不是太苛刻了，如果这是他能够选择的话，他绝对不会让亲人去世。”

顾倩禾渐渐收敛语气：“西西，妈妈不是这个意思。”

西陲赫然从沙发上站起来，不打算继续做无意义的理论：“爸妈，店里面还有事情要处理，我先走了。”

顾倩禾手扶在沙发扶脊上，神色凝重地摇头，直叹气：“眼看就23岁了，怎么还这么不懂事。”

从客厅到门口的距离，不过十几步，西陲一向轻快的步子此时突然沉重。

那压抑在心底的委屈和藏匿在眼底的无助，瞬间迸发。

玄关处，西陲顿下脚步，异常镇定地反问：“妈，这23年来，我任性过吗？”

“什么？”顾倩禾没听清楚。

西陲转身，眼眶早已被泪水打湿，声音哽咽得在颤抖：“初中时，别的孩子有委屈回家和父母哭诉，我只有一个人憋在心里硬撑着。别的孩子每天都能在家吃饭，有家人说话聊天、询问成绩、开家长会，可我呢？我那时候12岁，被养在乡下。你知道，我的同学怎么称呼我吗？留守儿童。”

顾倩禾哑口无言，缓了好一会儿，脸上渐渐浮现愧疚的神色，她声音克制：“西西，对不起，妈妈不知道。”

西振国扶住妻子，解释：“西西，送你去乡下，爸爸妈妈是有苦衷的，而且，这件事情，事先也询问过你的意见。”

“苦衷？”西陲冷笑，眼泪根本不受控制地流下来，“你们工作忙，没时间照顾我？呵？”她的话像是一把把利刃，插进父母的心里，而挥剑的西陲也被这利刃的剑光射伤。西陲的情绪，已经被自己逼退到毫无退路可循的悬崖，“是！你们是询问过我的意见，可如果我知道，我选择的是一种什么样的生活，我绝对不会做出那样的决定。”

“爸妈，我从小懂事到大，现在只想为自己的幸福做一次主，难道有错吗？”

赵东升躺在枕头上睁开眼，漆黑寂寥的深夜给他带来一种踏实的安全感。

和西振国的谈话，言犹在耳。从一个父亲的角度出发，关心自己女儿的未来和幸福，无可厚非。而对方礼貌而客气地罗列出来的、否定他的种种，他一一承认。

一个飘荡惯了的男人，突然决定安定下来，这说给谁听，都会没有安全感。

而对于西陲，她内心一定也清楚这一点。虽然强硬而倔强的西陲，一再地安慰自己、认为自己能够承受得住他随时可能会离开自己的结果，但她终究只是个小姑娘，要强的个性，并不代表她在面对糟糕事情时，便有能力承受。

西振国有句话说得没错：“你的品行是一个赌注，西西赌不起。”

夜愈深，也漫长。

很久未曾失眠的赵东升仰头躺在枕头上，丝毫感受不到倦意。

他闭着眼，用了一晚上的时间，将过去三年的种种回忆了一遍，从最初的逃避、颓废，到堕落、虚度，再到后来的释然、习惯。在别人眼里，他是个有故事有胆识的背包客，以梦为马，浪迹天涯，可是谁知道，如果能够选择安定，他为什么要去流浪？

他的梦想，无非就是，一屋，二人，三餐，四季。

终于，在他鼓起勇气能够坦然接受别人，企图安稳度日时，似乎又失去了这个资格。

他终究是要为过去几年的荒唐和懦弱付出代价。

次日清晨，林程明电话拨过来，说有话当面聊。

华庭小区外侧，有个破旧的篮球场，边缘摆设着几件破旧的、早已生锈的活动器材。

赵东升到时，林程明不知从哪里捡到个破烂的篮球，站在球场三分线那儿，起跳投篮。

赵东升过去：“什么事？”

“打球吗？”他捡回篮球，站到赵东升对面，扬起下巴，“进一个球，谁输了，谁离开。”

见他挑衅，赵东升笑着偏偏头，挥手将他手中的球打掉。

林程明得意地吹了个口哨，快步向前转身拦住，胳膊伸高，拦截住抛到半空的球。他抱着篮球，得逞地笑了下：“可要愿赌服输哦，我说的是，离！开！西！陲！”

赵东升双腿叉开，弓步，不置可否：“谁输谁赢还不一定呢。”近几年来，他很少有害怕的事情，但与西陲分开，却使他忐忑万分。

林程明球技不错，但赵东升也绝不是扶不上墙的烂泥，两人对抗了十分钟，谁也没找到机会进球。汗水、心跳、跑动，真正运球动起来后，便不再计较最初的赌注，这个破旧不堪的篮球场上，仅仅是两个人在打球，如果非要添加一个定义，那就称作是比赛吧。

是一场比赛。

是一场较量。

只是，结果如何，真的能够影响决定吗？

就好像面对抉择犯难的问题时，都喜欢投掷硬币来做出决定，但硬币的正反，真的可以决定人心吗？当然是不可以的，无非是当硬币抛到空中的瞬间，掷出者便能够看清楚自己内心的想法，知道自己想要的是什么。

所以，赵东升，你知道，你想要的是什么了吗？

此时此刻，你是不是在竭尽全力地想要赢下这场比赛呢？

如果是，那便象征着，你不想和西陲分开。

既然已经知道了结果，所以，这场较量的结局如何，又有什么关系呢。

赵东升控着球，眼皮颤了下，有一丝分神。林程明敏锐地察觉到，兴奋地弯了嘴角，不给他任何翻盘的机会，反身，背手，球往身后一抛。

赵东升抬头，视线一眨不眨地盯准篮球。

很利落的一条抛物线，贯穿篮筐。

是个漂亮的空心球。

赵东升耸下肩膀，神情镇定而自然：“好，我输了。”

篮球“砰”的一声落地，接连弹了几下。

以前，林程明为了耍酷，这个背后盲投球，琢磨练习了整整一个月，之后从未失过手。所以，在今天，从球离手的瞬间，林程明心中便足够自信地坚信，自己赢了。

可瞧着赵东升这逆来顺受的模样，心里没有丝毫的顺畅，反而因为狐疑而产生些愤懑。

他和西陲相处了四五年，而赵东升于西陲，四五个月都不到。赵东升对西陲的了解，跟他相比，少之又少。赵东升，你到底有什么资格，给她幸福?

风过，卷起汗津津的衣衫，林程明想起了以前的他与西陲。

“何存。”

“到！”

“贾康。”

“到！”

“西陲。”

“到！”一道清脆的男声在阶梯教室的角落响起。

陆续有同学侧头，寻找声音发出者。最后一排，最外边的位置，一个倒扣棒球帽的男生半弓着身子，吊儿郎当地坐在那儿。

旁边男生撞撞他，计较：“程明，她又让你代答啊，好歹找个女生冒充。”

林程明皮笑肉不笑，压低声音：“没办法，我惯的。”

同桌无奈地摇头。

他倒坦然，无声地挥手和前面转头的同学打招呼。

点完名后，林程明从后门溜走，蹬着自行车绕道去早茶店买了肠粉和虾饺，然后去了西陲在校外租的房子。

他哐哐地砸两下门板，西陲开门，一脸愤怒：“天塌了啊！”

“快了。”林程明随手一扔，将装虾饺的外卖盒丢她怀里，神情随意，“吃剩下的，赏你了。”

虾饺热乎，渗着香味。西陲眼睛瞬间眯起来，关了门，跟在林程明身后，坐到沙发上。

拆包装盒之余，她掀起眼皮看他：“大周末的，怎么起这么早？”

“周末？”林程明瞪圆眼睛，质问，在见到西陲一脸纯真地捣了下脑袋后，他无奈提醒，“是，你的周末有三天，前天、昨天和今天。”

西陲张大嘴，恢复记忆：“今天周一！第一节是李老头的课！啊啊啊，迟到三次会挂科的！”只见她扔掉竹筷，直冲回卧室，换衣服。

“早就下课了！”

那年，西陲大二，主要的注意力都放在做生意赚钱上面，课堂点名几乎全是林程明帮忙搞定的。

林程明问过她：“你家境不错，不需要自己赚生活费，为什么要如此着急地赚钱？”

当时西陲说：“我希望，当我在商场里看到自己喜欢的商品时，可以毫不犹豫地买下来，而不是回家和父母商量。”

“为什么？”林程明一时不解。

“我刚升大学那年，要买一台电脑。我计划是买一台配置比较高的，但我爸妈的意思，买个中等的就好，为这事，我和他们僵持了很久。”西陲苦笑，“自那之后，除了每月他们会打给我生活费以外，我便没再问他们要过钱。”

林程明万分诧异：“有些夸张了吧，可能你爸妈是考虑到太高配置对你来说没有用处。”

西陲轻嘲地笑。

又过了很久，西陲像是讲笑话似的，给林程明讲了一件事情。

“程明你知道吗，年初一时，堂姐来我家拜年，正在我房间里和我聊天呢，突然来了句‘你真幸福，叔叔阿姨这么疼你’，我当时好奇啊，问她为什么这样说。然后堂姐扫了眼梳妆台上的瓶瓶罐罐示意：‘这些东西，小一万块钱吧，我平日里多买几盒面膜，你姐夫都得念叨我半天。’当时我只是笑，什么话也没说。”

她说话时语气是轻松的，可林程明分明看到，她说完后沉默时微微泛红潮湿的眼眶。

在林程明看来，西陲始终是个独立要强有想法的女生，可在处理自己的问题上，多少会有些当局者迷。

“等等，我有话说。”林程明截住赵东升的去路，神情刚毅。

他将胳膊收回去，声音冷冽：“我和西西认识五年，她是个什么性格、想要的是什么，我再了解不过。如果你是真心爱她，我希望，你听完我的话再走。”

赵东升止步在那儿，瞧他。

“她每到一个新环境，都能够和新鲜的朋友有一个很好的交往，但每当相处时间久了，那些朋友会陆陆续续地发觉西西身上那种不同于柔弱可爱外表的倔强和刚硬，她带着刺，太过鲜明的个性和想法让她轻而易举地，在不察觉的时候，就能伤害到人。初中时，她从嘉裕市转到乡下去读书，她优异出挑的成绩被误当作是爱出风头，遭受到班级女同学的孤立。那个年纪多单纯啊，等她反应过来的时候，身边已经没了一个朋友，又不知道怎么去解释，更没有人在乎她的解释，那个年纪的孩子，不都是随波逐流，说和谁玩，就和谁玩，说孤立谁，就一起孤立谁。”

旧球场上鲜有人来，破烂的围墙上长满了绿葱葱的爬山虎，风吹动叶子时，藏匿在叶片下那灵动的壁虎才显露身型，被太阳光照到，“嗖”地便钻到其他叶片下保护好自己。

两个方才还在针锋相对的男人，此刻相对而立。

“好不容易上到高中，西西想考回嘉裕当地的学校，却被父母勒令留在乡下。你也知道，乡镇的教育水平有限不说，而且身边人的思想和价值观念和城市是有一些水平差距的，不是歧视，这是事实。”林程明望一眼赵东升，希望他能理解这些，“考上了高中，换了新的环境。西西小心翼翼地和朋友相处，第一年，她非常开心，和宿舍的朋友和班级的同学，相处得十分愉快。后来，高二文理分班，她进入了新的班级，面对高考的强烈压力，她将过多的时间放在学习上，却因为班主任不公平的待遇而备受奚落，然后，整个高三，她过得并不开心。”

说到这里，林程明停顿了下，有些不忍心说下去：“你能想象吗，原本应该是欢快阳光的青春期，却在孤立无援中小心翼翼地学会了察言观色。可能很多人会说，有的人也同样遭受了这些经历和不满，却依然能够有着积极向上乐观正面的态度。是！我不否认，但是西西只是一个普通人。她现在的生活方式，没有丝毫的负能量和过激行为，因为她只是将自己包裹在一个壳里面。上大学时，她与父母的关系已经陷入了僵局，她不愿意和父母交流，而父母也找不到方式和她交流。他们之间的联系，仅仅是每月打入银行卡的生活费，和一个月几通电话交流而已。西西已经变得不再喜欢去迎合别人，不再去在乎别人的感受，她一腔孤勇地执着于自己热爱的事情。但她毕竟是个小姑娘，再坚强，在面对社会时也终究是要吃些亏的，所以很多事情，在她即将要遭到困难、面临挫折的时候，或者她的父母，或者我，总默默地在暗中帮助她。这些帮助，她不知道，也不用知道。你可能以为她独立坚强、自信单纯，但如果她离开了我们在背后的保护，会过得比现在辛苦几十倍。”

话已至此，林程明终于松了口气。

赵东升在沉默，不知道想什么。

无论如何，林程明都不愿见到西陲受苦。他相信，赵东升一定也是这样的想法。

“赵东升，你是个男人，比我大几岁，经历的事情也多。我不知道自己说的这些话你能够听进去多少，也不知道我所说的事情在你心里会意味着什么，但是有一个道理，我觉着你一定懂。”

赵东升因为长时间不说话，嗓子像是堵着东西似的：“什么话？”

林程明直视他：“如果你的行为，只有一两个人反对，那可能是那一两个人的不对。但如果所有人都在反对，这时候，就应该思考一下，是不是自己的问题。你对西西的感情是真的，我信。但倘若西西不顾一切地跟你离开，一年两年的时间过去，你们之间，还能如初吗？那时候西西只有你，而你又不能够保她周全。”

良久的沉默之后，赵东升重重地点下头：“我知道了。”

林程明等他表态。

赵东升却只说：“谢谢你告诉我这一些。”

林程明不解地看他，追问：“你打算怎么做？”

林程明对西陲，没有半点男女的爱慕之意是不可能的。但他心底清楚，自己和西陲之间，如果硬要跨出这一步，恐怕连朋友都没得做。和西陲相处这么久，她的倔脾气，林程明自然是知道的，如果他紧追着不放，最大的可能是让她厌恶至极。

而对林程明而言，他舍不得和西陲成为陌生人。

所以，看着她幸福，便是最大的祝福。他是真心地希望，她能够找到可靠踏实的归属。

但，眼前这个男人……只见赵东升轻笑着偏头，淡淡出声：“我刚才不是输给你了吗？”

“所以？”林程明确认，“你是决定放弃？”

赵东升摇头：“不会。”

涣散的视线还未来得及回正，只觉脸上一阵吃痛，林程明的拳头结实地打过来。赵东升顶了下腮帮子，回正脑袋，只听林程明郑重其事地说：“记住你的话，希望你不会让我瞧不起你。”

刚从篮球场拐出来，赵东升手机响了，陌生号码。

他按掉，没几分钟，电话又拨进来。

接连几次之后，他接起来：“喂？”

两个小时后，赵东升在临登机前拨通了陈原城的电话。

“祁城那边有急事，我得马上回去，你帮我一个忙。”

“你说。”

赵东升解释：“我现在马上要登机了，西陲的电话一直拨不通，你下午或者明天，去她店里找她一趟，告诉她我回趟祁城。”

陈原城应声：“行。让她给你回个电话吗？”

赵东升“嗯”了一声，盯着登机牌上的字符愣了下，突然改口：“算了，你甭去了。她心思细，知道了一定会多想。我把那边的事情处理完，明后天就回来。”

“祁城那边，还需要我做什么吗？”

“没大事，那边的事情你帮不上，我回去一趟就解决了。”

广播报了一遍接下来登机的航班号，赵东升要挂电话，只听陈原城淡淡地出声：“小歌情绪好多了，程轶扬将她照顾得很好，你不用担心。”

赵东升低下头，打量地板上掉落的纸屑碎片。

陈原城继续道：“我和小莫也会照顾好她，你放心地去走你的路就行。”

“呵！”赵东升失笑，打断他，“少在我面前装老成啊，我一直都挺好的，生活也没受什么影响。”

对面传来虚弱的叹气声：“我就是有些后悔，三年前，没能帮到你什么。”

赵东升被这突然的煽情，触动了一下。

父母离开的打击，对他确实惨重。他那时 22 岁，是个能自力更生、会独立思考的成年人，但在听到这个消息的瞬间，仍然难以接受。他和秦歌、姚冶莫以及陈原城，四人从小玩到大，吵闹过欢笑过，拌过嘴打过架，早已经由友谊蜕变成了亲情，他们的存在给了他一颗定心丸。

无论赵东升走过几万里的山河湖川，嘉裕市这方沃土因为有他们的存在，便能称之为是故乡。

对他们是亲情，而对西陲，则是爱情。

广播又报了一次。

赵东升笑道：“行了，不听你矫情了，我要登机了。”

等他回来，亲自去找西陲。

## 第十二章 / 只会喜欢你

一整天了，手机里的消息干干净净，西陲攥着手机，心里有些不安。赵东升一条消息也没有发过来，甚至清晨她发过去的消息，赵东升也没有回复。她处理完店里的事情，去华庭小区找他，屋里不见人。

一夕之间，赵东升像是失踪了似的，不见了。

经过上次的争执，家里人的态度平静，没有退步也再无偏激的言论。西陲不知道，赵东升的离开和家人有没有关系，她几乎要把偌大个嘉裕市翻个底朝天了，仍不见他的踪影。

辗转从以前的笔记本里找到了陈原城的手机号，拨过去，对方说赵东升回祁城了。

回祁城?

“那他说什么时候回来了吗？”

“东升给我打电话时挺急的，说是客栈那边出了事情，着急回去处理，等处理完了，就回来。他打你电话一直不通，原本是想让我转告你的，可是怕你多想，就说处理完事情就赶回来。”陈原城好奇，“他还没有回来吗？”

西陲敷衍地说了几句，便挂了电话。

不让她知道，怕她多想。

她能够多想什么？如果只是有突发状况，干脆利落地说明白也就算了。他要回去处理，她还能死皮赖脸地黏着不让他离开吗？

怕她多想。是贺家的事情吗？

又或者是其他的什么事情，不想让她知道。

西陲不敢想下去。

楼下熙攘地传来说话声，没一会儿的工夫，房门被敲响。林程明来找她，瓜子被他养了一段时间，有些黏他，见他进来，“嗖”地跳到他身上。

西陲心事重重，看他：“怎么突然来找我？”

“我刚去店里了，店员说你这两天没去，所以过来看看你，你身体不舒服？”

“没有。”西陲低声，“常年在外面又是上学又是工作的，想多陪陪父母。”

林程明“哦”了一声，看似随意的口吻提起来：“哦，对了，我前几天和赵东升聊了几句，他没给你告状吧。”

“你？聊天？什么时候？”西陲惊讶。

林程明点头：“嗯，就是你刚从祁城回来那几天。”

“哦。都聊了什么？”

“我说了些你以前的事情。”见西陲神色复杂，林程明小心翼翼，“你漂亮又年轻，什么条件的找不到。”

西陲晃神，轻叹了口气：“是啊，什么条件找不到。”

可如果不喜欢，颜值再高，人品再好，家境再优渥，和她又有什么关系呢。

赵东升，你是不是太狠心了，离开，连招呼都不打一个。

拿我当什么了?

现在饭都在家里吃，每天工作之余，西陲都会给父母准备礼物，陪着父母聊天。

父母目睹着西陲的变化，心里面感动的同时，也隐隐泛起愧疚。

这么多年，是他们疏忽了对女儿的照顾，所以才会造成双方之间的距离和嫌隙。在西陲无微不至表达着做女儿的本分和孝道时，西家父母也正竭力地弥补过去十年间的遗漏。

时间一天天过去，所有的一切都在向着好的方向发展。

林程明有些不相信自己所看到的，疑心重重地确认："你还是西陲吗，现在这个样子，也太诡异了吧。"

"怎么啦！"西陲打掉他捧着自己脸颊的双手，翻了个白眼给他，"不允许我成长吗？我懂事一点，还不好吗？"

林程明捣了一下脑袋："有点诡异，我还是比较喜欢你以前的性格。"

"对你拳打脚踢，和你互怼拌嘴？"西陲挑眉，"行啊！这样看来，我以后是不能够对你太温柔了。"

"当我没说，你还是温柔点吧，我适应！"

西陲咧开嘴，"扑哧"笑出来，片刻后，神情突然正经起来："程明，如果，如果我去了其他的城市，长年不回来，你会替我照顾好我爸妈吗？"

"你要去哪儿？"林程明一脸警惕，倒吸了口气，言之凿凿地数落，“赵东升他已经离开了，和你招呼都不打一个地离开。就这样一个面对一点困难就退缩的男人，值得吗？你们两个人才认识短短几个月的时间，彼此不够了解，也没有一起经历过什么挫折，太早将自己托付出去，不靠谱。”

“呵！”西陲瞟他，“你听过那个故事吗，有一对情侣，经历了洪水、战斗，然后与命运争斗数年后，男的出家为僧。”

林程明挠挠头皮，觉着有些耳熟：“咱身边的事情？这俩人我认识吗？”

“可能认识吧。”

林程明好奇：“叫什么名字？”

西陲气定神闲：“男的，叫许仙。女的，叫白素贞。”

“停！”林程明脸一拉，立马反应过来，理论，“白蛇传不是这么讲的，白素贞被法海压在雷峰塔下，而许仙为进雷峰塔，自愿剃度。怎么到了你嘴里，就成了薄情寡义的负心汉。”

“开玩笑开玩笑嘛！”

法海一句“雷峰塔百步之内，非出家人不得擅入”，致使许仙上山进寺，自愿剃度。

西陲啊西陲，你到底要怎么样才会甘心啊？

林程明了解西陲的执拗脾气，深知如果她开始了一件事情认准了一个人，便会一门心思地扑上去，不撞南墙，甚至是不在南墙上撞到个头破血流，她是不会回头的。

大四那年，六月份最后一次班级聚餐。可能是濒临散伙，此次分别便再难相见的缘故，大家难得热络，谁对谁有意见，谁对谁藏着喜欢，三杯酒下肚后，憋不住都说了出来。

那晚，西陲难得和大家敞开心扉地聊天，激动之余喝了不少酒。

饭局结束后，已经醉醺醺的，路都走不稳。

班长给林程明拨了电话，让他来把人领走。

那是他们唯一的一次，身贴身地“拥抱”。他背着她，从聚餐的饭馆，亦步亦趋地往公寓走。

她满身酒气，不免挨了林程明几句唠叨：“这是喝了多少，你不能喝，就别逞英雄。”

西陲耷拉着脑袋，趴在林程明肩膀上，嘿嘿傻笑：“要毕业了，高兴嘛！我今天才知道，原来我大一时喜欢过的那个男生他也喜欢我。哎，你说，如果我当初勇敢点，表个白，就不至于单相思那几个月了。”

后背的人喋喋不休，林程明一声不吭地听着她在那儿唠叨。

“哎，今晚我和舍友说了好多话，算是和解了吧。”

“你知道吗，之前给我造谣的人，竟然是以前追我没追上的男生，真是气死我了。”

“好多事情，都说开了，其实想想，也没什么大不了的。”

“哎，真的好难过，这就要毕业了。感觉自己还没认真听一节课，没记清楚任课老师的名字，突然就要离开这里了。”

她喋喋不休地说了好多。

过了会儿，许是累了，也就消停了。

林程明背着她，走了大半的路程，听着她均匀的呼吸声，小声唤她：“西陲。”

“到了？”

“快了。”林程明装作不经意地问出声：“咱俩认识这么久了，你……”他深吸了口气，将后背上沉甸甸的女生往上背一些，问，“你有没有过喜欢我的念头？”

背后一阵沉默。

林程明好奇：“睡过去了？”

“没。”西陲低声应答。

林程明继续往前走，装着什么也没发生，什么也没问过。

半晌，后背悠悠地传来声音：“有过。”

林程明有些惊，心里冒出丝丝欢喜。

紧跟着，西陲补充：“不过很快被我扼杀了。我们俩，做朋友，感情会更长久一些。”

话是没错，但林程明心里有些不甘心止步于友谊。他状似无意地笑着问：“什么时候？”

“你猜猜。”

林程明想了会儿，一惊一乍：“不会是咱俩第一次见面时吧？”

西陲摇头：“当然不是。”

“你半夜肠胃炎，我送你去挂水？”

“也不是。”

“那是我帮你往楼上扛衣服，男友力爆棚的时候？”

“都不是。”

林程明纠结：“那是什么时候，我实在是想不出来。”

“是去年期末考时，你高烧生病。”

“啊？”林程明顿了脚步，扭头看她，满是不解。

西陲弯唇笑起来，开始回忆：“让你去挂水，你吊儿郎当地不以为意，给你买了药，你敷衍了事一片也不吃。当时挺想揍你一顿的，可转念一想，更多的是担心。”

“我身体一向好，不打针不吃药，去操场跑几圈，出出汗，睡一觉就好了。”林程明无意地开口。

西陲浅笑起来：“就那次，全系毛概成绩只有我不及格，其实当时我交的白卷。”

“因为担心我？”

“嗯。”西陲点头，“心中总是不放心，担心你在考场烧晕了。”

林程明“扑哧”笑了下。

西陲警告地拿脚踢他。

林程明立马正经些，好奇：“为什么你当时没告诉我？”

“起初我以为，作为朋友流露出关心的情绪很正常，但是我很快意识到，自己的关心，有些过头了。”西陲声音轻快地解释，“你也知道，咱俩打闹拌嘴惯了，要真的成为情侣谈恋爱，会很尴尬，更何况你这个花花公子，三天两头换女朋友，我哪能降得住。”

林程明长叹一口气，惋惜地说：“哎，如果我那时候稍稍主动点，兴许，咱俩现在关系就变了。”

“对！”西陲赞同，“可能早就变成了仇人。”

那晚，剩下的那段路，林程明没再说话，沉默着，神色哀伤，不知道在想什么。

“西西，你为什么喜欢赵东升？”

没料到林程明会这样问，西陲仔细地思考起来：“感觉吧。和他在一起，我会很开心。”

“就这样？”

“嗯。”西陲确信，“这样就足够了。”

其他的什么家庭背景、什么安全感，西陲通通不在乎。家庭背景不是他所能决定的，而关于安全感，西陲想，当自己的内心变得足够强大时，便可以不计较。她只要决定和他在一起，其他的种种，都不重要。最重要的是，自己喜欢，这便够了。

林程明盯她，淡淡出声：“为什么我不行？”

“什么？”西陲恍惚，怀疑自己听错了。

林程明重复一遍：“为什么你对我，没有这种感觉？”

西陲出神：“可能是因为舍不得吧。”

要是真的和这不定性的男孩子谈恋爱，不出一个周就分手，然后原本熟络而亲近的友谊，瞬间变质成不相往来。

说真的，她舍不得。

“那对于赵东升，你怎么就舍得了？”林程明请君入瓮，将问题重新抛回去。

西陲愣了下，想了大半天，突然就笑出来：“因为，我和他不是朋友。而真正爱过的恋人分手后，是没办法成为朋友的。我同样舍不得他，所以我想延续恋人这个关系来将他留在我身边。”

“所以，你还会去找他？”林陈明隐隐担心。

西陲故作轻松地露出笑脸，神情随意地说：“我不是这个意思。我是说，如果之前，我和父母闹僵的时候，如果我冲动之下跟着他走了，你会不会帮我照顾我的父母。”

林程明还是没从担忧之中出来。

西陲无奈地翻了个白眼，一副懒得搭理他的语气，故作轻松：“我这是想考验一下我们两个人之间的友谊。哎，看来咱俩之间的感情也不过如此啊，这样简单的问题都回答不了。”

“嘁！”林程明见她这样说，才松了口气，“照顾！你爸妈就是我爸妈，我怎么会不照顾！”

西陲咧嘴，笑：“这我就放心了。”

“放心什么？”林程明跳脚，“你不会是准备离开吧？”

“想什么呢！”西陲毫不客气地朝着他的脑袋拍下去，一本正经地解释，“我是放心咱俩之间钢铁般坚固的友谊！”

林程明瞥她：“最好是这样。”

自打这次谈话之后，林程明心里一直惴惴不安。但就真实情况来看，西陲又没做出什么荒唐的事情来。

赵东升已经离开了嘉裕市，在那次林程明和他谈完话以后。不知道他有没有向西陲告别，也不知道西陲心里的悲痛到底有几分。

生活终究在继续。

而时间是治愈所有伤口最好的药剂。

时间一天天过去，西陲按部就班地生活着，风平浪静。在所有人都渐渐地放松警惕的时候，状况终于出现了。

炎热的暑假，西振国计划带着妻子孩子去大连度假。出发前一天，正当众人兴致勃勃地收拾着行李的时候，西潮收到了来自西陲的告别短信。

西家上下一片压抑和低潮。

顾倩禾叹了口气：“终究还是走了。走了就好，走了以后，我们就不用整天整夜地担心，她哪一天会离家出走，不用担心，她过得是不是开心，更不用满怀愧疚和自责没有给她一个幸福完整的童年。”

顿了会儿，顾倩禾话锋陡然一转，满目流露着无穷无尽的担心。

西潮来到西陲的房间，试图寻找一点显示西陲去向的痕迹，但什么都没有。准确地说，西陲的房间一如既往的整洁，没有发生任何的变化，甚至连她的行李箱，都规规矩矩地摆在书桌和墙壁的间隙之间。

西潮记得，自己以前去西陲出租屋的时候，完全是一种混乱的状态。不是脏乱差的简陋，而是烟火气。那种凌乱正代表着人的生活，代表着她每天的一种生活状态。但是如今的房间，床单棉被平顺工整，一尘不染。这是不属于西陲的生活方式，冷冰冰，低落而麻木。

大连之行仍在继续，西家没有去找这个离家出走的女儿。

他们终究是默许了西陲的离开。

一路向北，山峦越发起伏。

而一路向南的路程，却是截然相反的风光。

西陲坐在火车上，一身轻松地踏上了南下的旅程。她联系不上赵东升，她根本不知道自己到了那边之后，他是什么反应。

半年前，没有任何征兆，没有任何消息地消失了。

她一直以为，让赵东升离开是最正确的选择，他是一个浪荡随性的男人，不必为了谁为了任何事情束缚和捆绑自己，即便是他们两个人之间的爱情。

他属于自由，他本该自由。

一贯不喜欢勉强别人的西陲在处理自己的感情时，也抱着同样的态度，不勉强，不将就。

正因为他是自己爱的人，所以更不允许，他有任何的不乐意和不快乐。

西陲不强迫改变他，只想陪他一起自由。

重回祁城，却是和上次截然相反的另一种心境。

出了火车站，西陲用手机搜好去客栈的路线，在路边拦车。

前方乱糟糟的，里三层外三层地围着一群人，一位老大爷仰倒在一辆黑色轿车前面，车主和家属在喋喋不休地争执。西陲竖着耳朵听了会儿，往旁边空荡的位置走一些。

有空车过来，西陲准备拿手机确认地址，谁知手伸进包里摸了半天，也不见手机。她一蒙，将包放在地上认真地翻起来，手机和钱包都不见了。

她回头望了望，那边拥簇成圈的群众还在，是在那时被扒手偷走的吗？

西陲拧着眉，不知如何是好。

出租车司机按了下喇叭，和她确认：“姑娘，你还打车吗？”

“麻烦问一下，能到付吗？”西陲抱歉地笑了下，询问，“我钱包和手机被扒了，我搭你的车到了目的地，我朋友会帮我付钱。”

出租车司机警惕地扫她一眼，问道：“你不是本地人吧？”

“我有朋友在当地开客栈，过来投奔他。”

被上下打量一番，出租车司机松口：”要去哪儿？”

西陲报了客栈名称。

司机挥挥手，示意她：“上来吧。”

“谢谢。”

坐上车，西陲方才那被丢手机钱包分散的注意力再次集中起来。

赵东升，我来找你了。

车子一路行驶得很稳，直到在一条陌生的街道陌生的客栈前面停下。西陲后知后觉地四处张望，和司机确认：“到了吗？”

司机点头：“车费一共 56 块。”

西陲迟疑：“我要去的地方不是这里。师傅，你走错了路。”

“你瞧客栈上的名字，‘一世长歌’，没错啊。”

西陲打听：“这附近还有其他的同名的客栈吗？”

“没了，只有这一家。”司机不耐烦，“姑娘，这车费，您是怎么结？”

异地他乡，人生地不熟。西陲翻着包，寻找着自己包里值钱的可以抵押的物件，手足无措。

彼时，客栈里出来几个少年，有说有笑地朝出租车这边过来，尖着嗓子问司机：“师傅，这车走吗？”

“走的走的！”

司机无奈地看一眼西陲，叹气：“姑娘，你这车费我也不要了。我看你年纪也不大，你要是找不到家人朋友，前面正好有个派出所，你去找一下警察，让他们帮你一下。要不你先下车，我这还要做生意呢。”

“抱歉。”

西陲推门下去，深深给好心的司机师傅鞠了个躬。

几个少年往车里进。秦辰生绕到副驾驶处，矮身坐进车，临关车门前，目光不经意地从西陲身上扫过，然后惊喜：“哎，是你啊！”

西陲一脸蒙地抬头，认出眼前人：“秦辰生？”

司机师傅惊喜地看西陲：“这你朋友啊？”

西陲捣了下头，简略地和秦辰生说明了情况，并借钱付掉车费。

秦辰生打量着一身疲惫的西陲，关心地问：“你现在打算去哪儿？”

“不知道。”西陲摇摇头，“朋友的手机号码没记住，客栈名称竟然也记错了。我也不知道自己能去哪里。”

她怎么能这么倒霉呢，屋漏又逢连夜雨。这下不用担心见到赵东升应该说什么了，毕竟此刻的她连赵东升在哪儿都找不到。

秦辰生从车上下来，关上车门示意同伴先走，转而看向孤立无援的西陲，出主意：“这样吧，你先在这里住下来。等明天，我陪你去找。”

“麻烦你了。”

秦辰生帮西陲办理了入住，并让客栈做了食物送到房里。西陲看着为了帮他落单的男生，不免觉着过意不去：“你也没吃饭吧，这些东西有点多，我一个人也吃不了，要不你进来一起吃点吧。”

“方便吗？”秦辰生犹疑。

“我不介意。”

饭菜什么味道，似乎都不重要，西陲满脑子想的都是客栈的名称到底是什么。一世长歌，一世长歌。难道不是这个吗？之前她还因为客栈的名字和赵东升大吵了一架。

怎么现在，反倒没有这家客栈了呢。

难道是一场梦？

怎么可能。

秦辰生将菜碟朝西陲跟前推推，提醒她一句：“吃点菜，别只吃米饭。”

西陲“啊”了一声，将盛米饭的碗从自己脸前挪远。秦辰生笑了下，问她：“你有什么能联系到你朋友的信息，或者是你对客栈有什么印象吗？知道得多一些，我们明天也方便找。”

“知道老板的名字，行吗？”

“应该可以吧。”如果在这附近的话，找人打听一下，应该能有进展。

西陲点点头，突然想起来问秦辰生：“你怎么在这里，写生吗？”

“嗯。”

对秦辰生的印象，永远是一个开朗爱笑的少年。像朝阳一样温暖人心，悄无声息地给人一种踏实的安全感。

西陲冲他笑了笑：“多亏了你在这儿，要不我今晚，估计要睡大街了。”

“说来也巧，撞见你之前，我刚和朋友把行李放到屋里，正准备出门吃点东西。你要是晚到几分钟，或者是早到几分钟，可能就撞不见了。”秦辰生声音清朗，欢快地开玩笑，“也不对，要是你早到了，真睡在大马路上的话，我出门经过，可能也能认出你来。”

他说得有模有样，西陲咬着筷子，被他逗得直笑。

她一笑，秦辰生如释重负地长叹了口气：“一晚上了，终于见你笑了。刚看到你那会儿，你一脸痛苦的样子，还以为你受人欺负了呢。”

“没遇到过这个状况，当时心里一直慌，所以着急了点。”

“还好你遇见了我。”秦辰生拍着胸脯和她保证，“我在云南上了三年大学，这里也算是我的第二故乡了。找人的事，有我在，你放心，只是时间问题。”

“哎，真不知道怎么感谢你。”

“客气什么，咱俩这缘分，不成为朋友都可惜了。”

西陲笑着点点头。

秦辰生见她没什么大碍，放下碗筷起身：“时间也不早了，你早点休息。我的房间在你楼上，走廊最尽头的那间，有事可以去找我。”

“好。”

稳妥起见，秦辰生将自己的手机留下来：“我把解锁设置取消了，手机留给你，方便你看时间，有事情也可以直接打我朋友的电话。这个，备注是‘大喇叭’的是我朋友，和我一个屋。你打给他，就能找到我。”

西陲没收：“不太好吧，要是你有电话进来，联系不到你，会耽误事的。”

“没啥事。”秦辰生摆摆手，继续坚持，“我孤家寡人一个，每天联系我最多的估计只有中国移动和各类垃圾广告吧。”

西陲被他逗笑：“那手机我先留着，你要是有电话打进来，我给你送去。”

“行。”秦辰生离开，“你早点休息。”

“嗯。”

一楼，客栈老板正坐在柜台看剧，见秦辰生从楼上下来，站前面不动了，他问：“有事？”

秦辰生咨询：“我想问一下，这附近，咱这客栈有分店或者重名的客栈吗？”

客栈老板暂停了视频，不解地打量他。秦辰生忙解释：“我和一朋友约定在这个客栈会合，可迟迟不见人。想着可能是走错了地方，所以特来问问。”

“这样啊。”老板欲言又止。

秦辰生觉着奇怪："是有什么不方便说的吗？"

老板摆摆手，叹了口气："我看你不是本地人，就多一嘴。"

"您说。"

"以前啊，是有一家，也叫这名，就在这条街的最南头。不过这月初的时候，关门了。"

秦辰生惊喜："那店的老板，是叫赵东升不？"

"哎，你知道啊？"

秦辰生点下头。

老板一脸愁容地欲言又止："得罪人咯！在这片混不下去了！"

"得罪的什么人啊？"秦辰生吓了一跳，没想到事情这么复杂。

秦辰生还要追问，这时有客人进来办理入住，老板忙着生意直冲他拱拱手，示意："你只是个过来旅游的，别瞎打听。"

秦辰生杵在一旁，等客人拿好房卡上楼，他再次追问："您知道我在哪里能找到赵东升吗？"

客栈老板抬了下头，眼神警惕地打量了他一眼，低下去，没好气道："不知道。你这是找朋友，还是做什么啊，不关自己的事情就别瞎打听。"

话已至此，秦辰生没再问，悄声回了房间。

彼时，西陲收拾好桌子上的残局，和衣躺到床上愣神。

摆在床头柜的手机振了下，西陲下意识去拿，不是来电也不是短信，是新浪微博推送的一条娱乐新闻。西陲没兴趣关心八卦，可新闻标题却狠狠地戳着她的眼球。

她哆嗦着手指点进去。

一个拍摄模糊的视频，镜头一直在晃。背景是医院大厅，疾速前进的急救床上，躺着一个遍体鳞伤的男人。他脑袋微偏，双目紧闭，满脸血迹。

是赵东升！

西陲从床上跳起来。

这个人是赵东升！

彼时，医院病房。两位民警同志收好自己的记录本，起身和倚靠在病床上的男人握手："赵先生，谢谢你的配合，事情经过我们已经了解清楚了。"

"我应该做的。"赵东升示意床尾站着的南海送送他们。

"那我们就不打扰你休息了。"

"再见。"

几个人刚出去，赵东升扶着脖子活动酸掉的肩膀。门再次打开，有人风风火火地闯进来，赵东升头也没抬，不急不慢地笑道："尖椒炒肉卖没了？"

半晌不见人回答，隐约听到几声女孩子的啜泣。

赵东升蒙着一张脸抬头，只见西陲站在门口，眼泪汪汪。他放下胳膊，随手去拿柜角的水杯，苦笑了下："你怎么来了。"

"对不起。"西陲吸鼻子，慌乱地冲到床边，扑进他怀里。他刚摸到水杯的胳膊抖了下，玻璃杯"啪"地摔碎在地板上。

西陲满是自责："都是因为我，害你遭人报复，害你开不了客栈，害你受了重伤。东升，对不起。"

送完访客的南海和拎着外卖盒的九子一起进门，瞧见这情形愣了下，西陲只留了个后脑勺，他们并未辨认出是谁。

南海用口型无声问：“怎么了？”

赵东升摇两下头，笑着冲他们挥挥手。

两人不解地退出去，一阵茫然。

九子从门板上的窄边玻璃处张望，狐疑：“这姑娘谁啊？”

“还能有谁。”闻津不知从哪里冒出来，环着胳膊靠在墙角，哼声提醒，“红颜祸水！”

“西妹子啊！”九子恍悟地挤眉弄眼。

南海没理他，冲闻津扬了一下脑袋，关心：“家属的问题，都解决了？”

闻津半低着脑袋“嗯”了一声，后脚跟蹭了两下地板，站直身子。

南海叹气：“你说客栈开得好好的，东子干吗关了，去鼓捣什么旅行社。哎，真的是，找刺激呢。”

“愚蠢！”闻津过来，手肘往他肩膀上一搭，解释，“树挪死，人挪活。要是每开始一件事情都顺风顺水，那岂不人人都能大有作为，活着还有什么意思。我觉着东子这次的决定，挺好，有远见。”

九子附和：“我也觉着挺好！”

刚说完，他就被南海踢了一脚：“哪里好？是吃得好，还是睡得好？”

九子学着闻津的样子，拍拍南海的肩膀，装模作样地说教：“你得往长远了看。”

南海愤愤：“呸！我近视，看不远。我就知道东子现在一身伤地在屋里躺着。”

西陲鼻涕眼泪一把一把地抹在赵东升的病号服上，心揪着疼。

见她声音渐小，赵东升拍两下她的肩膀，笑声道："你压着我伤口了，挺疼的。"

"啊！"西陲忙不迭地松手，退开，眼神慌乱地问他，"哪里，很疼吗，你怎么不早说。"

"这里，这里，还有这里，总之浑身都有伤，你刚才抱我还那么用力，很疼。"赵东升微拧着眉头，装模作样地逗她。

"坐这里。"赵东升拍拍床板，示意。

西陲乖乖地挨着坐过去，手被拉住。是那双糙实丑陋的手，掌心有厚厚的老茧，手背插着输液的针管。西陲不敢动，耷拉着脑袋，想将准备了一路的话说给他。

可如今，心中纵有千言万语，都抵不过静静地注视着他。

"是我和你在一起，不是我爸妈，你不用为了我爸妈改变，也不用为了我改变。他们的反对和生气，让我来面对，你什么也不用管。你做你自己就好，想做什么、喜欢做什么，就去做，我支持你。"

赵东升另一只胳膊伸过来，摸着她的泪痕涟漪的脸颊，呢喃出声："我是该说你坚强有主意呢，还是该说你孩子气太逞强。"

"我不是一时兴起。"

"你要知道，"赵东升顺着她的头发，"首先，你是你父母的女儿，其次，才是我的女人，懂吗？"

西陲点点头。

赵东升继续盯着她出声："不管什么时候，你不必为了我伤害他们。"

西陲没点头。

赵东升叹了口气，于心不忍：“你怎么这么傻。”

西陲将他的胳膊从自己脑袋上拽下来，站远些，一脸警惕。

“怎么？”赵东升笑了下，仰头，“要走了？”

西陲咬唇，没吱声。

“想走就走吧。”

“不走。”所有的道理她都明白，但唯独自己在面对这些状况时，乱了阵脚。认为她内心足够强大，能够应付得来两人忤逆众人在一起后需要面临的种种后果也好，以为她此时的一腔孤勇不过是逞强的孩子气也罢，她既然做出了选择，便不管未来和后果是什么，她都已经做好了面对的准备。

赵东升这些话，她不是不懂。

甚至当她听到赵东升说出这番言辞的时候，心里面悬着的一块大石头终于落地。这才是赵东升，才是值得她如此付出的男人。

他终究是为她着想。

西陲心里明白。

“我不走。”她又强调了一遍，投向他的眼神更加坚定。

秦辰生在病房门外和南海他们撞见，巴望着玻璃要敲门，被及时制止：“你找谁？”

“我是西陲的朋友。”

几个人对望一眼，出声示意：“里面正说事呢，等会儿进去。”

秦辰生照做：“好。”

楼道里有短暂的嘈杂，很快安静下来。西陲和赵东升之间的气氛仍旧在沉默之中。西陲等了好一会儿，久到她以为赵东升在等自己主动离开。

点滴声被放大，席卷入户的风中混着丝丝花香。

“我让你离开，你不走。”赵东升轻咳出声，扶了下靠枕重新坐正，好整以暇地看她，“那等我说完接下来的话你想走了，我也绝不放人。”

西陲猛抬头，眼眶里氤氲的泪水马上要流出来。她有些委屈，又有些满足，有他这句话，曾经的种种都已经不重要了。

赵东升掰着手指头，正儿八经地给她算起来：“客栈被我卖了，刚接手的旅行社出了状况得赔一大笔钱，而十几个小时前我刚从鬼门关闯了一遭，落下一身的病。所以，你也看到了，我一没钱，二没房，三没有好的身体。”他嘴角一弯，笑了下，“跟了我，你挺吃亏。”

西陲心里一颤一颤的，脑袋半低着，也开始表态：“常听老人说，吃亏是福，如今我也是一个享福的人了。况且，你还不知道吧，我把玩偶店也盘出去了，拿到的钱一小部分还给了入股的朋友，剩下的全部留给了父母养老。我全身上下，除了这身破烂衣服，和这个不值几个钱的挎包，什么也没有了。”她学着他的样子笑了下，突然想起来补充，“哦，忘记告诉你了，我下午刚到祁城就遇到扒手被偷走了钱包和手机，为了找你，欠了一屁股的债。和我比起来，好像是你更亏一些。”

“这样啊。”赵东升挺直身子，认真思考了下，“咱俩都这样倒霉，配在一起，会不会负负得正啊。”

西陲咧嘴：“会！”

赵东升张开手臂，西陲扑进去。两人紧紧相拥。

“手机又丢了？”

“嗯。钱包也丢了。”西陲趴在他胸膛上，声音闷闷的。

赵东升担心：“记不住我的手机号？”

“嗯。”

赵东升敲她脑袋：“不长记性。”

走廊里的几个人等得不耐烦，派出个代表前来敲门。

九子站在门口，举高手里的外卖盒，唠叨着：“东子，这炒肉都凉了，你还吃吗？”

“进来吧。”

西陲挣扎着从他怀里站起来，想起秦辰生还在走廊里。她看看赵东升，小声开口：“给我点钱，帮我的朋友还在外面。”

赵东升从枕头下摸出钱包，连同手机一起给她：“去吧，替我谢谢他。”

“嗯。”

西陲从外面再回到病房，几个人正在聊这次的状况。西陲站在一旁听了一会儿，忍不住插话：“你们关客栈，不是因为在祁城待不下去了？”

几个人对视了一眼，集体摇头。

西陲又问：“那他这伤，是因为山体滑坡事故，不是因为遭到贺家报复？”

赵东升忍俊不禁：“瞎想什么呢。”

西陲心里嘟囔着三人成虎的可怕，并未察觉到赵东升冷冷地冲几个人使了眼色，示意三缄其口。几个人默声了然，心里憋着事，却又不敢乱出声。

南海主动站出来圆场：“弟妹，虽说东子的驸马爷身份泡汤了，但贺叔也是识大体的人，怎么会斤斤计较到容不下他？你男人这一身伤啊，可是有功了，他带的旅行队，进山时遇到状况，他一个人救下了十几个人。跟了这样的男人，你就偷着乐吧。”

靠在床上的赵东升喊她：“过来。”

西陲跺着脚埋怨他：“你刚刚怎么不和我解释，害我一直以为你是为了我遭人报复。”

“在你眼里，我就那么窝囊？”赵东升拉起她的手，视线冲床尾几个人扫过去，“剩下的事情，你们解决吧。”

九子嘴快：“那我们这几天就先不来医院了。”

“为什么不来？是要饿死我？”赵东升质问。

九子努努嘴：“有她在，我们来也是碍事。”

西陲拍胸保证：“我一个人照顾你就行，就不要麻烦他们了。”

赵东升睨了她一眼，没听。他继续看向九子，示意：“你去订一张明早回嘉裕的机票。”

“谁说我要走了！”西陲跳脚。

赵东升不答反问：“身份证没丢吧。”

他态度坚决，分明不容许改变。

西陲嘴巴一瘪，撒谎：“丢了。”

“那买汽车票。”赵东升视线别开，压根不理会西陲的不情愿。

九子记下：“买一张？”

“你想送她回家，买两张也行。”

西陲的不满眼看要喷薄而出，南海眼疾手快地扯着问题不断的九子往外走，闻津跟着出去，病房里只剩他们两个。

在她生气前，赵东升先开口：“不要闹脾气。你先回家，别让父母担心。”他将她拉近些，扳过她脑袋，解释给她听，“我没有父母，不能让你跟着我一起举目无亲。等我身体恢复些，处理完这边的事情，我就去找你，然后正儿八经地，陪你一起面对他们。”

“好吧，我听你的。”西陲尊重他的思虑周全，关心，“要多久？”

“一年。”赵东升说得平静，轻捏着她的手指，“我不想让你吃苦，所以给我点时间。”

西陲愣了下，想到刚进病房时，几个人在讨论的事情，欲言又止：“那如果失败了呢？”

“失败了？”

西陲屏气凝神地在等这个答案。

赵东升在一脸凝重之中，倏地咧了嘴角，苦笑：“要是失败了，那你得先做好吃苦的准备了。愿意吗？”

西陲笑：“愿意。”

九子送西陲去坐车，南海后脚进了病房。

夜深灯暗，他忍不住出声问：“为什么不告诉她？”

“告诉她什么？说我不是遭到贺家报复，是你爸背后动的手脚，他让客栈开不下去了，让我没脸回去找你？”

南海哑口无言。

赵东升摇了摇头，漫不经心道：“是我自己没用，怪不得别人瞧不上。”

那个清晨，从篮球场离开，赵东升接到了一个陌生号码打来的电话。

十分钟后，两人约在小区停车场见面。一见面，西振国直截了当地表示，希望他离开西陲。

结果自然是不欢而散。

西振国背后使上这些手段，他能够理解。西陲是他的女儿，方法虽然直接了些，但为女儿好的心是没错的。

只是没想到，上次从嘉裕市回祁城时，迟迟联系不上她。本想着这边的事情处理完立马就回去，只是没想到兜兜转转的，小半年就过去了。这边的事情一上手，目睹到这惨烈的后果，赵东升主动联系西陲的勇气也就消磨没了。

身无分文的他拿什么面对她？

这半年的失联，倒不是逃避，是没了勇气。

他一直想，等等，再等等，等这边的状况好一点，等自己的底气足一些，便去找她。

可没想到，西陲竟然先过来了。

如此坦诚，如此直接，如此不遗余力地来见他。

# 第十三章 / 守得云开

一年后。

陈原城和姚冶莫结婚前夕，合计着要录一个视频记录他们从相识相遇到相恋相守的美好时光。西陲闲来无事，被拉去做群演。

视频的拍摄地点选在嘉裕三中。

正值周末，校园里安静少人，刚好适合几位业余戏精放飞自我。

陈原城和姚冶莫两人青梅竹马，从光着屁股的，一路打打闹闹到了大学毕业才确认关系。

剧本还原的其中一个场景是：西陲扮演的是陈原城高中时谈的一个女朋友，隔壁班的班花。班花和陈原城在一起后，在他的口袋里摸出了姚冶莫的发卡，心高气傲的班花仗着女朋友的身份怒气冲冲地找到姚冶莫兴师问罪。

当时的真实情况很简单，班花站在门口，看到陈原城正坐在姚冶莫的前桌，两人脑袋一前一后凑在一起，不知道在说什么，好不开心。班花一生气，进去把发卡往桌子上一拍，说：“分手！”

陈原城被搞得一头雾水，忙不迭地追出去。

每每姚冶莫回忆起这个场景，都不禁脑洞大开，自己这个配角还没登场反击呢，很是扫兴。所以这次拍摄，她大腿一拍，自作主张地将剧本改了。

西陲站在班级门口，捏着个蝴蝶发卡质问："这是你的东西吧？"

"是啊。"姚冶莫不遮不掩地点头，按照剧本伸过手去将自己发卡拿回来。

西陲出乎意料地往回一抽手："果真是你的！"

姚冶莫瞪圆了眼睛，诧异她强行给自己加戏："你要干什么？"

"陈原城是我男朋友，你离她远一点。"西陲眼睛眨眨，示意姚冶莫敬业一点。

"哦？是吗？"姚冶莫很快跟上节奏，配合起她的台词接下去，"那你回去问问你男朋友，他让你用这样的态度和语气和我说话吗？"

西陲戏很足，显得懦弱无依，却又骄傲地死撑着怼回去："我是他的女朋友，他不向着我，难道要向着你一个外人吗？"

姚冶莫抱起胳膊，肩膀靠到墙壁上，极其嘚瑟地在那儿炫耀："我觉着你应该去问问他，他为什么和你在一起。要不是在你对他穷追不舍的时候，我为你说了几句好话，你能成他女朋友？"

旁观的男人嘴角抽抽，暗自感慨，女人是天生的戏精。姚冶莫爱玩，西陲也不是扭捏的姑娘，两人其乐融融地开始抛开剧本自由发挥。旁边被拉来充数的群演兼他的高中同学常德架着个腿靠在课桌上，去瞧陈原城："呵，你出的好主意！"

陈原城一脸懊悔："我知道有点馊。不过你看他们两人玩得挺开心的，这也不错吧。"

"你等着吧，过会儿就得吵起来。"男人不屑地哼声。

陈原城心里发慌："不会吧？"

话音刚落，陈原城就被姚冶莫拽进了"剧场"，脚跟踮高些，胳膊横在他的肩膀上，问："说，你站谁那边。"反击得痛快，她眉飞色舞地在那里嘚瑟。

西陲吃瘪，长叹了口气，佯装生气地直呼："不演了不演了，孤立无援不说，还被你们塞了一嘴狗粮，气死了！"

"哎呀，我让陈原城站你那边行了吧！"说话的工夫，姚冶莫豪气地将陈原城往西陲跟前一推，堆起笑脸，"你再陪我演一场啊！"

"行吧，我陪你演！"西陲无奈，"谁让你是新娘呢！"

姚冶莫笑嘻嘻地去拉西陲的胳膊，柔声："知道你最好了！"

西陲笑着递了瓶水给她，只听姚冶莫话锋一转，好奇道："哎，你说这东升哥这一年也没有半点消息，真的是让人急死了。这个如花美娇娘到底还要不要了，不要我可就物色目标往外送了啊。"

"得了！像我这种好吃懒惰的，可没人瞧得上。"

"那可不一定！"姚冶莫信誓旦旦，"再说了，你见过哪个人好吃懒做还能躺在床上赚钱的啊？"她一脸傲娇地环视一圈四周，问了个遍，"你能吗？你能吗？"

几个人纷纷摇头。

西陲无奈地扯她的胳膊，提醒："躺在床上赚钱，这句话说得有点问题。"

"还好还好。我一理科生，你就不要计较这么多了。"姚冶莫豪气地大手一挥，热情地挽着西陲的胳膊，“走，我们去拍下一场吧。”

“剧组”从教室换到了篮球场。

无意中提到的赵东升的名字，让西陲有些伤神。

去年九月，西陲从祁城回来，一个人，带着和赵东升一年之约的承诺。而今，姚冶莫研究生毕业，工作稳定，已经开始准备结婚的事情。

这一年来，西陲没有赵东升的任何消息，一条短信，一个电话，甚至连一句让旁人转达的问候都没有。他好像从没有出现过，从没有存在过，如果不是时不时能够从陈原城和姚冶莫口中听到他的名字，西陲甚至怀疑自己的记忆出了问题，怀疑和他的那个承诺，是不是敷衍了事，或是将自己从他身边遣走的幌子。

听陈原城说，去年那次带着旅行团遭遇山体滑坡，赵东升及时带着众人脱险，得到了社会的极大肯定，并且为他准备着手的旅行项目赚得了极好的口碑和招牌。

他在不断地往前奔。

当然，这一年西陲也没有闲着。

和父母的关系得到了改善，时常倾诉，时常关怀。自己热爱并为之奋斗的玩偶设计，也从未搁置过。玩偶店重新开张，更用心的经营让店面的生意越来越好，上个月她已经在祁城，开了第一家分店。

是，没错。分店设置在祁城。

分店剪彩那天，西陲去过祁城，走在古城的街道上，看着熟悉的风景，却没有撞见那个眼熟的身影。

西陲规矩地演完自己的戏份，偷闲站在球场边的树荫下，耷拉着脑袋有些出神。直到脸前伸过来个水瓶，她才猛地回神。

“赵——”一抬头，看到眼前人不是赵东升，立马噤了声。

男生穿着高中部的校服，留着利落的板寸，笑起来时，嘴巴咧到后牙槽，洋溢着青春阳光和朝气蓬勃的气息。西陲盯着他怀里的篮球和额头上在太阳下发光的汗水，不禁感慨，年轻真好啊。

手里还捏着他刚递过来的矿泉水瓶，西陲很快意识过来，忙不迭地把水瓶递回去："抱歉，我以为是我朋友递过来的水。"

"没事，我不渴，你喝。"

"谢谢。"

男生一直盯着她，西陲别扭极了，嗓子堵得竟真的有些渴，瓶子拧开，喝了几口。男生没走，在她旁边隔了段距离站着。

拿人家手软，西陲随口聊天："今天是周六，你怎么还在学校？"

"我家就在附近，这里的球场离得最近。"

西陲"哦哦"两声："周末过来打打球，运动一下，挺好的。"

"是啊，来这里方便。"男生无厘头地答着，话锋一转，问，"你是几年级的？"

"嗯？"西陲愣了下，见他伸手指指她身上。

西陲低头，这才想起，自己身上穿着一身不知道姚冶莫从哪里弄来的高中校服，恍然大悟："你误会了，我不是学生，这校服是我朋友借的。"

"这样啊。"男生弯了下眼睛，笑起来，"真巧，我这身衣服，也是朋友借的。"

西陲眨眨眼睛："你不是这儿的学生？"

"穿身校服，方便混进校园。"男生耸耸肩膀，从口袋里掏出手机，一脸坦然，"我在一旁观察你挺久了，方便留个号码吗？"

西陲诧异之余，哭笑不得，恨不得找个地缝钻进去："抱歉，我结婚了。”

“骗我的吧。”男生嘴上挂着笑，手机还悬在两人之间。

西陲一脸真诚地点头：“真的。”

男生嘴角抽两下，尴尬地笑：“现在女生结婚都这么早啊。”

西陲哭笑不得：“你多大？”

“18岁。”

“其实今年我本命年。”

男生愣了两秒钟，反应过来：“一点也看不出来啊，我以为你和我差不多大。”

西陲弯唇：“谢谢夸我显年轻。”

一张娃娃脸啊，真的是让人误解的根源。

当年和赵东升第一次见面时，他也误会自己未成年。西陲捋了下头顶的头发，被人误会年轻，不知道该喜悦还是忧愁。

西陲胡思乱想着，隐约有种预感，一歪头，果真瞧见赵东升站在篮球架下面，一手抄在口袋里，一手拎着瓶水，好整以暇地盯着她看。

他回来了！

像是变魔术似的，她刚开始想他，他便出现了。

西陲已经不计较，自己在这儿一年里，对他无数次地思念，他却没有出现的事情。俊朗逼人，光彩熠熠。头发短了些，五官柔和了些，身材消瘦了些，一身深灰色的休闲装，随意而散漫，少了往日的戾气和强硬，却平添了稳重和坚实。

西陲面朝那方向，嘴角一弯，笑了下：“我老公来了，拜拜，先走了！谢谢你的水。”

她遁走，独留男生站在阴凉处，半晌没反应过来，直到许久不见他身影的同伴前来寻他："喂！天明，看什么呢！走了！"

被点名的男生自嘲地笑了下，篮球往空中一丢，稳准狠地朝朋友那砸去，嘴里嚷着："死胖子！瞎叫什么呢，这就来！"

秋风萧瑟，嘚瑟的瑟。

西陲小跑过去，扑他怀里，委屈："我以为你忘了我。"

"哪敢呢。"许久未见的赵东升回搂着她，轻轻地拍她的头顶，"好像长高了些。"

"是吗？"西陲惊喜得眼睛亮了下，特意踮了两下脚嘚瑟，"我穿的平底鞋哦！"

赵东升无奈地笑："是！平底鞋！可你都长高了，怎么还被人误会是高中生呢，啧啧啧，还被小男生搭讪，这可是老牛吃嫩草啊！"

西陲从他怀里出来，露出脸看他，着急解释："他只是问路的，随便聊了几句。"

"哦，问路的啊。"他声音飘着。

西陲撇嘴，哀怨："我好可怜啊，都一年不见了，你也不说想我，也不说爱我，竟然只顾着不信我，怀疑我，呜呜呜，我好可怜。"

赵东升上身矮了些，和她平视，扒拉着她揉在眼眶上假装擦泪的手，取笑："一年不见，撒娇技术见长啊。"

"可不是，我憋了一年，都没人撒娇了，没人哄了。"西陲没犹豫地脱口而出。话音一落，赵东升愣了下，心里一阵酸疼。他将小姑娘拉到胸膛里抱紧，满是歉意："以后不会了。"

西陲点头"嗯"声。

"待会儿送你回家，然后和叔叔阿姨提亲。"赵东升沉声。

西陲继续点头“嗯”声。

“不分开了。”

“嗯。”

“哎哎哎！大庭广众的，别秀了啊！”陈原城和姚冶莫不识趣地过来，打断他们。

西陲站好，和赵东升并肩站着，手拉手。

姚冶莫依偎在陈原城肩膀上，咯咯笑：“东升哥，你终于在西西变身望夫石之前回来了，可喜可贺啊！”

赵东升搭着西陲的肩膀，看着他们：“这一年，多谢你们照顾西西了，回头请你们吃饭。”

“一顿饭就解决了啊？”陈原城吹胡子瞪眼，“怎么着也得礼尚往来地管一年啊。”

西陲不乐意：“天地良心，这一年，我除了你们的狗粮之外，可什么也没吃过啊。”

几个人被逗笑。

姚冶莫看了下时间，想起来：“今天和婚纱店约好了去试婚纱的。哎，西西，东升哥，你们也一起吧，去试一下伴娘伴郎的礼服。”

西陲雀跃地答应，她对婚纱店有一种莫名倾心的好感。

谁知刚答应，就被赵东升扯着领子拽回来，否定：“试什么试，谁先结婚还不一定呢。”

西陲一惊。

姚冶莫一脸坏笑地打趣：“不带这样的啊，我们婚礼定在下个月，你总不至于赶在我们前面吧。这婚礼要准备的东西可是多得很啊，你不会因为心急，这么草率吧？”

一年不见，西陲并不知道赵东升有何打算，她偏着头。

赵东升笑了下，胳膊搭到西陲肩膀上，摆摆手：“人我先带走了，回头见！”

“哎？这就走了啊，不一起吃个饭？”姚冶莫扯着嗓子喊，不料脑袋结实地挨了陈原城一个巴掌。

“东子都憋了一年了，就别计较了。”

“嘁！”姚冶莫哼声，“你们男人真是下半身思考的动物。”

陈原城斜着眼，睨了姚冶莫一下，胳膊一捞将她抱进怀里，反问：“你们女人不是？”

“当然不是！”

西陲坐上车，好奇：“去哪儿？”

“回家。”

她“哦”了声，再次出声：“你家我家还是我爸妈家？”

赵东升瞟了她一眼，干脆回应：“如家。”

当然，车子并没有驶去如家，而是停在了西家别墅外面。

西陲有些紧张，安全带都忘记解开。

赵东升帮她按下开关，安全带收好，倾身过去，顺便轻轻地啄了下她的嘴唇。

西陲回神，言辞直接地问：“你戒欲了？”

“嗯？”他偏头，见西陲嘟着嘴巴意有所指，见她这样子一本正经地说着撩拨人的话，没有丝毫的矜持和闪躲，忍不住嗤笑了下，计较，“我真该问问小莫，都教了你些什么。怎么之前在我身边那个单纯羞涩的小姑娘学会了如此赤裸裸的调情。”他说话声音渐小，重新

# Pick 爱豆

4月初，为期三个月，让编辑部小姐姐们每天聊起天来都爱意满满的《偶像练习生》结束了，9 位有颜值也有实力的小哥哥顺利出道。说出来你们可能不信，编辑部有位小姐姐在开部门会议的时候都没忍住为她 pick【不出道就要回家继承家产】（划重点！）的豪门弟弟拉票，我们拉都没拉住！很幸运，她 pick 的小鲜肉全部出道了！（撒花！）

于是到了 4 月底，另一档女团竞演生存秀节目《创造 101》接档了！导师阵容靠谱：MC 制作人是 wuli 韬韬黄子韬，声乐导师是张杰、陈嘉桦，创作导师是胡彦斌，舞蹈导师是罗志祥、王一博。虽然才播出几期，但是参赛的 101 位女孩子里有许多是有一定知名度的很有特色的选手，可以说各有千秋，颜值和实力都很能打。不知道是不是节目组的恶趣味，第一期节目里就让第 12 个人去抢前 11 位的位置，Yamy 与强东玥 battle 就开始了剑拔弩张的 PK。小编有预感，与男团综艺相比，女团综艺会有更多刻意营造或者剪辑的争斗戏份，这可能也是节目组的看点之一。

SO《创造 101》能制造一个观众们都想 pick 的新生代女团吗？我们拭目以待！

# 花间集【01期】

每日一笑

MEIRIYIXIAO

## 古诗词填空，网友神回复集锦

第一题：（接下一句）
月夜雁飞高，__________

神回复 1：熬夜不用教。

神回复 2：突然闪了腰。

神回复 3：来顿串串香。

第二题：（接下一句）
闻君有两意，__________

神回复 1：选 A 还是 B。

神回复 2：先还我三亿。

神回复 3：我要喝雪碧。

第三题：（接下一句）
独坐幽篁里，__________

神回复 1：狂吃猪里脊。

神回复 2：空留蚊子叮。

神回复 3：偷吃烤猪蹄。

大鱼 有爱的青春陪伴者

（快让开！
语文老师的棺材板
要压不住了！！！）

倾身而下，“我戒了别人，但没有戒你。”

好吧，历史总是惊人的相似。

西陲闭眼前，再次发现了有人站在车前面，她推了下赵东升肩膀。见她一脸惊慌，赵东升不解，顿了动作，顺着她的视线看过去，尴尬地怔住。

两人下车，手拉手站在西振国对面。

西陲喊：“爸。”

赵东升说：“叔叔。”

西振国接连“嗯”两声，背手在后，沉声：“回家吧。”

时间是最好的见证，让人身上的孤勇变成了征战时最好的盾牌。与其说是西振国对赵东升转了看法，倒不如说是西振国对女儿因为愧疚而做出了妥协。

那一年，西陲年满12岁。西振国事业正处瓶颈期，工作忙碌，无暇照顾两个孩子，和孩子母亲一合计，便将西陲送到了乡下奶奶家。错过的时光是他们做父母的懊悔却又无法弥补的，好在现在尘埃落定，为时不晚。

西陲悄悄朝着赵东升眨眨眼，轻声说道：“东升，这次，我带你回我们的家。”

赵东升捏了西陲的手心，继续朝着家的方向走着。

他又想起，很久之前，西陲问他：“那些山河湖泊好看吗？”

“好看。”

“那它们好看还是我好看？”

赵东升当时只是笑话西陲还要跟这些风景比。

而现在他想告诉西陲：“南山北岳，江河湖泊，都不如你。”

# 后记

我是个极其普通的姑娘，没遇到赵东升，也不认识林程明。但他们身上，多少有些蛛丝马迹使我眼眶发热。

这个故事的灵感，来自去年秋日。

国内某背包客到我所在城市办签售会，我对其兴致缺缺，但架不住身边有朋友喜欢。为了见朋友，便做出了去现场的决定。后来这个计划因为我过分的懒惰和犹疑而泡汤，便有了这个故事，来弥补那份心底里的遗憾和不完美。

最初的设定，“干物女”与“背包客”。

不愿结婚生活懒散的干物女和流浪纨绔的背包客结识后尝试走出家门，落拓不羁追求自由的背包客在女生的感染下渴望家庭寻求安定，慵懒而追求闲适的干物女在男生的吸引下爱上了走出家门。

她不害怕孤独，所以习惯独处；他太害怕孤独，所以将感情四处安放。

直到那天他们相遇，事情开始悄无声息地朝着好的方向发生。

我们每个人都是一个半圆，等遇到那个和自己弧度吻合的一半，才得圆满。

西陲和赵东升不管性格还是爱好，皆大相径庭。但互补的性格，加上愿意为对方改变的态度，所以他们的遇见，便是最好的开端和结局。

最初心血来潮的脑洞，像是一块丑陋的石头，经过多次雕刻和打磨，现出藏于其中的璞玉。

周体通透，色泽纯净。

这是块美丽的璞玉，世间独一无二。

这个故事开始的头几天，我处于一种异常焦灼而且高压的状态。我不止一次和霜子说，我不知道写什么，我害怕写不好，我有点㞞了。

总觉着它和我先前编织的“妖艳贱货”完全不一样，但到底是哪里不同，我又说不出个所以然。

直到这个故事讲完，那颗沉重的心才渐渐落地。

也终于明白正是因为有人在看，害怕被否定被不喜欢，所以我有点拿不准了。

尘埃落定，槌落定音。

既然故事已经讲完，不管你对其喜欢与否，都无法否定它存在过的事实。如果能博你一笑，那再好不过；如果你不屑一顾，那挥手再见感恩有你。就好像在生活中你的身边或多或少有朋友看不惯你的某些行为，而你在短暂的惆怅和失落后，依然能够畅快自如地按照自己的态度，乐观地继续生活。

羊羹或许美味，众口依旧难调。

写文的这几个年头，我一直处在自娱自乐的状态。直到接到编辑发过来过稿通知，我惊得有些喜不自胜，反复确认过具体事宜后，这个故事，才有了跃然于纸张上变成铅字的机会。

我并非是蒙尘的明珠，感谢编辑能发现我身上屈指可数的闪光点。

退出对话框，立马去点开桐桐的头像。

桐桐是我写文来，除了身边的朋友外，一直对我给予支持、货真价实的野生读者。素未谋面，却已不甚熟络。

我用尽量直白的措辞，却难掩胸腔喜悦地告诉她："我的文要出版了。"

我迫不及待地说："这么久以来，你没喜欢错人。"

我是个很容易满足的人，生活中大多数的乐趣皆是文字带给我的，所以，我愿意全心全意，来认真对待，写文这件事。

春节时，久别的高中同学拜年，问我是否仍在写小说。

我欣然点头，很自豪地说当然，一直没有放弃。

我们虽然没能留住青春时爱着的男孩儿，但努力而执着的梦想，你接近了吗?

有朋友看完故事后问："你是西陲吗？"

我只能说，西陲是我，但我并不是西陲。西陲的背景和现状是我所经历过的和一直期待着的，但我不得不承认，自己比她幸运。我是个极其容易满足的女生，偏好在并不顺畅的人生中看到难能可贵的幸运，好在生活亦足够恩惠，让我能够长期地偏安一隅沾沾自喜。

同时，我又不甘平淡乏味的人生，虽不求大富大贵，却总想着趁年华大好，趁力气尚存，经历所能经历的，寻找所能寻找的。

我所看到的喜乐让我保持着干净的本真，我所遭受的磨难成为我笔下故事最好的底蕴。

而我，会一直编织故事。

然后，由它重塑另一个我。

……

随着自己敲下最后一段字，赵东升和西陲的爱情点到为止。

但我要给你们讲述的故事，这才是第一个。

山长水阔，别处再见，你会遇见更好的我。

2018年2月 家中